관조의 시학

관조의 시학

장현경 평론집

엘리트출판사

| 책머리에 |

해체시와 관조(觀照)의 시학(詩學)

그동안 써온 해체 비평과 작품집 해설들을 묶어 두 번째 평론집,『관조(觀照)의 시학(詩學)』을 출판하게 되었다. 특히 시는 1인칭 즉 가장 개인적 언어로 심오한 세계를 가장 무책임하게 파헤친다. 시를 창작하는 일이나 타인의 작품을 읽고 해부하고 평가하는 것은 존재에 대한 깊은 연구 없이는 참으로 어렵다는 것을 실감한다. 주변에는 많은 작품이 있지만, 어떤 것은 제대로 이해할 수 없을 만큼 난해하여 그 내용을 파악하기가 매우 어려운 실정이다. 작품 속의 모티프를 탐색하다 보면, 시를 창작하는 것보다 비평이나 텍스트의 접근이 더욱 어렵다는 것을 보게 된다.

시나 수필을 가까이하다 보면 자신도 모르게 우리가 살아가는 세상을 더 잘 이해하게 되고, 비평에 몰입하게 되면 더욱 그 일을 생산적으로 할 수 있다는 생각을 해본다. 때로는 일반 독자들이 작품집 끝부분의 해설조차 이해하기 어려운 경우에 직면하기도 한다. 쉬운 용어나 문체를 사용하여 평필(評筆)을 단절함이 없이 시(詩) 인구의 저변 확대와 시문학의 발전을 위해서도 쉬운 서평을 권장해야 하는 이유이기도 하다.

한국 문학에서 해체시는 이성복, 황지우에서 김정란, 기형도 등에 이르기까지 80년대 시문학의 큰 흐름이 있었다. 서정시 형태는 조롱당하고, 해체 시학이 문학의 새로운 양식의 한 방법으로 인식된다. 80년대 억압의 시대에 시는 '서정시가 더는 가능한가?'에 대해 스스로 묻는다. 암울한 시대에 80년대 해체시는 이전에는 볼 수 없었던 충격적인 시 형태를 보여주었다. 그러나 그러한 해체시도 진리를 찾아가는 구도의 시학이며, 누구나 인생의 진실과 쉽게 이해할 수 있는 한글을 향한 몸부림으로 성찰하고 있다 하겠다.

시인으로 평론가로 창작과 비평의 길을 걸으며, 고뇌하면서 그 흔적들을 이번 평론집에 일부 담아 놓았다. 1부에서는 특히 해체시와 관련된 글이 모여 있다. 해체시라 함은 문자가 있어야 할 곳을 그림과 낯선 기호들이 채우고 있는 것, 또는 대상을 파악할 수 없을 정도로 은폐시키거나 이와는 정반대로 낯 뜨거울 정도로 직접적 표현을 한 것, 때로는 과감한 패러디로, 빈 곳이 대신하는 표현 등이 그것이라 할 수 있다. 현대에 즈음하여 해체시의 시시비비는 욕망과 이념이 갈등하는 과도기적 시풍(詩風)의 양상이 지난 듯한 인상을 준다. 2부는 시의 심상 연구와 문학비평과 문화 등에 대해 엮어 보았다. 3부는 작가 작품론에 해당하는 글로서 인연 닿은 시인들의 단행본 해설이나 시평 등 문학세계를 살펴보았다.

비평의 일반화 경향을 의식하여 시어와 문체에도 조금씩 변화를 주었다. 시, 수필도 아닌 비평을 일반 독자들이 쉽게 접근하게 함으로써 비평 역시 읽히는 장르로 대중화시켜야 할 것이다. 누구나 쉽게 이해하고 공감할 수 있는 평론의 묘미를 섬세하게 그려내고 싶었다. 또한, 일반 독자들에게 평론 혹은 작품과 함께 그 작품에 대한 비평을 함께 읽음으로써 비평에 대한 새로운 시각으로 비평적 글 읽기가 작품 읽기에 얼마나 필요한지를 스스로 가늠해 본다. 이번에 흔쾌히 책으로 엮어준 엘리트 출판과 편집에 도움을 제공해 준 여러분께 깊이 감사드린다.

2023년 어느 여름날에
청계 서재에서
자정(紫井) 장현경(張鉉景)

CONTENTS

제3부

고뇌의 흔적을 찾아서

CONTENTS

제1부

해체시의 시비(是非)에 관하여

1980년대 해체(解體)의 시학(詩學)

1. 해체시의 전개 과정

1930년대에 이르러 이상(李箱)에 의해 소위 과격한 모더니즘의 혁신적인 실험 시가 나타난다. 우리 문학의 전체적인 장르의 해체를 시도하여 가장 과격하게 실현한 모더니스트 이상은 해체 시학의 선구자라 할 수 있다. 이상의 이러한 실험적인 시풍(詩風)은 한때 잠잠하다가 1980년대에 다시 기승을 부리며 일어난 것이 이른바 해체시(解體詩)라는 것이다. 이러한 해체 사상이 80년대에 유행하게 된 것은 당시 인기를 얻고 있었던 프랑스의 철학자이며 전통 철학에 반기를 든 '해체 철학'의 기수, 자크 데리다(J. Derrida)의 영향 때문으로 보인다. 젊은 시인들에 의해 시도된 바 있는 이 해체적 경향은 포스트모더니즘이라는 새로운 풍조의 그늘 밑에서 서식하고 있었다.

'고도경제성장'을 가져온 1970년대 한국 사회는 부동산 투기, 퇴폐 산업의 발달로 유교 문화의 진정성에 대한 위기를 가져왔다. 이때 시인들은 인간과 자연에 대한 서정성과 현대적 심상을 결합하려는 서정시 계열을 확보함으로써 핵심 역할을 하고자 하였다. 그런데 80년대로 들어서면서 해체주의와 민중시가 두드러져 서정시가 평가절하되고 민중의 아픔을 대변하는 민중시가 표출하였다.

한국 문학에서 해체시는 80년대 초에 일련의 전위적 실험시를 가리키는 용어로 김준오의 『도시시와 해체시』에서 사용되었다. 이성복, 황지우, 박남철, 이윤택에서 최승호, 김혜순, 장정일, 김영승, 하재봉, 김정란, 기형도 등에 이르기까지 해체시는 80년대 시문학의 큰 흐름이었다. 서정시 형태는 조롱당하고, 해체 시학이 문학의 새로운 양식의 한 방법으로 인식된다. 80년대 억압의 시대에 시는 '서정시가 더는 가능한가?'에 대해 스스로 묻는다. 암울한 시대에 80년대 해체시는 이전에는 볼 수 없었던 충격적인 시 형태를 보여주었다. 그동안 우리 시단에서 시도된 해체적 작품을 일부 간략하게 나열해 본다.

2. 편지

1)

그 여자에게 편지를 쓴다 매일 쓴다
우체부가 가져가지 않는다 내 동생이 보고
구겨 버린다 이웃 사람이 모르고 밟아 버린다
그래도 매일 편지를 쓴다 길 가다 보면
남의 집 담벼락에 붙어 있다 버드나무 가지
사이에 끼여 있다 아이들이 비행기를 접어
날린다 그래도 매일 편지를 쓴다 우체부가
가져가지 않는다 가져갈 때도 있다 한잔 먹다가
꺼내서 낭독한다 그리운 당신 …… 빌어먹을,

오늘 나는 결정적으로 편지를 쓴다

2)

안녕
오늘 안으로 나는 기억을 버릴 거요
오늘 안으로 당신을 만나야 해요 왜 그런지
알아요? 내가 뭘 할 수 있다고 믿기 때문이요
나는 선생이 될 거요 될 거라고 믿어요 사실, 나는
 아무 것도 가르칠 게 없소 내가 가르치면 세상이
속아요 창피하오 그리고 건강하지 못하오 결혼할 수 없소
결혼할 거라고 믿어요

안녕
오늘 안으로
당신을 만나야 해요
편지 전해 줄 방법이 없소
잘 있지 말아요
그리운…….

- 이성복, 「편지」 全文

[해설]

'그 여자에게 편지를 쓴다. 매일 쓴다.'에서 실제로 편지를 보냈는데 답장이 오지를 않았다. 편지를 쓰면서도 '아니야, 답장은 오지 않을 거야' 하면서 쓴다. 쓰다가 지우고 쓰다가 말고를 되풀이한다. '전화를 해볼까?' 하다가 편지를 쓴다. 편지 내용을 바꿔본다. 심오한 질문을

하거나 예술과 철학을 바탕으로 난해한 글을 써본다. 이해를 못 할 수도 있겠지만, 그녀가 답장을 하지 않는다면 오히려 부끄럽고 창피하다는 생각도 든다. 관심을 끌기 위해 편지 속에 그림도 그려 넣고 종이 접는 모양도 새롭게 만들어본다. 써놓은 편지를 낭독도 하고 듣는 사람들이 있는 것처럼 낭송도 해본다. 그러다가 자격지심(自激之心)에 절교(絶交)를 결심한다. '다시는 편지 안 보낸다고 전화를 해버릴까?' 하고 고민하다가 '용기를 내어 결혼할 수도 있겠지.' 하고 그려본다. 다시 자신감을 갖는다. 또 편지를 건네 봐야지. 미래가 불확실하지만.

이처럼 편지에서도 끊임없는 자기 성찰과 화자의 고뇌를 엿볼 수 있다. 시인의 희원(希願)은 시의 뮤즈가 되어 진흙 수렁에서 연꽃이 피어나듯이 온갖 고투를 겪으면서 최고(最高)에 이르려는 작가의 고뇌에서 두드러진다.

이성복 약력

시인 이성복은 1952년 경북 상주에서 태어나 경기고교를 거쳐 서울대학교 대학원 불문과를 졸업했으며 불어불문학 박사이다. 1977년 『문학과 지성』에 시 「정든 유곽에서」를 발표하면서 등단했다. 시집으로 『뒹구는 돌은 언제 잠 깨는가』, 『남해 금산』, 『그 여름의 끝』, 『호랑가시나무의 기억』, 『아, 입이 없는 것들』, 『달의 이마에는 물결무늬 자국』 등과 산문집으로 『네 고통은 나뭇잎 하나 푸르게 하지 못한다』, 『나는 왜 비에 젖은 석류 꽃잎에 대해 아무 말도 못 했는가』 등이 있다. 1982년 김수영문학상, 90년 소월시문학상, 2004년 대산문학상, 2007년 현대문학상을 수상했으며 계명대학교 문예창작과 명예교수이다.

3. 새들도 세상을 뜨는구나

영화가 시작하기 전에 우리는
일제히 일어나 애국가를 경청한다
삼천리 화려 강산의
을숙도에서 일정한 군(群)을 이루며
갈대 숲을 이륙하는 흰 새떼들이
자기들끼리 끼룩거리면서
자기들끼리 낄낄대면서
일렬 이열 삼렬 횡대로 자기들의 세상을
이 세상에서 떼어 메고
이 세상 밖 어디론가 날아간다.

우리도 우리들끼리
낄낄대면서
깔쭉대면서
우리의 대열을 이루며
한 세상 떼어 메고
이 세상 밖 어디론가 날아갔으면
하는데 대한 사람 대한으로
길이 보전하세로
각각 자기 자리에 앉는다
주저앉는다.

- 황지우, 「새들도 세상을 뜨는구나」 全文

[해설]
이 시는 1980년대 중반까지만 해도 영화관에서 영화를 시작하기 전

에 나오는 '애국가'와 '대한 뉴스'를 상영했었던 짧은 순간의 묘사를 통해, 우리의 삶을 되돌아보게 한다. 시대를 비판하며 암울한 현실을 풍자적으로 형상화하였다. 또한 반어적 표현을 적절히 구사하여 냉소적인 어조로 절망적인 상황을 표현하였다.

'일제히 일어나 애국가를 경청한다.'에서 권위주의가 팽배하던 당시의 맹목적인 삶과 애국심을 강요받았던 민중들의 모습을 그리고 있다. 철새 도래지로 유명한 을숙도. 현실 세상을 거부하는 극적 대상물인 '새'가 인간들을 비웃으며 자기들만의 세상으로 날아가고 있다. '끼룩거리면서', '낄낄대면서'는 자유를 구가하는 새들의 울음을 극적인 효과로 표현하였다. 새들의 우는 장면을 바라보는 민중들 역시 자신들만의 자유로운 소통을 하고 싶다는 충동을 느낀다. '이 세상 밖 어디론가 날아간다.'는 굴레를 벗어나 자유와 평화가 보장되는 이상향으로 날아가고 싶다는 시인의 내적 심정을 표출하였다. '각각 자기 자리에 앉는다.'는 영화가 끝나고 자리에 앉음으로서 현실로 돌아온다는 것이다. '주저앉는다.'는 냉혹한 독재 현실에 대한 허무 의식과 자유로운 삶에 대한 희망을 내포하는 이중적 의미가 담겨 있다. 결국, 이 시는 화자가 상황을 주관적으로 서술하면서 풍자 의식을 가미하여 일상적 언어를 함축적인 주제로 담아내고 있다.

약력 황지우

1952년 전남 해남 출생하여 서울대 인문대 미학과를 졸업했다. 1980년 『문학과 지성』에 「대답 없는 날들을 위하여」 등을 발표하면서 작품 활동을 시작했다. 기존의 시 형식을 탈피하고 일상적인 언어를 과감하게 시화하여 해체시의 틀을 제시하였다. 시집으로 『새들도 세상을 뜨는구나(1983)』, 『겨울 - 나무로부터 봄 - 나무에로(1985)』, 『나는 너다(1987), 『게 눈 속의 연꽃(1991)』, 『어느 날 나는 흐린 주점에

앉아 있을 거다(1999』 등이 있다.

4. 연날리기

한번 날아 보구 싶어라
하룻강아지 범 무서운 줄 모르고
오온 동네방네 쏘다녔던 그 어릴 때처럼
훌훌훌 코 흘리면서 한번 날려 보구 싶어라
이 고요한 언덕배기 위에 두 다리 벌리고 서서
높이 날려 올리고 싶어라
언젠가 바람은 불어오리라
흔들리지도 않는 높은 산봉우리를 그저 바라보며
소리도 없이 그저 기다리고 기다리고 기다리고
돌아다보면 오 광활한 세계
평평하고 푸른 세계의 잔잔한 침묵
언젠가 숨막히는 함묵은 깨어지고
순하고 순하지도 않은 바람은 저도 모르게
갑자기 느닷없이 일어나리라
저 낮은 곳의 푸르른 벌판으로 빽빽한
수천 수백만의 착한 벼포기들이
한꺼번에 술렁술렁 흔들리면서
바람은 이 호젓한 언덕 위로
멍멍멍 잡초들만 무성한 이 언덕배기로
슬픈 사랑처럼 달려오리라
아직 미처 고개 수그리지 못한
수천 수백만의 착한 벼포기들이
어느 날 갑자기 기다리고 기다리고 기다리면

익은 열매 터지듯이 툭툭툭 깨어나면서
웅성웅성 흔들리면서 바람은 일어나리라

언젠가 바람 불어오면 한번 날려 보구 싶어라
이 부끄러운 언덕배기 위에서 날려 보구 싶어라
너무 기뻐서 마구 웃으면서 울면서
먼지 쌓인 얼레를 풀어 주고 싶어라
달달달 풀어 주고 혹은 서서히
조금 잡아다녔다 다시 풀어 주고
자유롭게 더 자유롭게 풀어 주고
그러다 실이라도 그만 툭 끊어지면
아아아 고함지르며 달려가고 싶어라
돌아다보면 저 광활한 세계
함께 숨쉬고 함께 자라면서
동화 속의 난장이들처럼 함께 잠자는
평평하고 푸른 세계의 말 없는 약속
언젠가 바람 불어오면 그 바람을 마시면서
끝도 없이 바람 잔잔한 이 뜨거운 계절을
지루하고 지루한 닫혀 있는 시간들을
두 발로 버티고 서서 추억하고 싶어라
너무 기뻐서 마구 울면서 웃으면서
정직한 역사처럼 텅 빈 저 허공 위로
날려 올리고 싶어라 방패연
날려 올리고 싶어라 가오리연
질긴 생명의 가느다란 실을 풀어
한번 날려 보고 싶어라 한번
날아 보고 싶어라.

- 박남철, 「연날리기」 全文
『지상의 인간』(문학과 지성사, 1984)

[해설]

이 시는 시인이 대학교 4학년 때인 1979년에 등단한 작품 중의 하나다. 「연날리기」는'하룻강아지 범 무서운 줄 모르고', '오온 동네방네 쏘다녔던 그 어릴 때처럼' 새가 하늘을 나듯이 하늘로 연을 날리고 싶은 아이들의 모습을 분위기 있게 묘사하고 있다. '언덕배기 위에 두 다리 벌리고 서서', '높은 산봉우리를 그저 바라보며', '오 광활한 세계'를 향한 어릴 때의 천진함과 미래의 꿈을 그리는 모습이 드러나 있다. '아아아 고함지르며 달려가고 싶어라', '돌아다보면 저 광활한 세계'를 지향하며 이상향(理想鄕)을 찾듯이 착하고 순수한 마음을 노래하고 있다. 이처럼 화자의 초기 시는 세상과의 불협화음이 없는 심미적(審美的) 세계였다. 그러니까 시인의 시는 1980년대로 들어서면서 조금씩 변하기 시작했다.

'해체시'란 기존의 시적 질서와 관념, 표현방식을 무너뜨림으로써 새로운 충격을 가하는 실험적인 시 일반을 가리키는 말이다. 즉 이것은 현실의 구태의연함, 지겨움 그리고 반복에 대한 환멸을 나타낸다. 박남철은 이성복, 황지우, 이윤택과 더불어 해체시의 선두 주자로 불리고 있다. 1980년대 중반부터는 모든 금기를 해체하는 '해체 시학이 야유와 현실 모독으로 인식된다. 박남철의 작품은 수사나 시의 구조보다는 형태 파괴, 풍자, 분노 등을 여과 없이 표현한 것으로 유명하다. 박남철의 극단화된 현실 파괴의 시학은 지배 체제의 억압 구조를 깨고 나아가기 위한 몸부림이었다고도 할 수 있다.

약력 박남철(1953~2014)

경상북도 영일군 흥해읍 오도2리에서 태어나, 경희대학교 국어국문학과 및 동 대학원 국어국문학과를 졸업했다. 1979년 대학교 4학년 때, 『문학과 지성』에 시 「연 날리기」 외 3편을 발표함으로써 작품 활동을 시작하는 동시에, 강원대학교 국어국문학과 강사 등을 거쳐, 현재는 전업 시인으로 활동 중이다. 첫 시집 『지상의 인간』을 비롯하여 『반시대적 고찰』, 『자본에 살어리랏다』, 『용의 모습으로』, 『러시아집 패설』, 『생명의 노래』 등을 간행하였으며 『바다 속의 흰머리뫼』로 2005년에 경희문학상을 수상하였다.

5. 살아 있다, 난

살아 있다, 난 아침 아파트 베란다에 서서
살아 있다, 난 공복의 담배를 깊숙이 들이마시면서
살아 있다, 난 진한 커피를 마시면서
오늘이란 시간이 내게 할애해 줄 좋은 일을 생각한다
그래, 살아 있다, 좋은 일이 있을 것 같다

산책을 나간다, 긴 장마 사이 얼핏 비치는 한 평 반 푸름을 위안 삼고
아파트 옆 개천 위로 둥둥 떠밀려가는 저 찌꺼기들까지 아름답게 느끼려 한다
창(窓)을 열고 젖은 이불을 널어 말리는 사람들
모두 용케 살아 있다. 유리창을 닦고 전구를 갈아 끼우면서
이런 식으로 살아 있다

살아 있다는 것이 매일 조금씩 불투명해지는 창(窓)일지라도
매일 화분에 물을 주는 사람들
살아 있다는 것이 즐거운 건지 쓸쓸한 건지
한때의 반짝임인지

어느 순간 맥없이 부서지는 오르간인지
잘 모른다. 알고 보면 가혹한 시간, 그러나
이 가혹함을 견디면서
살아 있다, 난.

- 이윤택, 「살아 있다, 난」 全文
『밥의 사랑』 고려원, 1994

[해설]

좋은 아침이다. '살아 있다, 난 아침 아파트 베란다에 서서' 살아있기에 눈뜨는 나를 발견하고 반가운 하루를 시작한다. '살아 있다, 난 공복의 담배를 깊숙이 들이마시면서/ 살아 있다, 난 진한 커피를 마시면서' 우리는 건강한 삶을 영위(營爲)한다. '그래, 살아 있다, 좋은 일이 있을 것 같다' 살아 있고, 살아 있으므로 살기를 희망하는 것이다.

나는 살아 있고 살려고 한다. 허망하더라도 나는 삶으로 나를 채워야 한다. 그래서 '산책하러 나간다, 긴 장마 사이 얼핏 비치는 한 평 반 푸름을 위안 삼고/ 아파트 옆 개천 위로 둥둥 떠밀려가는 저 찌꺼기들까지 아름답게 느끼려 한다.'고 말한다. '유리창을 닦고 전구를 갈아 끼우면서/ 이런 식으로 살아 있다' 살아있기 위하여 무엇인가를 할 수 있음에 고마움을 표하는 것이다.

'살아 있다는 것이 매일 조금씩 불투명해지는 창(窓)일지라도/ 매일 화분에 물을 주는 사람들.' 생으로 한 걸음 더 내딛는 것 이외에 아무것도 없는 것이 생 그 자체이며, '살아 있다는 것이 즐거운 건지 쓸쓸한 건지/ 한때의 반짝임인지'는 정말 모를 일이다. '살아 있다는 것이 즐거운 건지 쓸쓸한 건지/ 한때의 반짝임인지/ 어느 순간 맥없이 부서지는 오르간인지/ 잘 모른다.' 우리가 살아 있다는 것은 한 편으론 순간순간 죽어 간다는 것이다. 이 세상에 존재하는 것은 모두 필연이다. 인간은 대부분 주변의 미물에도 생명에 대한 경외심을 갖는다. 이것이 생성의 세계 속에서 무한한 공감을 통해 생명체에 대한 경외심을 키우는 것이다. 알고 보면 모두가 고충이 있지만, 살아간다는 것이 소중하고 좋은 것이 있을 것 같다는 기대감에 '이 가혹함을 견디면서/ 살아 있다, 난.'

이윤택 경력

1952년 부산에서 출생. 한국방송통신대 졸업. 부산일보 기자 역임. 1979년 『현대시학』에 「천체수업」 등의 시로 추천되어 등단. 저서로는 시집으로 『시민』(청하, 1983), 『춤꾼 이야기』(민음사, 1986), 『막연한 기대와 몽상에 대한 반역』(세계사, 1989), 『밥의 사랑』(고려원, 1994) 등과 평론집 『우리 시대의 동인지 문학』, 『해체, 실천, 그 이후』 등이 있음. 연극집단 '거리패' 운영. 서울예술전문대 연극과 교수를 역임하였다. 시, 희곡, 문학 평론, 무용 대본, 칼럼 등을 주로 쓰고, 작품 속에서 '해체'라는 방법을 통하여 자신만의 작품 세계를 구축하고 있다.

6. 북어(北魚)

밤의 식료품 가게

케케묵은 먼지 속에
죽어서 하루 더 손때 묻고
터무니없이 하루 더 기다리는
북어들,

북어들의 일 개 분대가
나란히 꼬챙이에 꿰어져 있었다.

나는 죽음이 꿰뚫은 대가리를 말한 셈이다.

한 쾌의 혀가
자갈처럼 죄다 딱딱했다.

나는 말의 변비증을 앓는 사람들과
무덤 속의 벙어리를 말한 셈이다.

말라붙고 짜부라진 눈,
북어들의 빳빳한 지느러미.

막대기 같은 생각
빛나지 않는 막대기 같은 사람들이
가슴에 싱싱한 지느러미를 달고
헤엄쳐 갈 데 없는 사람들이
불쌍하다고 생각하는 순간,

느닷없이
북어들이 커다랗게 입을 벌리고
거봐, 너도 북어지 너도 북어지 너도 북어지
귀가 먹먹하도록 부르짖고 있었다.

- 최승호, 「북어(北魚)」 全文

[해설]

'밤의 식료품 가게'// '케케묵은 먼지 속에/ 죽어서 하루 더 손때 묻고'
→ 밤은 암울한 사회를 가리킨다. 먼지와 손때는 북어의 무생명성, 부정적인 현실 상황을 의미한다.

'터무니없이 하루 더 기다리는/ 북어들,'
→ 누군가가 사갈 때까지 가게에서 기다리는 북어들을 본다.

'북어들의 일 개 분대가/ 나란히 꼬챙이에 꿰어져 있었다.'
→ 어려운 상황에서 획일화된 소시민의 무기력한 모습을 나타낸다.

'한 쾌의 혀가/ 자갈처럼 죄다 딱딱했다.'// 나는 말의 변비증을 앓는 사람들과/ 무덤 속의 벙어리를 말한 셈이다.
→ 쾌는 북어 스무 마리를 한 단위로 세는 말이며, 말의 변비증을 앓는 사람은 바로 우리 자신이다. 딱딱한 혀, 말의 변비증, 무덤 속의 언어 장애인 등의 시구는 현대 사회에서 겪는 일상적 소외 의식을 드러낸 것이다.

'막대기 같은 생각/ 빛나지 않는 막대기 같은 사람들이/ 가슴에 싱싱한 지느러미를 달고/ 헤엄쳐 갈 데 없는 사람들이/ 불쌍하다고 생각하는 순간,'
→ 진지한 사고력을 할 수 없는 인간이 불쌍하고 가슴에 꿈과 이상을 상실한 사람들이 불쌍하다고 화자는 생각한다.

'느닷없이/ 북어들이 커다랗게 입을 벌리고/ 거봐, 너도 북어지 너도 북어지 너도 북어지/ 귀가 먹먹하도록 부르짖고 있었다.'
→ 느닷없이 북어가 커다랗게 입을 벌리고 화자를 향해, 너도 북어야

북어라고. 자신이 북어라는 현실 앞에서 진실을 말하지 못하는 꿈을 잃은 삶에 대해 비판하고 반성하는 고백일 것이다.

이 시는 삶의 지향점을 잃고 무기력하게 살아가고 있는 시대의 일상적 모습을 북어를 소재로 하여 성찰하고 반성하는 작품이다. 표현상의 특징으로는 '북어'라는 시적 대상을 통해 이미지를 구체적으로 묘사하였다. 또한, 북어가 비판의 주제로 반전되어 주제의식을 강조하였다. 북어를 묘사하며 시대의 상황과 자기 삶의 모습에 대해 고통스럽게 확인하고 있다. 시적 화자의 독특한 발상이 대상을 통해 풍자적으로 진지하게 드러난 작품이다.

최승호 약력

1954년 춘천에서 출생, 춘천교육대를 졸업하고 사북 등 강원도의 벽지 초등학교에서 교편을 잡았다. 1977년 「비발디」로 『현대시학』지의 추천을 받고 시단에 등단하였다. 1982년 「대설주의보」 등으로 제6회 '오늘의 작가상'을 수상했으며 이듬해 첫 시집 『대설주의보』를 간행했다. 주요 시집으로 『고슴도치의 마을』, 『진흙소를 타고』, 『세속도시의 즐거움』, 『회저의 밤』 등이 있으며 첫 시집으로 1982년 '오늘의 작가상'을 수상한 이래 1985년 '김수영문학상', 1990년 '이산문학상', 2000년 '대산문학상'을 수상했다. 동시집 『최승호 시인의 말놀이 동시집 1, 2, 3, 4, 5』, 『펭귄』 등이 있다. 현재 숭실대학교 문예창작학과 교수로 재직 중이다.

7. 열쇠

역광 속에 멀어지는 당신 뒷모습 열쇠 구멍이네

그 구멍 속이 세상 밖이네

어두운 산 능선은 열쇠의 굴곡처럼 구불거리고
나는 그 능선을 들어 당신을 열고 싶네

저 먼 곳, 안타깝고 환한 광야가
열쇠 구멍 뒤에 매달려 있어서
나는 그 광야에 한 아름 백합을 꽂았는데

찰칵

우리 몸은 모두 빛의 복도를 여는 문이라고
죽은 사람들이 읽는 책에 씌어 있다는데
당신은 왜 나를 열어놓고 혼자 가는가

당신이 깜빡 사라지기 전 켜놓은 열쇠 구멍 하나
그믐에 구멍을 내어 밤보다 더한 어둠 켜놓은 캄캄한 나체 하나

백합 향 가득한 광야가 그 구멍 속에서 멀어지네.

- 김혜순, 「열쇠」 全文

[해설]
시인의 시는 간결하고 절제된 형식으로 존재가 서로 통과하고 해체하는 정신적 과정이라 본다. 행마다 어둠의 체험이 쌓여 사유의 진정성이 엿보인다. 연과 행간의 의미를 깊이 있게 전개하여 존재를 여는 열쇠가 세상을 투과시키는 구멍과 같아 시인의 깊은 내면이 경이롭기까지 하다.

'역광 속에 멀어지는 당신 뒷모습 열쇠 구멍이네/ 그 구멍 속이 세상 밖이네' 에서 시인은 세상 안팎을 열쇠 구멍으로 들여다보듯이 말한다. 어둠의 빛이 역광을 받으며 나타났다가 사라지곤 한다. '나는 그 능선을 들어 당신을 열고 싶네.'에서 죽음의 상징인 능선을 따라 점점 어두워지고 있다. '우리 몸은 모두 빛의 복도를 여는 문이라고/ 죽은 사람들이 읽는 책에 씌어 있다는데/ 당신은 왜 나를 열어놓고 혼자 가는가'는 인간이 감히 가까이 갈 수 없는 곳이다. 죽음이 삶으로부터 해방이라는 인식은 곧 죽음이 사람과 사람 사이의 단절을 의미하는 것이다. '당신이 깜빡 사라지기 전 켜놓은 열쇠 구멍 하나/ 그믐에 구멍을 내어 밤보다 더한 어둠 켜놓은 캄캄한 나체 하나'에서 인간은 오갈 때 빈 몸으로 여행을 하지만, 떠날 때는 이 땅에 흔적을 남기고 간다. '백합 향 가득한 광야가 그 구멍 속에서 멀어지네.'에서 화자는 떠나는 이에게 백합을 바친다. 화자는 열쇠 구멍을 들여다보듯이 감정을 드러내지 않고 이를 담담하게 바라본다. '열쇠'가 일상의 감성이 아닌 존재와 세상을 이어주는 지적인 사유(思惟)로 쓰인 것이다.

김혜순 약력

1955년 경상북도 울진에서 출생하여 건국대 및 同 대학원 국문과를 졸업하였다. 1978년 동아일보 신춘문예에 「시와 회화의 미학적 교류」로 문학평론, 1979년 계간 『문학과 지성』을 통해 「담배를 피우는 시체」 등의 시를 발표하면서 시단에 등단하였다. 시집으로 『또 다른 별에서』, 『아버지가 세운 허수아비』, 『어느 별의 지옥』, 『우리들의 음화』, 『나의 우파니샤드, 서울』, 『불쌍한 사랑기계』, 『달력 공장 공장장님 보세요』 등이 있다. 그 밖의 저서로는 동화 『마음속의 잉카』와 여행기 『들끓는 사랑』 등이 있음. 1997년 김수영문학상, 2000년에 현대시작품상, 소월시문학상을 수상하였다. 현재 서울예대 문예창작과 교수로 재직 중이다.

8. 햄버거에 대한 명상

— 가정요리서로 쓸 수 있게 만들어진 시

옛날에 나는 금이나 꿈에 대하여 명상했다
아주 단단하거나 투명한 무엇들에 대하여
그러나 나는 이제 물렁물렁한 것들에 대하여도 명상하련다

오늘 내가 해 보일 명상은 햄버거를 만드는 일이다
아무나 손쉽게, 많은 재료를 들이지 않고 간단히 만들 수 있는 명상
그러면서도 맛이 좋고 영양이 듬뿍 든 명상
어쩌자고 우리가 <햄버거를 만들어 먹는 족속> 가운데서
빠질 수 있겠는가?
자, 나와 함께 햄버거에 대한 명상을 행하자
먼저 필요한 재료를 가르쳐 주겠다. 준비물은

햄버거 빵 2
버터 1½큰 술
쇠고기 150g
 돼지고기 100g
양파 1½
달걀 2
빵가루 2 컵
소금 2 작은 술
후춧가루 ¼작은 술

상추 4 잎
오이 1
마요네즈소스 약간
브라운소스 ¼컵

위의 재료들은 힘들이지 않고 당신이 살고 있는 동네의
믿을 만한 슈퍼에서 구입할 수 있을 것이다. —슈퍼에 가면
모든 것이 위생비닐 속에 안전히 담겨 있다. 슈퍼를 이용하라—

먼저 쇠고기와 돼지고기는 곱게 다진다.
이 때 잡념을 떨쳐라, 우리가 하고자 하는 이 명상의 첫 단계는
이 명상을 행하는 이로 하여금 좀더 훌륭한 명상이 되도록
매우 주의 깊게 순서가 만들어졌는데
이 첫 단계에서 잡념을 떨치지 못하면 손가락이 날카로운 칼에
잘려, 명상을 포기하지 않으면 안 되도록 장치되어 있다

쇠고기와 돼지고기를 곱게 다졌으면,
이번에는 양파 1개를 곱게 다져 기름 두른 프라이팬에 넣고
노릇노릇할 때까지 볶아 식혀 놓는다.
소리내며 튀는 기름과 기분 좋은 양파 향기는
가벼운 흥분으로 당신의 맥박을 빠르게 할 것이다
그것은 당신이 이 명상에 흥미를 느낀다는 뜻이기도 한데
흥미가 없으면 명상이 행해질 리 만무하고
흥미가 없으면 세계도 없을 것이다.
이것이 끝난 다음,
다진 쇠고기와 돼지고기, 빵가루, 달걀, 볶은 양파,
소금, 후춧가루를 넣어 골고루 반죽이 되도록 손으로 치댄다.
얼마나 신나는 명상인가. 잠자리에서 상대방의 그곳을 만지는 일만큼

우리의 촉각을 행복하게 사용할 수 있는 순간은,
곧 이 순간,
음식물을 손가락으로 버무리는 때가 아니던가

반죽이, 충분히 끈기가 날 정도로 되면
4개로 나누어 둥글납작하게 빚어 속까지 익힌다.
이때 명상도 따라 익는데, 뜨겁게 달구어진 프라이팬에
반죽된 고기를 올려놓고 1분이 지나면 뒤집어서 다시 1분간을 지져
겉면만 살짝 익힌 다음 불을 약하게 하여 ㅡ이렇게 하기 위해서는
절대 가스레인지가 필요하다ㅡ 뚜껑을 덮고 은근한 불에서
중심까지 완전히 익힌다. 이때
당신 머리 속에는 햄버거를 만들기 위한 명상이 가득 차 있어야 한다.
머리의 외피가 아니라 머리 중심에, 가득히!

그런 다음,
반쪽 남은 양파는 고리 모양으로
오이는 엇비슷하게 썰고
상추는 깨끗이 씻어놓는데
이런 잔손질마저도
이 명상이 머리 속에서만 이루고 마는 것이 아니라
명상도 하나의 훌륭한 노동임을 보여준다.

그 일이 잘 끝나면,
빵을 반으로 칼집을 넣어 벌려 버터를 바르고
상추를 깔아 마요네즈 소스를 바른다. 이때 이 바른다는 행위는
혹시라도 다시 생길지 모르는 잡념이 내부로 틈입하는 것을 막아준다.
그러므로 버터와 마요네즈를 한꺼번에 처바르는 것이 아니라
약간씩, 스며들도록 바른다.

그것이 끝나면,
고기를 넣고 브라운 소스를 알맞게 끼얹어 양파, 오이를 끼운다.
이렇게 해서 명상이 끝난다.
이 얼마나 유익한 명상인가?
까다롭고 주의사항이 많은 명상 끝에
맛이 좋고 영양 많은 미국식 간식이 만들어졌다.

- 장정일, 「햄버거에 대한 명상」 全文

[해설]
「햄버거에 대한 명상」은 1987년 장정일의 첫 시집 『햄버거에 관한 명상』의 표제시(標題詩)로 매우 길어 가정요리서로도 쓸 수 있다. 그의 시, 「햄버거에 대한 명상」을 처음 접하였지만, 이 한 편의 시를 읽고 나서부터는 마음이 흔들렸다. 순전히 시인이 말한 '흥미가 없으면 명상이 행해질 리 만무하고, 작품 세계도 없을 것이다.'라는 이유에서다. 이 시로 출간 당시 김수영 문학상까지 수상한 걸 보면, 그 부분 설명이 되지 않을까 싶다. 그는 또 자신의 모든 작품집에 평론이 없기로 유명하다. '미래에 올바로 연구될 것이다.'라고 스스로 얘기하고 있다. 나아가 텔레비전 교양프로 진행자에 문창과 초빙교수 등 다양한 활동도 역시 흥미의 대상이 될 법하다. 시인은 시, 소설, 희곡 등 장르를 구체적으로 넘나들며, 시에 대한 전통적 관념에서 벗어나 장르 해체를 시도하였다.

옛날에는 아주 단단하거나 투명한 무엇들에 대하여 명상을 하였지만, 시대가 변하여 물렁물렁한 것들에 대하여도 명상을 하련다. 전통적 가치로 가득 찬 세상에서 벗어나 다른 세상으로 명상 여행을 떠나고 싶은 것이다. 다소 재미있는 제목과 새로운 도시 세대의 감각이 가져오는 시인의 명상 세계는 그 당시 한국 문단에서 볼 수 없었던 매우 이질적인 것이었다. 햄버거의 기원은 독일 함부르크다. 부두 노동자들이 함부르크 스테이크를 빵 사이에 넣어 간편하게 먹는 게 오늘날 미국의 햄버거다. '햄버거를 만들어 먹는 족속'이란 미국식 자본주의 가치가 투입된 생활방식을 가리키며 지구촌(地球村) 어디에나 존재한다. 미국식 자본주의 영향 때문인지 햄버거뿐 아니라 맥도날드, 코카콜라가 공급되는 나라는 전쟁이 줄어들고 있다는 말도 있다. 시인의 과감한 해체시(解體詩)의 시도는 다양한 명상으로 이어질 것이다.

장정일 약력

장정일은 1962년 달성에서 출생하여 대구 성서중학교를 졸업하고 가정 사정으로 고교 진학을 하지 않는다. 1984년 무크지 『언어의 세계』에 등단하였으며, 1987년 동아일보 신춘문예에 희곡 「실내극」이 당선되었다. 1987년 첫 시집 『햄버거에 관한 명상』을 발표하였고, 이 작품으로 김수영 문학상 최연소 수상자가 되었다. 1988년 『세계의 문학』 봄호에 단편소설 「펠리컨」을 발표하면서 그는 소설에도 발을 내민다. 첫 장편 소설 『그것은 아무도 모른다.』 이후 첫 소설집 『아담이 눈뜰 때』, 장편 『너에게 나를 보낸다』, 『너희가 째즈를 믿느냐』, 『내게 거짓말을 해봐』를 발표하였다. 『내게 거짓말을 해봐』가 음란한 내용을 담고 있다는 이유로 구속되기도 하였다. 자신이 읽은 책의 '독자 후기'를 모은 『장정일의 독서일기』를 6권까지 펴냈다. 2004년 11월에 중화주의를 극복한 새로운 시각의 『장정일 삼국지』(전 10권)를 출간했다. 그의 부인 신이현 작가 역시 소설가로 『숨어있기 좋은 방』 등을 발표했다.

9. 반성 743

키 작은 선풍기 그 건반 같은 하얀 스위치를
나는 그냥 발로 눌러 끈다

그러다 보니 어느 날 문득
선풍기의 자존심을 무척 상하게 하고 있구나
하는 생각이 들었다

정말로 나는 선풍기한테 미안했고
괴로웠다

-너무나 착한 짐승의 앞이빨 같은
무릎 위에 놓인 가지런한 손 같은

형이 사다준
예쁜 소녀 같은 선풍기가
고개를 수그리고 있다

어린이 동화극에 나오는 착한 소녀 인형처럼 초점 없는 눈으로
'아저씨 왜 그래요' '더우세요'
눈물겹도록 착하게 얘기하고 있는 것 같았다

무얼 도와줄 게 있다고
타임머까지 달고
좌우로 고개를 흔들 준비를 하고 있었다

이 더운 여름
반 지하의 내 방
그 잠수함을 움직이는 스크루는
선풍기

신축교회 현장 그 공사판에서 그 머리 기름 바른 목사는
우리들 코에다 대고
까만 구두코로 이것저것 가리키며
지시하고 있었다

선풍기를 발로 끄지 말자
공손하게 엎드려 두 손으로 끄자

인간이 만든 것은 인간을 닮았다
핵무기도 십자가도
콘돔도

이 비오는 밤
열심히 공갈빵을 굽는 아저씨의
그 공갈빵 기계도.

- 김영승, 「반성 743」 全文

[해설]

집집이 선풍기가 없는 집이 없다. 사무실 매장 등 온통 선풍기. 자신이 만든 바람으로 제 몸은 식히지 못하면서 죽도록 일만 하는 착한 선풍기. 화자는 오죽하면 사람한테 쓰는 존칭어를 '선풍기한테' 써서 정

말로 미안해하며 괴로워했다. 영업장에서 또는 책상 옆에서 사무 보는 모습을 지켜보는 선풍기를 발로 끈다. 아마 김영승 시인의 시를 읽어 본 분이라면, 쉬이 선풍기 버튼을 발로 끌 수 있을까! 과거에 발로 끈 생각이 떠올라, 선풍기 머리를 쓰다듬으며 미안하다는 표정을 지었을 것이다. 동방예의지국이 아니더라도 발이 아닌 손으로 모든 기기의 버튼을 잡기 위해 '허리 굽힘'이 평등의 출발점임을 인식해야 할 것이다.

해체시는 보편적인 일상의 감각을 거부하고 있다. 이 시가 일상적인 형식에 대한 파괴를 통해 새로운 해석이라는 것을 확인해 주고 있다. 시인은 어느 날 문득 선풍기의 자존심 즉 보편적인 사람들의 자존심을 무척 상하게 하였구나 하고 생각하였을 것이다. 되돌아보면 그 당시의 세상을 가장 진실하게 바라보며 일상의 삶의 모습을 날카롭게 비판하고 있는 것으로 보인다. 일부 독자에게는 이러한 경향이 생소하고 다양한 기교주의를 추구한다고 하겠지만, 새로운 시대의 하나의 경향으로 보아 넘겨야 하겠다.

김영승(金榮承) 약력

1959년 인천에서 출생하여 제물포고교를 거쳐 성균관대학교 철학과를 졸업하였다. 1986년 계간 『세계의 문학』 가을호로 등단. 시집 『반성』, 『車에 실려가는 車』, 『취객의 꿈』, 『심판처럼 두려운 사랑』간행, 『아름다운 폐인』, 『몸 하나의 사랑』, 『권태』. 에세이집 『오늘 하루의 죽음』 간행. 제3회 인천문학상 수상. 1998년 제7회 인천예총예술상 수상. 2002년 제3회 현대시작품상 수상하였다.

10. 모래의 춤

나는 맨발

내가 딛는 세계는
단단하지 않다.
언제 허물어질지 모른다.

그러나 잠시도 춤을 멈출 수는 없다.

너무 많은 사람들이
땅 위에 서 있다.
그 무게 때문에 땅이 내려앉는 것은 아니다.

저렇게 가벼운 육체 속에
빈 틈 없이 꽉 차 있는 욕망

하늘은 점점 더 멀어진다.
땅은 수많은 모래들로 분열된다.
머리카락은 철사줄처럼 녹슬어가고
썩은 발가락 사이로 모래가 들어온다.

그대가 균형을 잃는 순간
세계는 오른쪽으로 15도 기울어진다.
내가 왼쪽으로 15도 몸을 기운다면
우리는 넘어지지 않을 수 있다.
새는 좌우의 날개로 난다고?
너와 내가 팽팽하게 균형을 잡는 춤처럼?

우리가 함께 맞잡은 손
우리가 서로의 등에 손바닥을 대고 끌어당길 때
가까워지는 것은 가슴이 아니다.

그대 심장 뛰는 소리가
태양을 뜨게 만든다.

하늘은 활처럼 휘어져
늘 마음 변하는 구름과 수다스러운 새들과 별의 알들을 품어 안고
아직 처녀인 지평선처럼 시위를 떠날 준비를 한다.
나무들의 머리카락은 황금의 언어로 반짝인다.

어두워질 때만 사막인 죽음의 모래들은
슬픔을 증발시키며
내부에서부터 단단해진다.

아니야, 이건 어쩌면 신기루일지도 몰라.
내 힘차고 빠른 두 발로
지구를 자전시켜야 돼.

저와 함께
춤추시겠습니까?

- 하재봉, 「모래의 춤」 全文

[해설]

조선시대의 춤은 대체로 남녀의 사랑 이야기를 주제로 한다. 여성의 정절을 찬양하거나 사회 특권층의 횡포를 고발하고, 천민의 신분 상승을 내포하고 있다. 요즘은 시대와 지역을 초월하는 내밀한 이야기나 그 시대의 독특한 사회상을 담고 있다. 이러한 영향 때문인지 '모래의 춤'은 여러 예술형태로 재현되고 각색되어 온 듯하다. 춤이란 남성이

존중과 배려로 여성을 선도하여 아름다움을 최대로 발휘(發揮)시키는 것이다. 텔레비전이나 공연장의 동영상만 보아도 통쾌하지 않은가! 하물며 출연자 자신들이야말로 느낀 희열은 참여해보지 않고서는 알 수 없을 것이다.

이러한 춤도 음악과 마찬가지로 남성이 여성을 어떻게 연주하느냐에 따라 음색이 달라질 것이다. 춤에서 음양 조화를 이루어 삶의 행복과 희열을 맛보고, 인간의 심리적 안정과 창조적 본능을 찾게 될 것이다. 인간의 진취성(進取性)과 행복을 위한 처절한 몸부림, 즉 춤을 통해 진정한 삶을 찾는 것이 춤 예술의 기본 정신이 아닌가 싶다.

작가 소개

하재봉(1957-) 전북 정읍 출생. 경희대 국문과, 중앙대 대학원 국문과 졸업. 1980년 『동아일보』 신춘문예에 「유년시절」이 당선되어 등단, 같은 해 『한국문학』 백만원고료 신인상에 「해초(海草)의 눈」이 당선되어 등단. 1991년 『문예중앙』 신인상에 중편소설 「318 W.51st St」가 당선되면서 작가 활동을 아울러 함. 『시운동』 동인. 한성대, 인하대, 동서대학교 교수 역임 시집으로는 『안개와 불』(민음사, 1988), 『비디오/천국』(문학과지성사, 1990), 『발전소』(민음사, 1995) 등이 있고, 소설 『콜렉트 콜』, 『블루스 하우스』, 『쿨 재즈』 등도 있다. 현재 시인보다는 영화평론가로서 많이 알려진 인물.

11. 나의 시(詩)

- 삶은 각질이다. 따라서 언어도 각질이다

정해져 있는 모든 테두리들을 향해

또는 체제라고 불리는 모든 삶의
딱딱한 껍질들을 향해—나의 詩, 오 빨개벗은 연체동물
나는 시(詩)의 혓바닥으로 '아니'라고 말한다.
그대는 꼬물대며 기어간다—비효율적!
어느 천년에……아닌게아니라 걱정스럽기는 하다.
그 기약 없는 절대성의 존재 놀이……

나는 축적된 생명의 모든 물량적 양식(樣式)을,
형태를 내용을 빠져나온다. 나의 달팽이는
속살만으로 성벽을 기어내려온다……오 그대에게
내 궁극의 기원에게로 돌아가기 위해.

나의 달팽이는 알고 있다. 이 삐그덕댐이
긍정적 징조라는 것을, 혼, 안개 무리, 또는
언어, 또는 우리가 신(神)이라고 부르는
존재의 궁극에 대한. 감(感)만으로 나의 달팽이는
최소한 지향(指向)한다
(길은 도처에 있고 길은 아무데도 없지만)
따라서 시(詩)여 나는 그대의 덕성으로
삶 앞에 막바로 맞선다……나,
앞뒤로 인연의 끈을 주렁주렁 엮어든,
축적된 만큼의 행위로 결정되는
구체적 삶과 무관한 (내)가.

나의 영혼의 대벽이여 잠재태여 물렁살이여,
그러므로 갈망하는 만큼 네가 되기를,
너, (너)의 창세, 그리고 동시에 (너)의 말세인 너,
그러므로 되기를—될 수 있는 것이.

(집—우리는 꼭 한 채의 집만 짓는다 조갯살인 존재여
네 영혼의 크기에 꼭 들어맞는 집 한 채—
절대의 집—될 수 있는 것=되어야 할 것)

꿈꾸며, 시(詩)여, 나는 무너진다.
삐그덕거림, 나는 목마름으로
사막을 건넌다, 사막—나는
텅 빈, 태고의, 무관한 집을 꿈꾼다.

- 김정란, 나의 시(詩) 全文

[해설]

여성의 내면 탐구를 위하여 결합한 언어로 시 세계를 일궈나가던 시인은 '신비(神祕)와 신화(神話) 같은 시어를 즐겨 쓰고 동시에 여성적 자아(自我)를 구축하고 해체해왔다.'고 한다.

우리의 삶을 정보공개시스템으로 들여다보면 정해진 체재로 이루어진 닫힌 공간임을 보게 된다. 그곳에서 인간은 달팽이 같은 존재에 불과하다. '그대는 꼬물대며 기어간다.'에서 '그대'는 시(詩)가 아닐까! 나아가 억압적인 사회 체제(體制)는 껍질을 빠져나오기 위한 '삐거덕거림'으로 정체성을 되찾고 '존재의 궁극'이라는 새 세계로 진행한다. 무의식과 일체가 된 인간이 정보에 의해 오염된 가면을 벗어버리고 '속살'만으로 '궁극의 기원'이라는 새로운 세계에 도달할 수 있는 것이다. 인간은 무의식적 욕망이 충족될 때, 정체성도 되찾고 꿈꾸는 대상도 인식할 수 있게 된다.

김정란 시인 약력

김정란(1953~)은 '나비'의 시인이다. 서울에서 태어난 김정란은 성심여자중고등학교를 거쳐 한국외국어대학교 불어과에 들어가 문학과 만난다. 대학 시절 그는 『문학과 지성』에 실린 김현의 평론을 읽고, 박상륭의 『죽음의 한 연구』를 끼고 다니며 탐닉한다. 한국외국어대를 졸업하고 프랑스로 유학하여 그르노블 3 대학원에서 문학박사 학위를 받는다. 1976년 현대문학에서 시 「스물네살의 바다」로 등단하였다. 1998년 백상문학상(번역부문)을 수상하고 2000년엔 소월시문학상 대상을 받았다. 상지대학교 인문사회대 교수로 재직하고 있다. 저서로는 여성적 자아의 내면 탐구를 모색한 그녀의 첫 번째 시집, 『다시 시작하는 나비』 등 시집 5권. 『비어있는 중심』 등 문학평론집 4권 외 다수가 있다.

12. 엄마 걱정

열무 삼십 단을 이고
시장에 간 우리 엄마
안 오시네, 해는 시든 지 오래
나는 찬밥처럼 방에 담겨
아무리 천천히 숙제를 해도
엄마 안 오시네, 배추잎 같은 발소리 타박타박
안 들리네, 어둡고 무서워
금간 창 틈으로 고요한 빗소리
빈 방에 혼자 엎드려 훌쩍거리던

아주 먼 옛날
지금도 내 눈시울을 뜨겁게 하는

그 시절, 내 유년의 윗목.

- 기형도, 「엄마 걱정」 全文

[해설]

이 시는 어린 시절의 추억을 회상하며 풍요로운 현대 도회지 감각과는 거리가 있는 과거 어촌의 궁핍했던 시절을 나타내고 있다. '시장에 간 엄마를 걱정하고 기다리던 어린 시절의 그리움'이 가져오는 시에서의 과거 공간은 시적 위의(威儀)를 지닌 영원한 공간이란 가치를 지닌다. '열무 삼십 단을 이고 시장에 간 우리 엄마'에서 화자는 시장에서 열무를 파는 엄마의 모습을 통해 가난했던 어린 시절을 회상한다. '해는 시든 지 오래'에서는 온종일 장사를 하고 지친 엄마의 모습을 연상시키기도 한다. '나는 찬밥처럼 방에 담겨'는 춥고 서글픈 화자의 처지를 독특하게 비유로 나타냈다. '아무리 천천히 숙제를 해도'에서는 엄마의 귀가를 기다리는 시간이 빨리 흘러가지 않는다는 것을 표현하였다. '배추잎 같은 발소리 타박타박'은 삶에 지친 어머니의 모습을 그렸다. 그리고 '금간 창 틈'은 가난을, '고요한 빗소리'는 화자의 외로움을 고조시킨다. '내 유년의 윗목'에서 '윗목'은 춥고 외롭고 서러운 처지를 말한다. 성인이 된 지금 그때 그 시절의 두려움과 외로움은 그리움으로 변하여 시인의 눈시울을 뜨겁게 한다. 어린 시절 엄마를 걱정하고 기다리는 애틋한 마음이 가슴 깊게 아련히 새겨져 있기 때문일 것이다.

작가 소개

기형도(奇亨度, 1960-1989) 시인은 인천광역시 옹진군 연평도에서 3남 4녀 중 막내로 태어나 가난한 어린 시절을 보냈다. 1985년 연세대학교 정치외교학과를 졸업하였고 재학 시절 '박영준문학상'과 '윤동주문학상'을 받았다. 이어 중앙일보에 근무하면서 끊임없이 작품을 발표하였다. 주로 유년의 우울한 기억이나 도시인들의 삶을 담은 독창적이면서 개성이 강한 시들을 발표하였다. 1989년 3월 7일 시집 출간을 준비하던 중에 종로의 한 심야 극장에서 숨진 채 발견되었고 사인은 뇌졸중(腦卒中)이었다. 그해 5월 유고 시집인 『입 속의 검은 잎』(1989)이 출간되었다.

13. 해체시에 대한 소고(小考)

21세기는 해체론의 시대라고 볼 수 있다. 그 저변에는 포스트모던 시대의 대표적 사상가인 자크 데리다가 있다. 이성복의 「뒹구는 돌은 언제 잠 깨는가」에 나타난 해체의 징후가 1980년대 현실정치의 해체를 지향한 일부 작가들에 의해 개화기를 거쳐 전성기를 맞는다. 우리의 해체시가 전통적인 시의 인습에서 모순의 징후를 포착해내면서, 새로운 시에 관한 도전에 대해 적절한 발상인가를 신중히 검토해 보아야 할 것이다. 그러나 이것이 시(詩)로 불리려면, 어디까지나 '아름다운 언어의 구조물'이라는 한계를 벗어나서는 안 될 것이다. 이전에 이룩해 왔던 서정시, 탈식민주의를 위한 새 전략, 동양사상의 현대화 등 서구 주도의 세계관이 쇠퇴하면서 새 콤플렉스로만 버틸 수 없는 사회 지식인들이 직면하고 있는 문제들에서 누군가 해체론을 잘 육화(肉化)한다면 우리의 문화 발전에 유용한 도구가 될 수도 있을 것이다.

제2부
심상연구와 문학비평

탈구조주의 비평

1. 글머리에

1960년대에 탈구조주의(post-structuralism)가 모습을 드러내기 시작했다. 기존의 구조주의의 한계를 극복하는 많은 개념이 새로운 시대에 전용되고 있음을 볼 수 있다. 또한, 탈구조주의적 요건들이 처음부터 구조주의 속에 있었다고 일부 비평가들은 주장하고 있다. 구조주의의 학문적 허세를 위축시켜 구조주의보다 더 완전하게 발달한 것이 탈구조주의라고 할 수 있을 것이다. 구조주의가 인간이 만든 기호의 세계를 정복하려는 욕망이 있다면, 그러한 주장을 진지하게 받아들이지 않는 탈구조주의는 스스로는 희극적인 것이 될 수도 있다. 그리하여 구조주의에 대한 탈구조주의의 조소는 자신에 대한 조소와 크게 다를 게 없다. 이것은 어느 날 갑자기 자신들의 잘못을 발견한 구조주의자들이 탈구조주의자들이기 때문이다.

구조주의는 사람의 의식 자체가 초역사적인 고정된 구조를 반영한다고 보지만, 탈구조주의는 그러한 초시간적 구조는 없다고 전제한다.

구조주의에서 시작하여 탈구조주의로 마감한 프랑스 비평가 바르트는 초기에 사용하던 구조주의적 용어나 개념을 탈구조주의로 전향한 다음에도 계속 쓰는 것을 볼 수 있다. 1960년대 프랑스 비평가들을 대표하는 롤랑 바르트는 여러 번 방향수정을 하였지만, 중심주제는 변함이 없었다. 그는 문학을 사물의 의미 전달이 아니라 사물의 의미화 전달이라고 정의했다. 구조 전체를 해체한 데리다 역시 구조주의 기본 개념을 대부분 재사용하고 있다. 이러한 논쟁 중에서 20세기 초에 프랑스의 혁신적 언어학자 소쉬르가 창시한 구조주의 언어학을 새겨볼 필요가 있다 하겠다.

2. 탈구조주의의 탄생

롤랑 바르트에 의하면, 작가가 범할 수 있는 가장 나쁜 잘못의 하나는 언어가 자연스럽고 분명한 매개체임을 통해 독자가 명백한 진실을 파악할 수 있는 것처럼 가장하는 것이다. 그리하여 바르트가 주장하는 노련한 작가란 모든 저술행위의 가식을 인정하고 글을 쓰는 사람을 의미했다. 바르트가 증오하는 부르주아 이데올로기는 독서란 자연스러운 것이고, 언어란 명료한 것이라는 거짓 견해를 선동하는 존재였다. 바르트에게 탈구조주의적 전환을 보여 주는 계기는 그가 바로 과학적 열망에 대한 신뢰를 버렸을 때라고 할 수 있다. 바르트는 구조주의적 방법이 인류문화의 모든 기호체계를 설명할 수 있다고 믿었다. 바르트는 같은 텍스트에서 구조주의적 언술(言述) 자체가 설명의 대상이 될 수 있다는 것을 인정했다.

바르트의 탈구조주의 시기를 잘 대표해주고 있는 것은 『저자의 죽음

(The Death of the Author)』(1968)이라고 하는 그의 짧은 글이다. 바르트는 이 글에서 저자가 텍스트의 근원이고 그 의미의 원천이란 기존의 전통적 견해를 부정한다. 그가 의미하는 저자란 형이상학적 신분이 제거된 채, 인용과 반복이 교차하여 독자는 어느 방향에서도 텍스트 속으로 진입할 수 있다. 즉 올바른 길이란 없다는 것이다. 바르트에 의하면 저자의 죽음은 자유스럽게 텍스트의 의미형성과정을 여닫을 수 있다는 것이 그의 지론이다. 또한, 독자들은 텍스트를 의미체계와 자유스럽게 연결할 수도 있고 저자의 의도를 무시할 수도 있다. 바르트는 『텍스트의 즐거움(The Pleasures of the Text)』(1975)에서 관능적 쾌감과 정신적 희열을 구별하면서 독자의 자유분방한 방종을 탐구하고 있었다. 책을 읽는 동안, 순수하고도 연속적인 텍스트의 흐름이 우리에게 쾌감을 느끼게 한다.

20세기의 설화문학은 전 시대의 선인들로부터 이어받은 전통문학과 서서히 결별하기 시작했다. 즉 사실주의에서 벗어나 1960년대 후반에 이르러 구조주의가 탈구조주의로 바뀌는 현상이 일어났다. 들여다보면 소쉬르의 언어이론에 처음부터 탈구조주의적 현상들이 있었다고 볼 수 있다. 예를 들면 영어로 양은 'sheep'이고 양고기는 'mutton'인데, 불어에서는 'mutton'이라는 한 단어가 그 두 가지 의미를 다 갖고 있다. 그것은 여러 단어가 사물과 관념으로 분리되고 다른 한편으로는 서로 다른 언어로 분리되는 것과 같다.

롤랑 바르트가 지은『(S/Z)』(1970)는 그가 내세우는 훌륭한 탈구조주의 계열의 저서다. 그는 저서에서 모든 텍스트는 '차이'를 가지므로 그 구조를 파악하려는 시도는 헛된 것이라는 것을 밝히고 있다. 각 텍스트는 바다처럼 많이 '이미 쓰인' 것들에 대해 각기 다른 방식으로 언급하게 된다. 아방가르드의 원문에서는 텍스트들을 서로 접속함으로써 의미를 산출하는 자유를 갖게 된다. 첫 번째 부류의 텍스트는 독자에게 고정된 의미의 소비자가 되도록 하고, 두 번째는 독자를 생산자로 만든다. 바르트는 이 첫 번째 부류의 텍스트를 읽을 수 있는 텍스트라고 부르며, 두 번째는 쓸 수 있는 텍스트라고 부른다. 즉 첫 번째 부류는 읽도록(소비하도록) 만들어졌으며, 두 번째 부류는 쓰도록(생산하도록) 만들어졌다. 바르트의 이 쓸 수 있는 텍스트는 다만 이론상으로만 존재한다고 볼 수 있다.

3. 시적 언어와 혁명

줄리아 크리스테바(Julia Kristeva)의 『시적 언어의 혁명』(1974)은 텍스트 이론에 새로운 과정을 정리한 가장 대표적 저서로 그녀의 이론은 심리분석이라는 관념의 특정 체계에 기초하고 있다. 세상 언어학자들의 눈을 번쩍 뜨게 했던 이 저서는 그녀의 박사학위 논문이나 다름없다. 오랫동안 통일된 주관의 필요성을 전제로 해 온 서구의 사상은 초점이 잘 잡힌 렌즈와 같아서, 그것 없이는 아무것도 명료하게 보이지 않는다. 그러한 통일된 주관이 대상과 진실을 인지하게 해 주고, 나아가 질서 정연한 구문은 질서 정연한 정신을 만든다. 하지만, 이성은 언제나 쾌락과 웃음과 시의 반역적인 소음에 의해 위협당하는 과정을 탐색하고 있다. 플라톤 같은 이성주의자들은 언제나 그런 위험한 경향을 경계해 왔으며, 욕망이 그 대상이며, 그에 따른 혼란은 사회적 차원으로 확대될 수 있다.

시어는 사회적 언술(言述)이 어떻게 새로운 주관적 위치의 창조 때문에 붕괴할 수 있는가를 보여 준다. 크리스테바는 '일반적인 것'과 '시적인 것' 사이의 관계에 대해 복합적인 심리적 분석을 우리에게 보여 준다. 인간이란 처음부터 육체적 충동과 심리적 충동이 율동적으로 교차하여 흐르는 공간이다. 이런 무한한 충동의 흐름을 점차 가족과 사회의 제한으로 지배된다고 그녀는 말한다. 아주 초기의 충동의 흐름은 모친에게 집중되며, 개성의 형성은 허용되지 않고, 신체의 일부 구분과 상호 관계만이 허용된다. 그래서 무질서한 언어 이전의 동작이나 몸짓이나 소리나 율동의 흐름은 기호학적 자료의 근본을 이룬다. 크리스테바는 그러한 자료를 '기호학적(semiotic)'이라고 부른다.

크리스테바를 논하는 이 장(章)의 제목에 붙인 '혁명'이라는 말은 단순히 은유적인 뜻으로 쓴 것만은 아니다. 본질적인 사회적 변화의 가능성은 서역적인 언술의 분열과 연관되어 있다고 그녀는 주장한다. 시어는 사회의 '닫힌' 상징적 질서를 '가로질러서' 기호의 반역적 열림을 소개한다. 그것은 "사회 질서의 내부에서 대항하여 무의식 이론이 추구하고 시어가 실현하는 것"이 된다. 그녀는 때로 모더니스트 시들이 사실 사회가 더 복합적인 형태가 될 때 먼 미래에 일어날 사회 혁명을 예시하고 있다고 생각한다. 하지만, 또 다른 경우에 크리스테바는 부르주아 이데올로기가 이 시적 혁명을, 사회에서는 부정되고 있는 억압된 충동을 위한 안전밸브로 취급하여 그것을 회복시킬 것을 두려워한다. 사회에서도 여성 작가들의 혁명적 가능성에 대한 크리스테바의 견해도 역시 그처럼 양면적이다.

4. 라캉의 언어와 무의식

프랑스의 정신분석학자인 자크 라캉은 1901년 프랑스 도매상의 집안에서 태어났다. 그는 성장 과정기에 과장적 자아, 나르시시즘적 성격장애를 보였다고 한다. 그런 그가 일찍이 소쉬르의 탁월성을 깨닫고 언어학과 기호학적 통찰을 이용하여 전통적인 프로이트 이론을 재정립하는 일에 착수했다. 프로이트의 텍스트와 정신분석학을 구조주의 노선에 따라 수정하고, '무의식은 언어와 같이 구조되었다'라는 이론과 '꿈 작업'은 기표의 법칙을 따른다는 것을 감지했다. 이런 놀라운 통찰이 현대 정신분석학을 태동시켰으며, 그의 심리 분석적 저서들은 비평가들에게 주관에 대한 새로운 이론을 제공해주었을 뿐 아니라 기호학의 2인자로 부상되기도 하였다. 이렇게 라캉은 1981년 80세의 나이로 세상을 떠날 때까지 거의 한 세기를 살아가면서 프로이트가 개척한 정신분석학을 계승 발전시켜 정신분석학의 제2의 창시자라고 말할 수 있을 것이다.

1) 라캉의 정신분석학적 이론

라캉의 정신분석학적 이론은 상상계, 상징계, 실재계의 구조가 밑받침이 된다. 먼저 이 세 가지에 대해 간략히 살펴보자.

가, 상상계

거울이란 물체를 그대로 비춰 하나의 주체로써 통합적인 기능을 수행하고 인식하도록 이미지를 제공한다. 따라서 주체는 이미지를 통해 스스로 형상화하여 자신을 전체로 보고 하나의 자아를 생성한다. 프로이트에 의하면, 유아기의 초기 양상에서 아기는 거울 속에 비친 자신의 모습을 보고 환호성을 울리며 반가워한다. 아이는 그 속에 비친 모습을 자신과 완전히 동일시하는데 라캉은 이 단계를 '거울 단계

(mirror stage)' 혹은 '상상계(the Imaginary)'라고 하여 주체의 형성에 원천이 되는 모형으로 제시한다. 이 단계에서 아이에게는 확정적인 성적 대상을 전혀 가지고 있지 않고 육체의 다양한 성감대 주위(입, 항문, 성기) 즉 '쾌락원리'의 법칙만이 있을 뿐이다. 이때 아이는 거울에 나타나는 파편화된 자아의 이미지 속으로 어떤 통일성을 투사하기 시작한다. 이 상상적인 경향은 자아가 형성된 후에도 계속된다.

나, 상징계

상징계(the Symbolic)는 상징적인 것으로 상상계와 크게 나뉜다. 언어의 세계인 상징계로 진입하면서 상상계는 사라지게 된다. 어린이가 그 자체의 힘으로 하나의 주체가 되려 한다면, 그 자신은 다른 사람들과 차별화하는 법을 배워야 한다.

다, 실재계

마르크스가 물신주의라는 말을 썼듯이, 정신분석학자 라캉은 상상계의 정신적 메커니즘을 지칭하면서 오인이라는 말을 사용하였다. 결국, 라캉은 자기의식을 뜻하는 메코네상스(méconnaissance)는 프랑스어로 오인이나 착각에 불과한 것이라고 말하고 있다. 말하자면, 어린아이가 어른이 되는 과정에 해당하는 개념이 자기의식이다. 그래서 의식의 출발은 상상계라는 오인의 구조로부터 시작하므로 자아를 완벽하게 조정하는 절대적 주체란 없다. 따라서 라캉은 오인의 구조를 실재계의 한 부분으로 편입시킴으로써 의식이 지닌 환상을 강조하고 있다.

2) 언어와 무의식

라캉에 의하면, 정신분석적 경험이 무의식 속에서 발견해낸 것은 언어의 구조이다. 그가 주장하는 것은 무의식이 언어적인 구조로 되어 있다는 것이다. 프로이트의 『꿈의 해석』을 살펴보면, 담론이나 텍스트 구조 또는 관용어법 속에서 문자가 차지하는 위치가 거론되고 있다. 인간이 지니고 있는 진실의 효과는 정신과 아무 상관 없이 문자에 의해서 생겨난다는 것을 볼 수 있다. 언어의 구조는 그것을 사용하는 어떤 개인과도 무관하게 사회적 규약으로, 객관적 구조로서 존재한다고 소쉬르는 말한다. 즉 언어의 기호가 특정한 의미가 있게 되는 것은 기호 간의 관계와 그것을 조직해내는 고유한 규칙에 의해서이다. 이러한 규칙을 흔히 언어구조라고 부른다. 언어를 사용할 때는 그 기호가 조직되는 규칙으로 들어가서 그 규칙이 정하는 바에 따라 사용해야 한다. 기호의 의미 마찬가지로 그것을 사용하려는 사람의 의도가 아닌 언어적인 규칙에 의해 정의된다. 라캉은 언어야말로 무의식의 조건이라고 단언한다. 언어가 없다면 무의식도 없기 때문이다. 이는 언어를 통해서 무의식이 만들어지고 작동하게 됨을 확실히 보여주고 있다. 라캉은 소쉬르의 언어 속에서 프로이트의 이론을 되풀이하고 있다.

5. 해체 이론

쟈크 데리다(Jacques Derrida)가 1966년에 발표한 「구조, 기호, 그리고 인문학의 언술」이라는 논문은 플라톤 이래 서구 철학의 형이상학적 전제들에 대해 의문을 제기하고 있었다. 그는 구조라는 개념이 언제나 일종의 의미의 센터를 전제로 해 왔다고 주장한다. 예컨대 우리는 스스로 정신적 생활이 나라고 하는 것을 센터로 해서 이루어진다고 생각한다. 다시 말해, 나라고 하는 개성체가 이 공간 속에서 진행되는 모든 구조의 내면에 숨어 있는 통일성의 원리가 된다는 것이다. 그러나 프로이트의 이론은 자아 속에서 의식과 무의식 사이를 구분함으로써 그러한 형이상학적 확신을 붕괴시키고 있다.

그리스어로 말이란 뜻의 로고스는 신약성서에서 현존의 가능성을 가장 집중적으로 보여주고 있는 용어이다. "태초에 말씀이 있었다."에서 말은 모든 것의 근원으로 세상의 완전한 현존을 암시하고 있다. 비록 성서에 쓰였지만, 신의 말씀은 본질에서 말해진 것이다. 음성을 중심으로 하는 주의는 글쓰기를 말의 오염된 형태로 취급한다. 즉 말은 글보다 사고(思考)의 원인에 더 가까워 어떤 부족한 현존(現存)의 속성을 담을 수가 없다. 축사나 연설은 현존하는 것으로 화자의 영혼을 육화(肉化)한 것으로 볼 수 있다. 글쓰기는 반복될 수 있고, 그러한 반복은 해석과 재해석을 낳기도 한다. 화자의 말은 자취를 남기지 않아 글에서처럼 근본적인 사고를 오염시키지 않지만, 녹음이라는 문제를 간과할 수 없다. 글에 대한 혐오를 내포하고 있는 철학자들이 철학적 진리의 권위를 훼손할 것을 두려워하고 있다.

폴 드 만(paul de Mann)을 포함한 미국의 일부 비평가들은 낭만주의 시가 해체이론의 적절한 적용대상이 된다고 주장한다. 드 만은 낭만주의자들이 원하는 현존은 과거나 미래 속에서만 존재한다는 것을 보여 줌으로써 스스로 글쓰기를 해체하고 있다고 주장한다. 드 만의 『눈멂과 통찰』이라는 해체이론서는 비평가란 어떤 눈멂을 통해서만 통찰력을 가질 수 있다는 패러독스를 다루고 있다. 비평가는 이론이나 방법을 선택할 때, 나중에 산출되는 통찰과는 거리가 먼 무엇인가 다른 것을 말하게 되는 습성을 가지게 된다고 드 만은 말한다. 이런 눈멂 속의 통찰력이 하나의 통일성으로부터 또 다른 통일성으로 무의식적으로 미끄러져 가는 것에 의해 촉진된다고 생각한다. 즉 통일성은 텍스트 속에 있는 것이 아니라 해석의 행위 속에 있는 것이다.

6. 탈구조주의 비평에 대한 전망

탈구조주의의 수사학적 타입은 여러 가지 형태가 있다. 헤이든 화이트(Hayden White)는 역사적 이론을 살펴보면서 유명한 역사가들의 글쓰기를 본질에서 해체하려고 시도하고 있다. 그는 "언술이 우리가 파악하고 있는 의식의 구조를 향해 우리의 데이터로부터 달아나는 속성이 있다"고 주장한다. 새로운 학문이 일어날 때마다 스스로 언어적 적합성을 그 분야의 목적에 맞추어야 한다. 역사적 사고는 이런 비유적 견지를 제외하고는 가능하지 않다. 해럴드 블룸(Harold Bloom)은 비유의 사용을 멋지게 보여주고 있다. 그는 유태적 신비주의의 사용에 있어서 대담성을 보여주고 있다. 또한, 시인 밀턴(Milton) 이래로 시인들은 자신들의 '뒤늦음(belatedness)'을 인식하고 괴로워했다고 주장한다.

탈구조주의가 부상하기 시작한 1960년대 후반에 앞서 등장한 구조주의의 특성 모두를 비판하면서 탈구조주의가 등장하였다. 탈구조주의는 구조주의 밖에서 시작되었다기보다는 그 내부에서 스스로 잘못을 발견한 사람들에 의해 시작되었다고 본다. 롤랑 바르트는 이런 과정을 통해 구조주의에서 탈구조주의자로 탈바꿈한 대표적 인물이다. 바르트가 근원이나 의미의 존재를 부인할 수 있었던 것은 지시어와 지시대상 사이의 단절과 기호의 불확실함 때문이다. 구조주의자들은 텍스트를 통해 그 문제를 해결하려 했으나 탈구조주의자들은 그러한 욕망이 헛된 것이라고 믿었다. 탈구조주의자들은 텍스트가 실제 말하고 있는 것과 스스로 말하고 있다고 생각하는 것 사이의 차이를 파악하고 있다. 그들은 텍스트가 스스로 대항하거나, 텍스트가 무엇을 의미하도록 강요하는 것을 거부한다. 또한, 문학의 분리를 부정하며 비문학적 언술을 문학으로 읽음으로써 텍스트를 해체하려고 한다. 바르트는 후기에 언어란 결코 명료하지 못한 것이며, 훌륭한 작가는 글쓰기를 통해 유희할 줄 아는 작가임을 암시해 주고 있다.

신역사주의 비평과 문화

1. 글머리에

대저 비평이론들은 다양한 방식으로 서로 겹치고 포개질 수 있다. 그렇지만 겹치고 포개지는 경우가 많다 하더라도 대부분 비평이론은 그 목적이라는 측면에서 보면 다른 이론과 거리를 유지하기 마련이다. 마르크스주의는 사회경제적 체제가 어떻게 경험을 규정하는 궁극적인 근원이 되는지를 밝히려 하지만, 여성주의는 경험에 대한 궁극적 근원이 가부장적 성 역할에 있음을 드러내려 하고, 정신분석학은 그 근원이 억압된 심리적 갈등에 있음을 들춰내려 한다. 구조주의는 간단한 구조 체계들을 드러내고자 하고, 독자반응비평은 독자 자신의 읽기 경험이 텍스트를 창조해 나가는 과정을 보여주고자 할 것이다.

때로는 비평 이론에 겹친 부분이 너무 많아 어떤 면에서 다른지 규정하기가 어렵게 느껴지기도 한다. 실제로 그런 차이에 동의하지 않는다면 더욱더 그렇다. 신역사주의와 문화 비평이 이론적으로 많은 부분 공유하고 있기에, 문학작품을 해석하는 방법 또한 비슷하게 전개되는 경향이 있다. 그런데 신역사주의 비평가들이 더욱 면밀하게 적극적인 의지를 발표하여 문화 비평도 쉽게 비교를 통해 이해할 수 있을 것이다.

2. 신역사주의와 전통적 역사학

전통적 역사학에 입각한 학자들과 신역사주의 이론가들의 근세사 전투에 대한 질문과 대답을 한다면, 양쪽이 확연히 다르다는 것을 알 수 있다. 이는 역사에 접근하는 방식이 다르고 역사를 무엇으로 정의하고 어떻게 인식할 것인지에 대한 시각이 전혀 다르기 때문이다. 전통적인 역사학에서는 "무엇이 일어났는가?"를 묻지만, 신역사주의는 "그 사건이 어떻게 해석되어 왔는가?"를 묻는다. 전통적 역사학자들은 역사를 대부분 직선적 인과관계로 이해한다. 즉 직선으로 이동한다는 식이다. 이들은 객관적인 분석으로써 역사적 사실을 온전히 밝힐 수 있으며 관련된 문화에 의해 지탱되는 세계관을 드러낼 수 있다고 믿는다. 결과적으로 전통적 역사학을 추구하는 학자들은 역사가 대체로 진보한다고 이해한다. 시간이 흐르면서 인류는 문화적·기술적 성취를 이루며 향상하고 있다는 것이다.

이와 반대로 신역사주의 이론가들은 역사적으로 가장 분명한 사실들에조차 접근이 가능한지 의아해한다. 예를 들면 우리는 나폴레옹이 워털루 전투에서 패배했다는 사실을 안다. 그런데도 신역사주의 이론가들은 그러한 사실이 무엇을 의미하는지, 정치적 문화적 대립으로 이루어진 관계망과 그 사실이 어떻게 맞는 것인지에 대해 사실의 문제가 아닌 해석의 문제라는 것이다. 이러한 관점에서 보면, 사실에 대한 해석보다 오직 해석만이 있을 뿐이라며 신역사주의 이론가들은 신뢰할 만한 해석 자체가 여러 가지 이유로 생산되기 어렵다고 주장하기도 한다.

신뢰할 만한 해석을 내놓기 어려운 가장 큰 이유는 객관적 분석의 불가능성 때문이다. 역사학자들은 특정한 시공간을 살아가며, 과거와 현재의 사건들을 바라보는 시각은 그들이 속한 문화와 수많은 의식적·무의식적 사정들에 영향을 받기 마련이다. 가령 역사는 진보한다는 전통적 견해는 과거에 구미의 역사학자들에게 지지를 받았다. 그 결과 고도로 발달한 예술 형식과 영적 철학을 지닌 고대문화 같은 것은 법도가 없고 미신을 숭배하는 등 야만적이라고 오도되는 경우가 잦았다. 신뢰할 만한 역사 해석을 내놓기 어려운 또 다른 이유는 역사의 복잡성이다. 역사란 어떤 문화든 신역사주의 이론가들에게 진보하는 영역이 있을 수 있고, 반대로 퇴보하는 영역이 있을 수 있다. 단 두 명의 역사학자 사이에서도 같은 내용을 두고 견해가 일치하지 않을 수 있다. 말하자면 역사란 사건들의 선형적 진행이라고 간단하게 해석해서는 안 되는 것이다. 역사는 즉흥적인 춤과 같아 그때마다 생기는 새로운 길을 따라갈 뿐인 것이다. 개인이나 집단은 목표가 있을 수 있어도, 인간의 역사는 목표를 갖지 않는다.

인간관계를 같은 맥락에서 들여다볼 수가 있다. 신역사주의 이론가들은 사건의 원인이란 대개 다양하고 분석하기 까다롭다고 주장한다. 인간관계에 대해서 그 누구도 확신을 하고 단순하게 말할 수 없다는 것이다. 다시 말하면, 모든 사건은 사건을 낳는 문화에 의해 형성되는 동시에 그 문화를 형성한다. 이처럼 우리의 주체성이나 자아 역시 우리가 태어난 문화에 의해 형성되는 동시에 그 문화를 형성한다. 대부분 신역사주의 이론가들에 의하면, 우리의 정체성은 사회의 산물이 아니고, 그렇다고 각자의 의지와 욕망의 산물이라고만 할 수 있는 것도 아니다. 개인의 정체성과 문화적 환경은 서로 반영하고 규정하며 상호 형성 관계를 이루며, 불안정하고 역동적이다.

문학비평과 관련하여 신역사주의가 갖는 함의(含意)들을 논의하기에 앞서, 신역사주의의 핵심 개념들을 정리해 보자.

1. 역사를 기술하는 것은 사실의 문제가 아니고 해석의 문제이다. 모든 역사 서술은 서사이며 문학비평가들이 역사 서술을 분석하기도 한다.

2. 역사는 선형적(線形的)이지도 않고 진보적이지도 않다.

3. 권력은 개인 한 사람이거나 하나의 사회적 층 위에 귀속하는 법은 없다. 권력은 오히려 재화의 교환 혹은 인간 존재의 교환을 통해 그 문화 안에서 순환한다.

4. 역사에 대한 분석이란 역사의 전체상 가운데 오직 일부만을 설명하는 데 그치므로 언제나 미완성으로 남을 수밖에 없다. 단일체로서 시대정신이란 존재하지 않으며, 역사를 전체 화하여 적절히 설명하는 것도 불가능하다.

5. 개인의 정체성은 역사적 사건과 마찬가지로 그것을 낳은 문화에 의해 형성되는 동시에 그 문화를 형성한다.

6. 모든 역사 분석에는 어쩔 수 없이 주관성이 개입된다. 그래서 역

사가는 역사에 관한 해석을 자신의 경험에 의해 결정되었다는 사실을 스스로 드러내야 한다.

3. 신역사주의와 문학

전통적 역사주의 비평은 신역사주의 비평과는 공통점이 거의 없다고 할 수 있다. 전통적 역사주의 비평은 19세기를 거치며 그 대상을 저자의 삶과 작품이 집필된 역사상의 시기에 대한 연구로 한정되다시피 하였다. 즉 저자의 작품이 구현하고 있는 시대정신을 드러내는 데 주력했다. 전통적 역사주의 비평가들에 의하면, 문학은 순수하게 주관적인 영역에 존재하는 것이기 때문에 문학이 어떤 의미로든 일단 해석되려면 그 의미가 역사로 보증된 것이어야 한다고 생각했다.

신비평은 전통적인 역사주의 비평가에게서 주도권을 넘겨받아 1940년부터 1960년대까지 문학연구 흐름을 지배한 방법론이다. 1970년대 후반에 등장한 신역사주의는 문학을 주변화하는 전통적 역사주의 영역에 문학 텍스트를 고정하고 신성시하는 신비평을 일절 거부한 방법론이다. 신역사주의 비평가들은 문학 텍스트를 일종의 문화적 가공물로 본다. 문학 텍스트는 해당 텍스트가 생산된 시공간 속에서 작동한 담론들의 상호작용과 관련하여 우리에게 무언가 알려 줄 수 있다는 것이다.

신역사주의 비평이 기존의 비평과 어떻게 차별되는지 확인할 수 있는 가장 좋은 방법은 특정 문학 작품들에 대한 신역사주의적 독법이 같은 작품들에 대한 전통적인 역사주의적 독법과 어느 지점에서 대비

되는지 보는 것이다. 그리하여 신역사주의 비평가들에게는 문학 텍스트 역시 특정한 시공간에서의 인간 경험을 재현한다는 점에서 하나의 역사적 해석이다. 다시 말해 문학 텍스트는 그것이 생산된 문화 내부를 순환하던 담론들에 의해 형성되었다. 우리의 문학 해석 또한 우리가 살아가는 문화에 의해 그 문화를 형성한다.

4. 신역사주의와 문화비평

신역사주의와 문화비평은 공통으로 인간의 역사와 문화를 일종의 경기장으로 이해하며, 두 분야 사이에는 차이점보다는 공통점이 더 많다. 또한 신역사주의와 문화비평은 개별적인 인간 정체성이 문화적 환경과 교환하며 발달한다고 본다. 넓은 의미에서 '문화비평(cultural critics)'이라는 용어는 문화와 관련된 것이라면 어떤 것이든 분석할 수 있다. 이를테면 『위대한 개츠비』에 대한 마르크스주의적 해석, 여성주의적 해석은 모두 『위대한 개츠비』를 통해 미국 문화의 몇 가지 단면을 탐구한다는 점에서 전부 문화비평의 사례로 읽힐 수 있다. 심지어 파행적 사랑의 심리학을 보여주는 이야기라고 분석한 『위대한 개츠비』에 대한 정신분석학적 해석 역시 문화비평으로 고쳐 읽을 수 있다. 문화비평은 정치성이 강한 이론을 활용하는 경우가 많다. 문화비평은 신역사주의보다 대체로 정치 지향적이기 때문이다.

좁은 의미의 문화비평은 마르크스주의 비평을 모태로 삼고 있으며 1960년대 이후 독자적인 분석 방법으로 자리 잡았다. 좁은 의미의 문화비평을 보면, 노동 계급의 문화는 늘 평가절하되어 왔다. 어떤 예술이 발레나 오페라 같은 고급문화가 될지는 지배계급이 결정하고, 반면에 인기 있는 대중문화 형식은 자연스럽게 저급 문화로 격하된다. 그러나 문화비평 이론가들에 의하면, 문화의 형식을 놓고 고급과 저급을 놓고 구별하는 것은 의미가 없다. 문화 비평 이론가들에 따르면, 지배계급은 고급과 저급 문화를 규정함으로써 자신들의 우월한 권력의 이미지를 강화하려 한다. 대부분 문학비평 이론가들이 마르크스주의를 비롯한 정치성이 강한 이론에 기대어 비평작업을 수행하는 이유는 이들의 작업이 종종 정치적 의제를 수반하기 때문이다.

문화비평 이론가들은 문화란 하나의 과정이며, 저마다 발전하며 상호작용하는 개별 문화들의 집합체라는 것이다. 문화비평은 공공연히 정치적으로 지향하고 정치성이 강한 이론들을 분석하며 좁은 의미의 문화비평은 대중문화에 관심을 둔다.

5. 문화비평과 문학

하나의 작품이 어떤 특별한 시공간에 위치한 독자들에게 강한 호소력을 갖는 이유는 무엇인가? 자신에게 내재한 가치와 지금 읽고 있는 작품과 서로 어떻게 다른가? 이러한 작품에서 기대할 수 있는 사회적 이해는 무엇일까? 여기에서 문학 텍스트를 탄생시킨 문화와 해석하는 문화 사이에 하나의 연결고리가 성립되는 것을 볼 수 있다. 문학작품에 문화비평을 어떻게 적용할지 조셉 콘래드의 『암흑의 핵심』과 모리슨의 『빌러버드』로 문화 비평의 쓰임새를 살펴보자. 앞서 신역사주의 비평과 전통적 역사주의 비평의 차이에서 보았듯이 위의 두 작품에 대한 신역사주의 해석들이 문화비평처럼 문학 텍스트가 문화비평의 사례로 볼 수 있을 것이다. 두 작품이 고급문화에 속하는 소설임을 고려

할 때, 문화비평은 소설 그 자체보다는 영화 텔레비전 등 대중적 해석을 비평 대상으로 보려 할 것이다.

문화비평은 문학 작품들이 대중적 매체로 각색된 내용을 해석함으로써 원작과 대중 매체 사이에 존재하는 인간의 본질을 어떻게 바라보고 있는가? 또는 원작이 전해주지 못하는 인간 본질에 대한 희망적인 전망을 대중 매체가 제시할 수 있는가? 혹은 모호함 신뢰도 등은 어떻게 처리하는가? 나아가 대중매체의 어떠한 생산물이든지 간에 문화비평가가 염두에 두는 것은 시청자가 의도한 대로 해당 결과물을 사실 그대로 수용하지 않을 것이다. 그러므로 문화비평가들의 작업은 검토대상의 생산물이 관객에게 어떻게 수용되는지 또 어떤 변화를 겪는지를 제시해 준다고 할 수 있다.

6. 문화비평 이론가가 던지는 문학 텍스트

아래의 질문들은 신역사주의 비평가가 문학 텍스트를 해석하고 답하는데, 수행하는 문화적 작업을 어떻게 살펴봐야 하는가를 알려주고 있다. 하나는 어떠한 역사적 사건이나 이데올로기도 이것을 둘러싼 다른 무수한 역사적 사건, 이데올로기와 연관 짓지 않고서는 제대로 이해할 수 없다는 것이다. 다른 하나는 우리의 문화적 경험은 인식에 영향을 끼쳐 진정한 객관성이란 존재하기 어렵다는 것이다. 즉 우리는 살아가는 역사적 순간 안에서만 무언가를 써 내려갈 수 있다.

1. 문학 텍스트는 같은 시대의 다른 문화적 텍스트들과 맞물려 있는 연속체 일부로서 어떻게 기능하는가? 또한 특정한 시공간에서의

인간 경험을 이해하는데 문학 텍스트는 어떤 보탬이 되는가?

2. 문학 텍스트가 작성된 시공간에서의 권력 구조를 지지하거나 약화시키는 이데올로기들을 해당 텍스트는 어떤 식으로 조장하는가?

3. 문학적 담론과 비문학적 담론이 특정 시기에 서로 경쟁하면서 영향을 주고받는 방식을 이해하고자 수사적 분석을 할 경우에 문학 텍스트는 어떤 보탬이 되는가?

4. 역사적 저술 등에서 충분히 검토되지 않아 무시되거나 잘못 전달되었던 내용에 대한 경험과 관련하여 문학 작품이 시사하는 바는 무엇인가?

5. 기존에 어떤 문학 작품을 수용한 문화는 문학비평가나 독자들의 해당 작품 수용에 어떤 영향을 끼쳐 왔는가?

여기에 제시한 물음들은 신역사주의와 문학비평 이론가들의 방식에 따라 문학 텍스트를 이해하기 위한 시작에 지나지 않는다. 신역사주의 및 문화비평 이론가들도 같은 텍스트를 모두 똑같이 해석하는 것은 아니라는 사실을 알아야 하겠다. 실제로 비평가들의 해석은 어떤 이론에서든 훨씬 다양하기 마련이다. 우리가 지향하는 목표는 신역사주의 및 문화비평 이론을 활용하고 그런 문화를 형성시키는 온갖 담론들의 순환에 해당 텍스트가 어떻게 개입되는지를 파악하여 문학 이해의 폭을 넓히는 것이다.

7. 『위대한 개츠비』에 대한 신역사주의적 독법

미국의 소설가 프랜시스 스콧 피츠제럴드(Francis Scott Fitzgerald)는 1896년 미국 중서부에 위치한 미네소타주에서 귀족적이던 아버지와 시골 출신 어머니 사이에 외아들로 태어났다. 아버지는 가구 상인이었는데, 그가 태어난 직후에 도산했다. 집안이 가난했지만, 부자들이 모이는 프린스턴대학교에 들어가 풋볼 선수가 될 것을 꿈꾸었고, 이 무렵부터 문학에 뜻을 두게 되었다. 제1차 세계대전 때 미국이 참전하자 지원병으로 군대에 입대했다. 제대한 뒤 앨라배마주에서 젤다 세어를 만나 연애 끝에 결혼했다. 1940년에 심장마비로 사망했다. 이후 새로운 세대의 선언이라고도 할 만한 최초의 자전적 장편인 『낙원의 이쪽』(1920)으로 단번에 문단의 주목을 받게 되었다. 최고의 작품은 1925년의 『위대한 개츠비(The Great Gatsby)』로, 제1차 세계대전 직후인 1920년대의 미국을 배경으로 하여 황폐한 현대 물질문명 속에서 '아메리칸 드림'이 어떻게 무너져 가는가를 묘사하고 있다. 그 무렵 뉴욕의 유산 계급에 관한 퇴폐상을 비판한 20세기 미국 문학의 대표작이다.

남북전쟁이 끝난 1865년부터 경제 대공황이 일어난 1929년까지 미국은 지속해서 영토를 넓혀가며 자국의 산업을 발전시켰는데, 이 시기 미국에서는 가난한 소년이라도 올바른 자질을 가졌다면 미국에서 성공할 수 있다는 믿음은 기존의 성공한 사람들의 성공 사례를 토대로 광범위하게 확산하였다. 『위대한 개츠비』가 출간되던 시기의 지배 담론은 자수성가 담론이었다고 볼 수 있다. 자수성가 담론은 이 시기에 쏟아져 나온 "성공 교본들"에 깊이 스며들어 있다. 적어도 『위대한 개츠비』는 자수성가 담론의 주요 원리들을 반영하고, 또 다른 하나는 자수성가 담론의 중요한 모순 가운데 하나를 구체화하고 있다. 아마도 독자들은 개츠비의 소년 시절 '계획표'의 내용이 다른 성공한 사람들의 내용과 유사하다는 것을 알 수 있을 것이다. 동시대의 자수성가 부자들을 연상시키는 삶을 바란 주인공 개츠비는 그렇게 되고자 계획됨으로써 자기 계발 전통에 따라 형상화된 인물이다.

어느 세대를 막론하고 미국의 빈곤 계층 출신들 가운데서 백만장자가 나오기란 매우 어렵다. 자수성가 담론에 따르면, 사람들이 최고의 자리에 오르지 못하는 원인은 오직 자기 자신에게 있다. 다시 말하면, 빈민가에서 가난하고 힘들게 살았다는 사실이 비즈니스 세계에서 실패에 대한 변명이 될 수는 없다는 것이다. 결국 더 성공하지 못하는 것은 개인의 성격 탓이라고 규정된다. 대부분 자수성가형 백만장자들이 자선단체보다는 도서관이나 대학 등에 자선 활동을 펼친 것도 그러한 인식과 무관하지 않다. 그들은 스스로 발전하고자 하는 의지가 있는 사람들만을 돕는 게 합리적이라고 생각한 것이다. 자선단체는 게으르게 구는 사람들에게도 도움을 줄 수 있기 때문이다.

심상(心象) 연구(硏究)

1, 서론

오늘날 결코 길지 않은 우리 현대 문학에서 다양하게 나타나는 주제 중에 하나를 골라 객관적으로 천착해볼 필요가 있다. 조명희의 「성숙의 축복」, 「경이」는 모든 존재가 파생되는 원형의 상징, 어머니를 소재로 하고 있다. 김동명의 「내 마음」은 가곡으로도 불리고, 조지훈의 완화삼은 화답시로서 시인에게 자유에 대한 욕망을 근원적으로 표현하고 있다.

우리는 다음 5편의 시에 나타난 이미지를 통해서 가난과 상처, 고통과 외로움을 극복하고 민족정신을 지켜내고자 하는 그들의 삶을 시로 조명해보고자 한다.

2, 포석과 임의 향수(鄕愁)

조명희 문학은 한국 민족문학의 우뚝 솟은 봉우리다. 한마디로 파란

만장한 그의 생애는 민족정신을 중심으로 한 격렬한 드라마였으며 한 편의 감동 서사시였다.

포석 조명희는 갑오개혁이 있었던 1894년 8월 10일 충청북도 진천군 진천면 벽암리 수암부락에서 태어났다. 그는 서당에서 한문을 배웠고 진천 신명초등학교를 졸업했다. 13세에 결혼하고 서울 중앙고교에 진학, 1919년에는 문학을 하기 위해 동경으로 건너가 일본 도요(東洋)대학 동양철학과에 입학하였다. 1924년 잡지 『개벽』을 통해 시인으로 등단하여 같은 해에 최초 시집 『봄 잔디밭 위에』를 발간하여 현대문학 초창기에 시인으로 뚜렷한 선을 그었다. 1928년 러시아로 망명하여 블라디보스토크에 거주하며 산문시 「짓밟힌 고려」를 발표했다.

포석의 작품들은 장르를 막론하고 민족문학 역사에 반짝반짝 빛을 발하고 있다. 소설 『낙동강』을 비롯하여 희곡 『김영일의 사』 등 수필과 번역 작품 등 어느 하나 빛나지 않는 작품이 없다. 그는 1937년 러시아 수사당국에 체포되어 스탈린 정권이 일제 간첩이라는 누명을 씌워 1938년 5월 11일에 총살당했다. 1956년 극동군 군법회의에서 사형언도판결을 파기, 무혐의 처리 되어, 그는 복권되었다.

작가정신이 투철한 포석은 편안하게 자기 자리를 지키지 않고 불확실한 미래를 감수하며 끊임없이 다른 나라로 여행을 주저하지 않았으며, 결국 망명지에서 문학의 꽃을 피웠다. 포석 문학은 남북한은 물론 중국 조선족 그리고 옛 소련 한인문학에도 선구자로 추앙받는다.

탄생 100주년이 되던 1994년에 그를 기리는 모임 포석회가 결성되었고 생가터에 그가 태어난 곳을 기념하는 표지비를 세웠다. 우즈베키스탄의 타슈켄트에는 포석의 상설기념관이 있고 '조명희 거리'가 명명되기도 하였다. 블라디보스토크에는 그의 문학비가 세워졌다. 또 해마다 진천에서 열리는 "조명희 문학제"가 중국 연변에서도 열려 그의 문학정신이 빛나고 있다.

가을이 되었다. 마을의 동무여
저 너른 들로 향하여 나가자
논틀길을 밟아가며 노래 부르세
모든 이삭들은
다복다복 고개를 숙이어
"땅의 어머니여!
우리는 다시 그대에게로 돌아가노라" 한다.

동무여! 고개 숙여라 기도하자
저 모든 이삭들과 한가지….

- 조명희, 「성숙(成熟)의 축복(祝福)」 全文

봄을 맞아 흙에 씨뿌리고 여름에 땀 흘려 가꾸고 가을에 추수를 한다. 어머니가 땅의 역할을 하고 있음을 인지할 수 있다. 모든 열매가 그대들과 함께 땅의 어머니에게 기도를 하고 있는 점에서 종교적 의미가 있다.

어머니 좀 들어주서요
저 황혼의 이야기를

숲 사이에 어둠이 엿보아 들고
개천 물소리는 더 한층 가늘어졌나이다
나무 나무들도 다 기도를 드릴 때입니다

어머니 좀 들어주서요
손잡고 귀 기울여 주서요
저 담 아래 밤나무에
아람 떨어지는 소리가 들립니다
'뚝' 하고 땅으로 떨어집니다
우주가 새 아들 낳았다고 기별합니다
등불을 켜 가지고 오서요
새 손님 맞으러 공손히 걸어가십시다.

- 조명희, 「경이(驚異)」 全文

1) 해설

가끔 옛날 어머니의 이미지를 각인 시켜 주는 장면이나 상황을 만나게 되면, 언제나 모성의 그리움에 가슴이 저밀 때가 있다. 인간에게 어머니는 모든 존재가 파생되는 원형의 상징이다. 탄생한 생명은 어머니에겐 그지없이 소중한 것들이고 모성과 사랑은 그리움의 절정으로 묘사되고 있다. 조명희의 시에서 어머니의 이미지는 그의 시 세계를 이해하는데 중요한 의미를 지니고 있다. 어머니의 이미지는 모성애적 의미를 비롯하여 우주적, 대지적, 종교적 의미 등이 포함되어 있다.

「경이(驚異)」에서 어머니는 자연의 의미로 표현되며 이 시는 대지적, 우주적 세계관과 언어에 의한 관념의 승화로 압축시킬 수 있다. 즉, 어머니의 의미가 우주의 의미나 과일의 의미로 대응되고 있다. 어머니가 자녀를 낳듯이 우주가 생명을 생산한다는 진술이다. 여기서 어머니의 존재는 새 생명에의 탄생과 이에 수반되는 신비감을 가져오는 존재로 나타나고 있다. 따라서 어머니의 존재는 그 모두를 포함하여 다양한 인생사와 접목되고 있다고 보아야 할 것이다.

숨죽여 살았던 시절이 있었다
때로는 선인장도 살아남기 힘든 사막의 길을 걷고
모래바람에
뿌리까지 말려버리겠다는 듯이
이글거리는 태양으로 멈출 줄 몰라

목이 탈수록 더 많이 땀방울이 흐른다는 것을
보여주려는 듯
스스로 그늘을 만들어
시를 사랑하고 소설을 그리며
어린 영혼을 쉬게 하려는 포석의 문학

두 눈 속에 깊은 열정을 모아
강물을 물들이고
주름진 산등성이를 헤치며 달려온 마흔네 해

흔적을 찾아 불던 바람도
선구자의 발자국 아래 머문다

세월이 흐를수록 흔들리지 않는 지혜
낮은 데로 흐르는 겸손 그리고

젊은이의 혈맥을 찾아

이 나라가 숲으로 이루어진
뼈대 굵은 산맥들로 뻗어 나가게
내일을 떠받치는 조명희 문학관

이 땅이 넓어졌네
이 땅이 더욱 넓어져
눈이 부시게 목마른 영혼을 적시리.

- 장현경, 「어떤 기행(奇行)」 全文

2) 해설

조명희 문학관은 2014년 4월 착공해 1년여 간의 공사 기간을 거쳐 2015년 5월에 개관하였다. 거대한 책을 모티브로 지어진 건물은 아름다운 건축물 '생거진천 건축상'으로 선정될 정도로 멋지고 현대적으로 지어졌다. 3층에는 문학제, 학술발표회 등이 가능한 126석 규모의 세미나실을 갖추고 있다. 문학관 앞 정원에 세워진 조명희 동상은 높이 5.7m로 전국 문학관 동상 중 최대 규모이다.

조명희 문학관이 탄생함으로써 진천, 도쿄, 연변, 블라디보스토크, 하바롭스크 등으로 문학의 길이 이어져 조명희의 문학정신이 일반 독자에게까지 완성 단계에 이르렀다. 위 시는 『포석 조명희 문학관 탐방』으로 2017년 청계문학이 가을 문학기행에 다녀와서 지은 조명희 문학에 대한 헌시(獻詩)로 2018년 발간, 『포석 문학』 2호에 실려 있다. "마흔네 해"라는 길지 않은 생을 마감한 소설가 조명희는 희곡 『김영일의 사』, 시집 『봄 잔디밭 위에』, 소설 『낙동강』, 산문시 「짓밟힌 고려」 등 불후의 명작을 남겨 영원히 살고 있습니다. '예술은 길고 인생은 짧다.'라는 말이 실감 나는 대목입니다.

3, 1930~40년대의 문학적 상황

강원도 강릉시에는 김동명의 문학 정신을 계승하며 지역 문예 진흥에 이바지하기 위해 2013년 7월 3일에 세워진 김동명 문학관이 있습니다. 김동명 시인은 1900년에 강원도 명주군 사천면. 즉 지금의 김동명 문학관 자리에서 가난한 집안의 외동아들로 태어나 1968년 추운 겨울인 1월 서울 남가좌동 허름한 판잣집에서 중풍으로 시인 몇 사람이 지켜보는 가운데 쓸쓸히 작고했습니다.

그는 평생 일 욕심이 많아 20대에는 시인으로 이름을 얻었고 30대에는 목재상, 땔나무 사업, 양곡 배급소, 부동산 투자 등을 했고 40대부터는 교수(이화여대) 정치인(정치평론가, 참의원 의원) 작가로서 일생 3번 결혼했습니다. 그는 어머니를 존경하고 사랑하는 만큼 세 부인과 주변 여인들을 사랑하고 도움을 받아 여자 복이 많다고 알려져 있습니다. 자신을 문학관 지킴이라고 소개하는 시인 김혜경 관장은 공개적으로 '나는 김동명 시인의 4번째 부인이다.'라고 말하고 있습니다. 그리고 그녀가 쓴 작품에는 말미에 김동명의 연인 김혜경이라고 쓰기도 합니다.

1938 시집 파초에 실려 있는 그가 남긴 불후의 명작
김동명 작시, 김동진 작곡 「내 마음」을 읽는다.

내 마음은 호수요
그대 노 저어 오오
나는 그대의 흰 그림자를 안고
옥같이 그대의 뱃전에 부서지리다

내 마음은 촛불이오
그대 저 문을 닫아주오
나는 그대의 비단 옷자락에 떨며
고요히 최후의 한 방울도 남김없이 타오리다

내 마음은 나그네요
그대 피리를 불어 주오
나는 달 아래 귀를 기울이며
호젓이 나의 밤을 새이오리다

내 마음은 낙엽이요
잠깐 그대의 뜰에 머무르게 하오
이제 바람이 일면
나는 또 나그네같이
외로이 그대를 떠나오리다.

- 김동명, 「내 마음」 全文

1) 해설

직유법과 은유법을 동원하여 심상으로 화자의 심정을 드러내고 있다. 추상적인 개념이 원관념 '마음'이고, 그 관념을 전달하는 이미지가 보조관념 '호수'이며 의식 속으로 영상을 떠올린다. 1연의 '나는 그대의 흰 그림자를 안고'는 백의민족의 순수함을 나타내고, 2연의 '나는 그대의 비단 옷자락에 떨며'는 촛불 빛의 아름다움을 표현한다. 3연의 '그대 피리를 불어 주오'는 정서적 위안을 이야기하며, 4연의 '내 마음은 낙엽이요'는 뿌리내리지 못한 방랑의 이미지를 나타내고, '잠깐 그대의 뜰에 머무르게 하오'는 육체적 휴식으로 묘사하고 있다.

마지막 연에 '떠나오리다'가 있습니다. 김동명 문학관에는 '떠나리다'로 되어있습니다. 2연에 '타오리다.' 3연에 '새이오리다'와 보조를 맞춰야 한다. 내 마음이 내 마음은보다 더 많이 쓰는 것으로 알려져 있습니다. '떠나오리다.'는 임에 대한 사랑을 더욱 절실하고 호소력 있게 표현함으로써 분위기 있는 작품으로 이끌고 있습니다. 이 시는 기승전결로도 잘 구분이 되어 있다. 기는 내 마음과 잔잔한 호수에서 부딪히는 그대, 승은 촛불처럼 뜨겁게 타오르다가, 전은 나그네 되어, 결은 낙엽처럼 가버린 사랑이다.

「내 마음」의 시를 포함해 김동명의 많은 시가 부드러운 어조를 사용하여 임에 대한 경건함과 진실함을 나타내고 있습니다. 이로 인하여 그 당시 여성들이 김동명의 시를 줄줄 외우거나 노래를 부르고 김동명 시인을 매우 좋아했습니다. 김동명의 어머니가 어린 김동명에게 친구들이 있는 가운데 너는 참 못생겼다고 말한 적이 있습니다. 여기에서 작가의 생김새와 글과 여인과의 사랑은 무관하다는 것을 잘 보여주고 있습니다.

4, 1930년대 화답시로 각인된 완화삼

조지훈 시인은 본명이 조동탁으로 아호는 지훈(芝薰)이며 1920년 12월 3일 경북 영양군 일월면 주곡리 주실마을에서 출생하였다. 어렸을 때 할아버지로부터 한학을 배운 뒤 1939년 혜화전문학교에 입학하여 1941년에 졸업하였다. 1940년에 중앙불교전문학교가 혜화전문학교로 개칭되고 1946년 동국대학교로 개편되었다. 1939~40년 정지용의 추천을 받아 『문장(文章)』지에 시「고풍의상(古風衣裳)」·「승무」·「봉황수(鳳凰愁)」가 발표되어 문단에 나왔다. 조지훈은 등단작품이 곧 대표작품이 되곤 했다. 이 시들은 고전적·민속적인 풍물을 소재로 하여 우아하고 섬세하게 민족적 정서와 전통에 대한 향수를 읊은 것이다. 그리고 박두진(朴斗鎭)·박목월(朴木月)과 함께 1946년 시집 『청록집(靑鹿集)』을 간행하여 '청록파'라고 불리게 되었다.

해방 후 경기여고 등의 교사를 거쳐 고려대에서 국문학과 교수 생활을 하였고, 1946년 조선청년문학가협회에 가입 활동하였다. 1962 고려대학교 민족문화연구소 소장과 1968년 한국시인협회 회장을 역임하였다. 저서로는 시집으로 『풀잎단장』(1952), 『조지훈시선』(1956)이 있고 수필집에 『창에 기대어』(1958), 『시와 인생』(1959), 평론집에 『시의 원리』(1953), 번역서로 『채근담』(菜根譚, 1959), 수상집에 『지조론』, 1973년 『조지훈전집』(일지사) 전 7권 간행되었다. 대표작으로 「승무」, 「완화삼」, 「고풍의상」,「풀잎단장」, 「낙화」 등이 있다. 경상북도 영양군 일월면 주곡리에는 조지훈 문학관이 있다. 주선(酒仙)으로 알려진 조지훈 시인은 1968년 5월 17일에 간암으로 인한 토혈로 작고하였다. 1968년 당시 남자 평균 수명이 57세인 것을 감안하면 48

세는 한참 밑돌죠. 술이 원인인 것 같습니다. 경기도 양주군 마석리에 안장되었고 1972년에는 서울 남산에 시비가 세워졌다.

차운 산 바위 위에 하늘은 멀어
산새가 구슬피 울음 운다

구름 흘러가는
물길은 칠백 리(七百里)

나그네 긴 소매 꽃잎에 젖어
술 익는 강 마을의 저녁노을이여

이 밤 자면 저 마을에
꽃은 지리라

다정하고 한 많음도 병인 양하여
달빛 아래 고요히 흔들리며 가노니.

- 조지훈, 「완화삼(玩花衫) - 목월(木月)에게」 全文

1) 해설

이 시의 제목 완화삼(玩花衫)은 '적삼에 그려져 있는 꽃 그림을 희롱한다.'이다. 즉 꽃무늬를 감상하며 즐기는 선비란 뜻이다. 이 시(詩)를 받고 박목월은 나그네로 화답(和答)했다. 이 시는 일제강점기에서 달랠 길 없는 민족의 정한을 나그네 화하여 아름다운 시어, 시각적 이미지를 통해 낭만적으로 노래하고 있다.

일제 치하라는 비극적 현실을 상징하는 '차운산 바위'에 존재하는 화자(話者)는 '하늘' 즉 평화나 해방과 같은 이상을 꿈꾸어 보지만, '산새'로 표상된 백성 혹은 화자는 '하늘'을 바라보며 구슬픈 심정을 감추지 못한다. 이 마을 저 산을 옮겨 다니는 나그네는 '칠백 리 물길'을 따라 긴 유랑 길을 떠나게 된다. 어느 강마을에 이르렀을 때 '긴 소매 꽃잎에 젖어' 저녁노을이 물들 때 잠시나마 시인과 자연이 합일된 경지에 이르러 무념무상에 빠져든다.

나그네가 길을 다시 떠나 '이 밤 자면 저 마을에/ 꽃은 지리라.'는 세월이 흘러간다. 즉 달관의 경지에 이르러 '다정하고 한 많음도 병인 양하여'와 같은 애상감에 젖는다. 이것은 고려 말 이조년(李兆年)의 시조 「다정가(多情歌)」의 '다정도 병인 양하여 잠 못 들어 하노라'와 상통하는 정서로 전통적 서정시의 전형을 보여 주고 있다.

2) 주도 18단계

1단계 - 부주(不酒) : 술을 아주 못 마시지는 않으나 안 마시려는 사람
2단계 - 외주(畏酒) : 술을 마시긴 마시나 술을 겁내는 사람
3단계 - 민주(憫酒) : 술을 마실 줄도 알고 겁내지도 않으나 취하는 것을 겁내는 사람
4단계 - 은주(隱酒) : 술을 마실 줄도 알고 겁내지도 않으며 취할 줄도 알지만 돈이 아까워서 홀로 숨어 마시는 사람
5단계 - 상주(商酒) : 술을 마실 줄도 알고 좋아도 하지만 무슨 잇속이 있어야만 술값을 내는 사람

6단계 - 색주(色酒) : 성생활을 위해서 술을 마시는 사람
7단계 - 수주(睡酒) : 잠이 안 와서 술을 마시는 사람
8단계 - 반주(飯酒) : 밥맛을 돋우기 위해 술을 마시는 사람
9단계 - 학주(學酒) : 술의 진경(珍景)을 배우면서 마시는 사람. 주졸(酒卒)
10단계 - 애주(愛酒) : 술을 취미로 맛보는 사람. 주도(酒徒)
11단계 - 기주(嗜酒) : 술의 참맛에 반한 사람. 주객(酒喀)
12단계 - 탐주(耽酒) : 술의 진경을 터득한 사람. 주호(酒豪)
13단계 - 폭주(暴酒) : 주도를 수련하는 사람. 주광(酒狂)
14단계 - 장주(長酒) : 주도 삼매(三昧)에 든 사람. 주선(酒仙)
15단계 - 석주(惜酒) : 술을 아끼고 인정을 아끼는 사람. 주현(酒賢)
16단계 - 낙주(樂酒) : 마셔도 그만, 안 마셔도 그만, 술과 함께 유유자적하는 사람. 주성(酒聖)
17단계 - 관주(關酒) : 술을 보고 즐거워하되 이미 마실 수 없게 된 사람. 주종(酒宗)
18단계 - 폐주(廢酒) : 술로 인해 다른 술 세상으로 떠나게 된 사람. 열반주(涅槃酒)

술로 떠난 사람. 이 이상은 이미 이승 사람이 아니니 단계를 매길 수가 없답니다.

주선(酒仙) 지훈은 술고래, 술의 황제로 불리기도 하였으며 품격 스타일 주량 등으로 단계가 분류되었다.

3) 조지훈의 지조론

가풍으로 이어온 조지훈 집안의 3불차(三不借) 지조론은

가. 어떠한 일이 있어도 재물을 빌리지 않는다.

나. 문장을 빌리지 않는다.
다. 사람을 빌리지 않는다. 즉 양자를 들이지 않는다.

흥미롭게도 조지훈의 집안에서는 370년 동안 집 앞 50마지기 땅은 누구도 함부로 팔거나 저당 잡히지 않고, 주실 조씨들은 어렸을 때부터 글공부에 매진하였으며, 양자를 들이지 않고 혈손으로 대를 이어왔다. 이 삼불차(財不借)가 '지조론'의 뿌리였다.

5, 결론 - 문학적 교훈

과거 오랜 세월 가장 훌륭한 삶의 흔적을 남기고 간 역사적 인물이나 위대한 존재들의 배후에는 어머니가 있었다. 조선시대 훌륭한 학자 율곡 선생의 뒤에는 어머니 신사임당이 있었고, 서당 죽림정사에서 한석봉을 길러낸 어머니의 시적 모티브는 '홀어머니의 자식 뒷바라지'이다. 이러한 어머니의 뒷바라지와 교육열로 인해 한석봉이 글씨로 이름을 널리 알릴 수 있었다. 보나파르트 나폴레옹의 배후에는 어머니 루티치아가 있었다. 황제가 된 나폴레옹은 '어머니 덕택에 오늘의 내가 있다.'라고 칭송하였다.

고사성어에 반포지효(反哺之孝)라는 말이 있다. "까마귀 새끼가 자라서 늙은 어미에게 먹이를 물어다 주는 효성이라는 뜻으로, 자식에게 어려서 꼭 이 고사성어를 가르쳐 줘야 한다."는 생각이 듭니다. 불과 수십 년 전만 해도 매우 힘겨운 삶이었습니다. 업고 다니면서 자신은 굶어가면서 자신의 힘으로 아이를 잘 길렀습니다. 아무리 어려워도 아이를 버리지 않고 꿋꿋하게 어머니로서 부모로서 도리를 다하였습니다.

지금은 자신이 낳은 아이를 버리고 아니면 동반 자살로 가족과의 이별을 가볍게 생각해버리는 요즘 사람들, 가족이 뭔지 망각하고 있는 사람들. 그래서 눈만 감으면, 그 옛날 우리는 그 세대 사람들을 위대하다고 말합니다. "여자는 약하다. 그러나 어머니는 강하다."고 『레 미제라블』, 『노트르담의 꼽추』로 유명한 19세기 낭만주의의 거장 프랑스의 빅토르 위고가 남긴 명언이 생각납니다.

4. 일상에서 얻은 성찰(省察)의 시학

1. 글머리에

오늘날 절대 길지 않은 우리 현대 세계문학에서 다양하게 나타나는 주제 중에 하나를 골라 객관적으로 천착해볼 필요가 있다. 랭스턴 휴즈의 「할렘강 환상곡」, 「꿈」은 모든 존재가 파생되는 공통의 상징, 꿈과 희망을 소재로 하고 있다. 괴테의 「발견」과 명언은 문학과 사랑에 대해 독자에게 자유와 삶에 대한 욕망을 근원적으로 표현하고 있다.

우리는 다음 외국 문학의 시에 나타난 이미지를 통해서 외국 작가의 관점에서보다 한국 문학의 입장에서 재해석하여 가난과 상처, 절망과 외로움을 극복하고 민족정신을 지켜내고자 하는 우리의 삶을 다시 부연해보고자 한다.

2. 랭스턴 휴즈의 문학적 탐구

흑인 문학의 거장 랭스턴 휴즈(Langston Hughes)는 1902년 미국 미주리주에서 태어나, 젊은 생애를 웨이터 조수나 화물선 선실 보이와 같은 하류 직업을 전전하다가 클리블랜드에 어머니와 함께 정착한다. 고교를 졸업하던 해에는 'The Negro Speaks of Rivers'를 발표해 주목을 받는다. 그는 워싱턴의 한 호텔에서 아르바이트할 때 손님으로 온 시인 Vachel Lindsay에게 시를 보여준 것이 계기가 되어 일약 촉망되는 흑인 시인으로 전국에 알려진다. 링컨 대학을 졸업할 때 시집 "The Weary Blues"를 출판하고, 1930년대 스페인 내란 때는 기자로 일하며 단편 소설집 "The Ways of White Folks"를 출간하였다.

그는 근처 할렘가와 술집들을 떠돌며 흑인들의 삶과 비애를 몸으로 터득한다. 그의 시는 주로 할렘의 밤거리 인생들을 노래하고 있으며, 어려웠지만 그는 삶에 대한 연민과 꿈을 잃지 않았다. 그는 시인 이외에도 극작가로서 그의 시는 이러한 할렘 분위기를 가장 잘 담아내고 있을 뿐만 아니라 인종차별에 저항하는 시를 많이 썼다. 그리고 지방을 순례하며 시 낭송 대회를 열어 대단한 반응을 일으키기도 했다. 1967년 랭스턴 휴즈는 나이 65세에 전립선암으로 작고하였다.

한밤중 새벽 2시에 홀로 —
강으로 내려가 본 적이 있는가?
강가에 앉아
 버림받은 기분에 젖은 일이 있는가?

어머니에 대해 생각해 본 적이 있는가?
이미 작고하신 어머니, 신(神)이여 축복하소서!
연인에 대해 생각해 본 일이 있는가?

그 여자 태어나지 말았었기를 바란 적이 있는가?

할렘 강가로의 나들이
새벽 2시
한밤중에!
나 혼자서!
하느님, 나 죽고만 싶어 —
하지만 나 죽은들 누가 서러워할까?

Did you ever go to the river—
Two a.m. midnight by your self?
Sit down by the river
And wonder what you got left?

Did you ever think about your mother?
God bless her, dead and gone!
Did you ever think about your sweetheart
And wish she'd never been born?

Down on the Harlem River:
Two a.m.
Midnight!
By your self!
Lawd, I wish I could die —
But who would miss me if I left?

- 랭스턴 휴즈, 「할렘강 환상곡」 全文

[해설]

흑인 시인 랭스턴 휴즈는 '나의 영혼은 강물처럼 깊게 자라왔다.'고 하였다. 잠 못 이루는 밤 새벽 2시에 일어나 '강으로 내려가 본 적이 있는가?/ 강가에 앉아/ 버림받은 기분에 젖은 일이 있는가?'라고 묻고 있다. 화자와 마찬가지로 많은 흑인이 고독과 절망감에 빠져있다. 즉 고독과 절망에 기댄다는 것은 인간적 욕망에서 벗어나 자연의 원리에 순응하는 것을 의미할 것이다. 순응한다는 것은 자신을 자연에 맡기는 행위라고 볼 수 있다. 결국 고독이나 절망과 유대를 이룸으로써 가식과 허세를 절단하는 것을 의미한다. '어머니에 대해 생각해 본 적이 있는가?// 그 여자 태어나지 말았었기를 바란 적이 있는가?'에서 헛된 희망이나 허세가 틈입할 수 없는 절대 고독의 경지에 이르는 것이다, 그럴 때 절망이나 고독은 위대한 것으로 변화될 수 있다.

랭스턴 휴즈는 '영혼(soul)'이란 말을 흑인들만의 위대한 정신적 특성으로 만든 최초의 흑인 시인이며, 시 한 편으로 흑인들의 정신적 지주가 된 작가이기도 하다. 그는 소설을 쓰며 문화운동가, 인권운동가로도 활약했으며 희곡. 문학평론. 동화 등 수많은 작품을 남겨 후진국 문학의 귀감이 되고 있다.

꿈을 빨리 잡으세요
만약에 꿈이 없으면
인생은 날개가 부러진 새이다
그것은 날 수가 없다

꿈을 빨리 잡으세요

꿈이 사라져버리면
인생은 쓸모없는 땅이 되어
눈 덮인 동토가 되기 때문이다.

Hold fast to dreams
For if dreams die
Life is a broken-winged bird
That cannot fly

Hold fast to dreams
For when dreams go
Life is a barren field
Frozen with snow.

- 랭스턴 휴즈, 「꿈」 全文

[해설]

인간은 누구에게나 꿈이 있다. 어릴 때는 파란 꿈이 있고, 성숙할수록 큰 꿈을 꾼다. 어른은 물론 노인들도 단연히 꿈이 있다. 꿈이 어디에 있는가? 잠자고 있는 꿈은 꿈이 아니다. 실천할 수 있는 꿈이어야 한다. 좋은 일로 좋은 꿈을 꿔야 한다. 여러 번의 실패로도 좌절하지 않는 꿈, 꿈의 세계에 이를 때까지 좋은 이웃을 만나러 가듯이 줄기차게 나아가려는 꿈, 말하자면 꿈은 화자 자신이 일생 가졌던 신념이었다.

3. 괴테의 문학적 사랑

시인이자 비평가 극작가 언론인 화가 무대연출가뿐만 아니라 정치가 교육가 과학자 의학자로서도 업적을 쌓은 요한 볼프강 폰 괴테는 1749년 독일 프랑크푸르트 명문 집안에서 태어나 어릴 때부터 축복받은 천재라 불린다.

괴테 하면 『젊은 베르테르의 슬픔』과 『파우스트』가 떠오른다. 그는 고등법원 실습생 시절에 자신이 실제 열애했던 여자 샤롯데를 우리 인류의 가슴에 영원한 연인으로 올려놓은 『젊은 베르테르의 슬픔』을 단 4주 만에 집필하여 단숨에 질풍노도의 시대를 열어간다. 이 소설은 여러 나라의 언어로 번역되어 괴테에게 세계적 작가로의 명성을 안겨주었다. 당시 어두운 사회와 불가능한 사랑의 고통에 대한 절망으로 베르테르가 자살을 하게 함으로써 같은 사랑의 열병을 앓는 괴테에게 정신적 위안을 주었을 것이다. 괴테의 또 하나의 명작, 지금까지도 큰 영향을 미치고 있는 『파우스트』는 약 60년이라는 세월에 걸쳐 집필하여 그가 1832년 타계하기 1년 전에 완성하였다. 괴테는 자신이 '직접 겪지 않고는 한 줄의 글도 쓸 수 없다.'고 말한다. 다음은 롯데를 향한 젊은 베르테르의 슬픔이다.

법학을 공부하는 베르테르는 어머니의 유산을 정리하기 위하여 고향을 찾아가게 된다. 거기에서 베르테르는 우연히 무도회에 참석하러 가는 아름다운 처녀 롯데를 만난다. 베르테르는 '그녀가 눈을 들어 바라보는 곳은 온갖 고통이 잠잠해지고 모든 불행이 자취를 감춘다.'고 고백하고 있다. 그러나 베르테르는 여행길에서 돌아온 그녀의 약혼자인 알베르트를 보자 어쩔 수 없는 슬픔을 토로하고 있다.

베르테르는 롯데가 있는 거리를 떠나 새로운 근무지를 찾아 나선다.

결국 편지를 통해서 알베르트와 롯데가 결혼한 사이임을 알게 되자 롯데를 더욱 그리워하게 된다. 롯데를 잊지 못한 베르테르는 다시 한번 롯데를 찾아간다. 롯데의 요청으로 오시안의 시를 읽다가 베르테르는 최초이며 최후로 그녀를 포옹하고 격정적인 입맞춤을 경험한다. 그 이튿날 베르테르는 심부름하는 아이에게 알베르트를 찾아가 권총을 빌려오라고 시킨다.

그다음 날 베르테르는 알베르트와 롯데를 통하여 받은 권총에 수없이 입맞춤을 한다. 그리고 롯데에게 마지막 편지를 쓴다. 그리고 베르테르는 롯데와의 사랑의 순수성을 그대로 간직하기 위해 그날 밤에 총성이 울리고, 베르테르의 슬픔은 우리 인류의 가슴에 영원히 안식을 하게 된다. 베르테르는 자신이 갈망했던 대로 생전의 모습을 그대로 간직한 채, 황색 조끼와 푸른 연미복, 장화를 신은 채 매장되었다.

그렇게 나 홀로
숲속으로 걸어갔지
아무것도 찾으려 하지 않고
그게 내 생각이었지

그늘 속에서 나는
한 떨기 작은 꽃송이를 보았지,
별처럼 빛나고
작은 눈동자처럼 아름다운

나는 꽃을 꺾으려 했고,
그 꽃은 속삭였지
전 꺾여

시들어야 하나요?

나는 그 꽃을
뿌리째 온통 뽑아내어
집 옆 예쁜 정원으로
옮겨왔지

그러자 그 꽃이 다시 살아났어
조용한 구석에서
지금 그 꽃은 가지를 쳐가고
계속해서 꽃을 피우고 있네.

- 요한 볼프강 폰 괴테, 「발견」 全文

[해설]

괴테는 노후에 어느 날 아무런 목적 없이 산책하다가 아름다운 작은 꽃에 마음이 끌렸다. 아무것도 찾지 않으려 했던 숲에서 발견한 꽃, 즉 그 꽃을 꺾고 싶은 충동을 느꼈음을 얘기한다. 하지만 괴테는 이것이 곧 꽃을 죽이는 것임을 깨닫는다. 그 꽃을 소유하고 싶어 그 모습 그대로의 꽃을 위해 뿌리째로 뽑아내어 가져온 모습에서 사랑하는 여인에 대한 괴테의 생각이 드러나지 않았나 싶다. 괴테에게 꽃은 생생히 살아있어서, 자기에게 말을 하고 경고를 한다. 결국 그는 꽃을 '뿌리째' 뽑는다. 그 생명이 파괴되지 않도록 다시 옮겨 심는다. 꽃으로 표현할 정도의 사랑하는 여인에 대한 괴테의 애정을 엿볼 수 있다. 말하자면, 결정적인 순간에 그에겐, 생명의 힘이 단순한 지적 호기심보다 강하다는 것을 표현하고 있음은 말할 나위도 없다.

괴테가 남긴 명언은 많기로도 유명하다

> 진심으로 원한다면, 바로 이 순간을 잡으십시오.
> 당신이 꿈꾸는 것이 있다면, 그것을 시작하십시오.
> 대담함 속에 천재성과 힘과 마술이 있답니다.
> 단지, 시도하십시오.
> 그러면, 우리의 마음은 점차 뜨거워지고
> 일단 시작하면 일은 완성으로 치닫는다.
>
> \- 괴테의 명언 중에서

괴테는 평생 9명의 여성과 교류하였지만, 결혼을 한 여성은 크리스티아네 불피우스 한 명뿐이었다. 그다지 아름답지도 않고 지적이지도 않았던 그녀는 괴테에 대한 섬세한 애정과 보살핌으로 『파우스트』 말미에서 발견한 괴테 일상의 활동에 자유스럽고 친숙하며 따뜻한 공간을 만들어 주었기 때문이 아닌가 한다. 28년 동안 해로한 그녀의 죽음에 괴테는 다음과 같은 4행시로 애도하고 있다.

> 오 태양이여, 암울한 구름으로부터 얼굴을 내밀려 해도
> 너의 애씀이 헛되구나!
> 내 평생 이룬 모든 공적을 다 허문다 해도
> 어찌 너를 잃은 상실감에 비하랴!

이처럼 우리는 괴테가 문학 외에도 광범위하게 열정적으로 활동하는 것에 대해 감탄사를 연발한다. 짧게는 4주 길게는 60년에 걸쳐 탄생시

키는 명작들은 괴테가 제대로 체험에 의해 넓고 깊게 글을 쓴다는 것을 볼 수 있다.

4. 맺음말

덴마크의 실존주의 철학자 키엘케고르는 죽음에 이르는 병으로 절망병을 꼽았다. 절망은 죄다. 자신의 죄에 대하여 절망하는 죄는 더 크다. 죄의 용서에 대해 절망하는 죄는 분노라고 하였다. 한때 자신의 아버지가 신을 저주하였다는 이유로 그는 오랜 세월 괴로워했다. 랭스턴 휴즈는 절망이야말로 삶에 가장 무서운 것이라고, 어릴 때부터 꿈과 희망을 품어야 한다고 했다.

랭스턴 휴즈는 오랜 세월 시적 모티프에 부합되는 성찰(省察)의 메시지를 담아내려고 노력해 왔다. 여러 작품에서 신선한 깨달음과 메시지가 발견되고 있기 때문이다. 괴테의 시는 진리(眞理)를 향해 뜨거운 메시지를 내포하고 있고, 자기만의 목소리로 그 시대의 삶에 밀착되어 행복을 찾아가는 이정표의 역할을 위해 서서히 그 흔적을 드러내고 있다.

문학 비평(批評)에서 얻은 성찰(省察)의 시학

1. 글머리에

오늘날 전혀 길지 않은 우리 현대 문학에서 다양하게 나타나는 주제 중에 하나를 골라 객관적으로 천착(穿鑿)해볼 필요가 있다. 문학 비평에는 여러 가지가 있지만, 그중 주요 문학 비평으로 원본 비평, 역사 문화적 비평, 형식과 구조주의 비평, 신화 심리주의 비평, 문체론적 현상학적 비평, 해석학적 비평, 기호학과 해체 비평 등이 있다. 여기서는 가볍게 원본 비평, 문체론적 현상학적 비평을 논하고자 한다.

주요 원본 비평가로 그렙슈타인(S. n. Grepstein), 바우어즈(F. Bowers)가 있고 문체론적 비평가에는 마루조(Marouzeau), 발리(C. Bally)가 있으며 현상학적 비평가로는 딜타이(w. Dilthey), 하이데거(Heidegger) 등이 있다.

이 문학 비평이 문학 작품을 올바르게 읽고 이해하고자 하는 문학인들과 문학 비평을 응용하여 작품을 분석하고 해석하고자 그들의 작품을 문학 비평을 통해 조명해보고자 한다.

2. 원본 비평(Textual Criticism)

'원본 비평'이란 원본(原本)을 베끼거나 편집 또는 인쇄하는 과정에서 생긴 오류를 원본 비평가가 원작자와 원작품의 의도를 가장 잘 전달하는 것으로 판단되는 방향으로 확정해 나가는 비평이다. 즉 원본에서 상실된 온갖 오류를 명료하게 수정해나가는 연구 방법을 이른다.

원본 비평의 응용

당신은 무슨 일로
그리 합니까?
홀로이 개여울에 주저앉아서

- 김소월, 「개여울」 1연

김소월의 詩 「개여울」의 1연 3行이 각 시집에 따라,

□ 홀로이 개여울에 주저앉아서
□ 홀로히 개여울에 주저앉아서
□ 홀로 개 여울에 주저앉아서
□ 홀로이 개 여울에 주저앉아서
□ 홀로이 개여울에 주저 앉아서

등으로 각각 다르게 인쇄되어 있어 주요 오류라고 아니할 수 없다.

이 시는 만 20세에 김소월이 발표했다고 한다. 그러니까 1922년쯤이다. 지금으로부터 약 100년쯤 전이다. 대부분 소월의 시가 그러하듯 단숨에 독자의 가슴을 휘감아오는 서정적 감성의 언어가 매혹적으로 빛나는 「개여울」을 생각하면 가슴 아픈 일이 아닐 수 없다.

내 오월의 골방이 아늑도 하니
황혼아 내일도 또 저 푸른 커튼을 걷게 하겠지
암암(暗暗)히 사라져간 시냇물 소리 같아서
한 번 식어지면 다시는 돌아올 줄 모르나 보다

- 이육사, 「황혼」 5연

이육사의 詩 황혼(黃昏)의 5연 3行을 보면,

☐ 정정(情情)이 살어지긴 시내물 소리갓해서
☐ 암암(暗暗)히 사라지긴 시내ㅅ물 소리 같아서
☐ 암암(暗暗)이 사라지긴 시내물 소리 같아서
☐ 암암(暗暗)히 사라지는 시내ㅅ물 소리 같아서
☐ 암암(暗暗)히 사라지는 시냇물 소리 같아서

등으로 다르게 읽히고 있는 것도 절대 소홀히 할 수 없는 문제이다. 詩에서 글자 한 자 부호 하나의 차이에 따라 작품의 의미가 달라질 수 있다고 보면, 이는 매우 큰 오류이다.

3. 문체론적 비평(Stylistics and Criticism)

문체론(文體論)은 어법, 어휘, 억양 등 언어 표현의 개성적 특색을 특정의 작가, 유파, 시대 등에 따라서 연구하는 학문이다. 이 용어는 1950년대 이후 문학비평의 주관성을 텍스트의 객관적 문체 분석으로 대치하고자 하는 하나의 작품 분석 방법으로 사용되어 왔다. 현대 언어학의 개념들은 어느 한 작품이 전통이나 시대의 특징이 된다고 인정되는 문체론적 현상들을 규명하기 위해 사용된다. 음운론과 구문론, 어휘와 수사가 이러한 문체론적 현상들에 속한다고 볼 수 있다.

문체론적 비평의 응용

나의아버지가나의곁에서조을적에나는나의아버지가되고또나는나의아버지의아버지가되고그런데도나의아버지는나의아버지대로나의아버지인데어쩌자고나는자꾸나의아버지의아버지의아버지의……아버지가되니나는왜나의아버지를껑충뛰어넘어야하는지나는왜드디어나와나의아버지와나의아버지의아버지와나의아버지의아버지의아버지노릇을한꺼번에하면서살아야하는것이냐.

나의 아버지가 나의 곁에서 조을 적에 나는 나의 아버지가 되 고또 나는 나의 아버지의 아버지가 되고 그런데도 나의 아버지는 나의 아버지대로 나의 아버지인데 어쩌자고 나는 자꾸 나의 아버지의 아버지의 아버지의…… 아버지가 되니 나는 왜 나의 아버지를 껑 충뛰어넘어야 하는지 나는 왜 드디어 나와 나의 아버지와 나의 아버지의 아버지와 나의 아버지의 아버지의 아버지 노릇을 한꺼번에 하면서 살아야 하는 것이냐.

- 이상(李箱), 「오감도(烏瞰圖) 제2호」 全文

프로이트에 의하면 인간은 누구나 할 것 없이 3세쯤 되면 성을 구별할 수 있을 뿐만 아니라 남아의 경우에 어머니는 어머니인 동시에 여성으로, 여아의 경우 아버지는 아버지인 동시에 남성으로서의 느낌이 들게 됨으로써, 오이디푸스 콤플렉스를 경험하기 마련이라 하였다. 그러나 이러한 갈등은 곧이어 나타나는 동성 부모에 대한 강한 동일시 현상에 의하여 대체된다고 역설하였다. 동일시라는 심리 현상은 남아의 경우 "나도 우리 아버지같이" 하는 느낌이 들게 되는 현상을 말한다.

이와 같은 동일시 현상이 잘 이룩된다는 것은 건강한 자아(自我, ego) 형성을 위한 기본적 요체이며, 건전한 정신생활을 위한 주춧돌이 된다고 역설하였다. 이상(李箱)의 경우, 동일시의 혼돈이 여러 시에서 나타나지만, 구체적으로 대담하게 묘사한 작품은 「오감도」의 시 제2호이다.

정신 분석의 측면에서 볼 때, 투사(projection)란 자아 방어 기전 중의 하나이다. 인간은 서로 뼈아픈 자료나 경험을 그대로 의식화시켜 본인이 인정하기에는 너무나 가혹한 것으로 느껴질 때가 있다.
이때 그 대신 의식적으로는 그것과 정반대의 것으로 의식화시킴으로써 자아의 평형을 이룩하는 기전을 투사라고 한다.

예를 들어 자기의 일정한 약점을 자기의 무의식 속에서 자기가 자기를 비웃지만 이를 그대로 의식적으로 느끼기에는 너무나 고통스러운 일이기에 자기와는 정반대의 남이 자기를 비웃는 것으로 의식화시키면서 자아를 방어하는 기전이 바로 투사 기전이다. 피해망상 자들에게서 보편적으로 볼 수 있는 기전이다.

투사를 염두에 두고 시 제2호를 감상하면, 여기서 반복되는 '나는나의아버지가되고또나는나의아버지의아버지가되고' 도 '나는 나의 아버지의 아들이고, 또, 나의 아버지의 아버지의 아들임'의 투사 현상임을 능히 짐작할 수 있다.

이것은 기존 질서에 대한 작가의 끝없는 권태감을 나타내고 있는 것이 아닌가! 그는 이 끝없는 권태에서 탈출하려고 몸부림치는 것을 우리는 여러 곳에서 보게 된다. 이 몸부림이야말로 일상적인 것에 대한 부정(否定)으로 나타나고 있는 것이다.

> 나는 그러나 그들의 아무와도 놀지 않는다. 놀지 않을 뿐 아니라 인사도 하지 않는다. 나는 내 아내와 인사하는 외에 누구와도 인사하고 싶지 않다.
>
> - 이상, 『날개』 部分

화자는 문장 속에 부정 어법을 즐겨 쓰고 있다. 이상의 작가적 자세가 무의식적으로 표출되었다고 볼 수 있다. 그는 더 큰 긍정을 위하여 현실을 끊임없이 부정하면서 무엇인가 계속 추구하고 있었던 것이다. 이상의 문체적 특성은 부정(否定)의 미학 속에서 구축된 실험정신의 표현이라고 할 수 있을 것이다.

4. 현상학적(現象學的) 비평(批評)

현상학적 비평(Phenomenology and Criticism)은 모든 사람이 인정할 만한 대상의 외부 성질에 반대하고, 그 텍스트 자체만을 심도 있게 연구하여 인식적으로 경험한다는 것에 바탕을 둔 비평이다.

현상학이라고 불리는 현대의 철학적 관점과 방법은 후서얼(Edmund

Husserl)에 의해 확립되었다. 그의 현상학은 현실을 선입관 없이 자연스럽고 순수하게 관찰하는 방법이라는 것이다. 즉, 후서얼의 현상학은 본질 자체에 대한 학문이 아니고 본질을 직관하는 의식에 대한 것이라고 말한다.

현상학적 비평의 응용

현상학적(現象學的) 비평의 응용으로 박남수의 시를 분석해본다. 데카르트가 철학자로서 삶을 시작할 때 '사유(思惟)함으로 존재(存在)'함을 성찰(省察)하였듯이 그는 겨냥함으로 존재함을 깨닫는 데서 시인이 된다.

1.
하늘에 깔아 논
바람의 여울터에서나
속삭이듯 서걱이는
나무의 그늘에서나, 새는 노래한다
그것이 노래인 줄도 모르면서
새는 그것이 사랑인 줄도 모르면서
두 놈이 부리를
서로의 죽지에 파묻고
따스한 체온(體溫)을 나누어 가진다.

2.
새는 울어
뜻을 만들지 않고,

지어서 교태로
사랑을 가식(假飾)하지 않는다.

3.
— 포수는 한 덩이 납으로
그 순수를 겨냥하지만
매양 쏘는 것은
피어 젖은 한 마리 상(傷)한 새에 지나지 않는다.

- 박남수, 「새」 1964

박남수(朴南秀, 1918~1994) 시인은 일본 중앙 대학을 나왔으며, 정지용 선생 추천으로 1939년 『문장』지에 「초롱불」, 「밤길」 등이 추천됨으로 본격적인 문학 활동을 시작하였다. 수상작으로 아시아자유문학상과 공초문학상을 받았으며 시집으로 『초롱불』(1940), 『갈매기의 소묘』(1958), 『신의 쓰레기』(1964) 등 8권의 시집이 있다.

이 시는 새의 순수성과 인간 즉 포수가 불순성의 대립구조로 이루어져 있다. 무의미한 울음을 우는 새가 순수의 실체라면 그러한 순수성을 더럽히는 자가 인간이라는 관념을 발견할 때 시인으로서 자아를 각성하는 관념이 이 시의 시작과 끝을 이루고 있다.

'하늘에 깔아 논/ 바람의 여울터에서나~그것이 노래인 줄도 모르면서'는 대자연 속에서 살아가는 새가 '그것이 노래인 줄도 모르면서' 아름답고 천진난만하게 노래하는 모습을 형상화 한 것이다. 새는 노래와 사랑을 의도하지 않고 본능적으로 행한다는 것을 볼 수 있다. 의도나 수단이 연결되지 않은 본능에서 우러나오는 행위, 그것이 바로 순수이다.

2연은 1연의 시상을 압축하여 부연한 것으로, 자연스러운 본성에서 노래하며, 인위적인 꾸밈이나 가식이 없는 자연 그 자체의 순수함을 표현한 구절이다. 1연에 이은 명징한 구절이지만, 인간을 향해 경고를 하고 있다.

3연은 1, 2연에서 묘사된 순수한 자연을 자기 것으로 만들려는 무분별한 욕망 때문에 파괴하는 인간의 공격성과 파괴성으로 인해 허탈해진다. 시인의 눈에는 포수가 겨냥하는 것이 순수 그 자체, 순수 덩어리인 새이다. 그러니 시인의 눈에는 포수가 가져가는 것은 죽어버린 순수, 핏덩어리뿐인 것이다. 독자는 시인의 눈으로 새를 보고 핏덩이를 보게 되니 허탈해지는 것이다.

이와 같은 구절들의 뒤에는 사람의 생활과 문명에 대한 비판적 눈길이 자리 잡고 있다. 시인은 여기까지 사람에 대하여 한마디도 하지 않았지만, 새의 순진한 아름다움을 말하면서 간접적인 방법으로 인간의 문명 속에 있는 거짓과 억지스러운 꾸밈 등에 대하여 싸늘한 눈길을 보내고 있는 것이다. 이 시는 '새'로 표상되는 자연의 순수하고 아름다운 생명력과 사람의 인위적이고 파괴적인 본성을 대비시킴으로써 문명의 불모성(不毛性)을 비판하고 있는 작품이다.

5. 맺음말

원본 비평은 문학 비평 중에서도 주요 위치에 자리하고 있다. 우리나라 현대문학 작품에 있어서 원본과 최근에 발간된 작품을 비교해보면 그 훼손의 정도가 적지 않게 드러난다. 그뿐만 아니라 원본 비평의 입장에서 보면 작품마다 오류가 다른 경우도 있어 재고의 소지를 갖고 있다. 게다가 같은 내용의 출간을 되풀이하다 보면 탈자 오자를 비롯하여 띄어쓰기, 글 흐름, 연과 단락 처리 등에서 허다한 원본의 훼손과 변모를 초래하게 된다. 여기에 현대 맞춤법에 따라 수정하다가 때로는 오기(誤記)까지 한다. 글자 한 자 부호 하나의 차이에 따라 의미가 달라지는 것을 볼 때 원본과 다른 글은 매우 큰 오류이다.

이상의 문체 특징은 기존의 장르를 거의 무시하는 듯한 문체를 쓰고 있다는 점이다. 또 그의 소설은 독백체로 되어 있다는 사실이다. 그의 문장은 독자에게 경이와 당황스러움을 느끼게 한다. 그의 문장에는 국한문 혼용체와 영어 불어가 우리말로 이기(移記)되지 않은 체 그대로 나타나고 있다. 때로는 이상의 작품이 시인지 소설인지 거의 분간이 되지 않을 정도다. 매우 짧은 문장과 긴 문장을 쓰기도 한다. 지금까지 열거한 문체 특징으로도 그는 해체 문학의 선구자임을 입증하고 있다.

1930년대에 잉가르덴(Ingarden)이 현상학적 개념과 방법들을 문학 작품을 체험하는 방식에 적용했다. 그의 분석은 문학 작품은 작가가 지닌 의식의 미래 지향적인 활동에 그 근원을 두고 있다는 것이다. 사르트르에 의하면 현상학은 실존주의라기보다는 본질에 대한 철학이다. 결국 인간의 내면과 자연의 내면이 일치를 이루는 데서 추상적인 사물이나 개념을 그것을 연상시키는 구체적 사물로 형상화한다. 이런 의미를 작가는 명명함으로써 시적 경험 세계는 인간의 근원적인 친화력을 회복하는 행위인 것이다. 바로 시적인 삶의 시원적인 정서인 것이다. 따라서 생동하는 실재의 새가 나의 내부에 날아들 때 나는 진정한 자연이 되는 것이다.

탈식민주의 비평과 문화

1. 글머리에

대저 탈식민주의 비평과 문화는 우리가 경험하는 모든 영역 사이에 깃든 연관 관계들을 이해하는 데 도움이 된다. 탈식민주의 비평은 우리 자신과 세계에 대한 체험 안에서 어떻게 존재하는지를 직접적으로 보여주고 있다. 그리하여 탈식민주의 이론을 잘 활용하면, 마르크스주의나 아프리카계 미국인 문학비평 등 인간 억압을 다루는 모든 비평 이론 사이의 유사성을 점검하는 도구로써 사용할 수 있다. 탈식민주의 비평가들이 과거 식민지 문학 작품뿐 아니라, 아프리카계 미국인들의 작품을 예로 들어 이론을 전개할 수 있는 것은 그러한 이유에서이다.

탈식민주의 비평을 역사적으로 살펴보기에 앞서, 우리는 15세기 후반부터 유럽인들이 신대륙을 지배하기 시작했다는 사실을 알고 있다. 주로 스페인 영국 등의 나라가 식민지 지배의 첨병으로 나섰고 이후 수 세기에 걸쳐 지구 전역으로 확대해 나갔다. 특히 잉글랜드는 20세기로 접어들 때까지 지구의 4분의 1에 해당하는 지역을 통치했으며

1980년이 되어서야 거의 모든 식민지를 잃게 된다. 탈식민주의 비평이 문학 연구를 이끄는 원동력이 된 것은 1990년대 초반으로 제2차 세계대전 이후 식민 통치 체제가 와해하기 시작하면서 하나의 지적 탐구의 장이 되었다. 문학 연구 분야에서 탈식민주의 비평은 제재(題材)로서 그리고 이론 체계로서 주로 다루어진다.

2. 탈식민지적 정체성

영국의 식민지 지배를 겪었던 사람들은 집에서는 토착어를 쓰더라도 학교나 공공 업무는 영어로 진행한다. 영국의 지배는 피식민지의 정부에서 사람들의 일상생활에까지 속속들이 파고들어 피식민지 문화에 끼치는 영향을 잘 보여준다.

간단히 말해, 식민 통치 세력이 본국으로 돌아가 식민지가 해방되었다고 해도 식민화가 종식된 부분은 영국 군대와 관료들이 물러난 것 정도였던 것이다. 그 이면에는 문화적 식민화가 깊숙이 뿌리박힌 채로 남아 있었다. 그 결과 사람들은 식민지 지배에서 벗어났다 하더라도 너무 오래도록 금기시되고 평가절하되어 이미 상당 부분 사라져 버린 토착문화와도 더욱 멀어지게 된다.

탈식민지적 정체성은 식민주의 관념에 대한 반대작용으로 등장하기에 식민주의 개념을 이해할 필요가 있다. 식민주의자들은 토착민보다 우월하며 영국과 유럽의 문화가 문명을 이룬다고 믿는다. 이를 근거로 토착민들의 종교와 풍습 규범 등을 부정하거나 무시했다. 즉 식민주의자들은 세계의 중심부에 자리하고 있으며, 피식민지들은 주변에 머물러 있다는 것이다. 한편 식민주의자들은 올바른 '자아(自我)'가 구현된 존재라고 보고, 토착민들은 인간존재가 되기에 부족한 '타자(他者)'였다. 타자화(他者化, othering)는 세계를 문명인과 온전한 인간으로 보지 않는 야만인으로 나눈다.

유럽문화를 표준으로 설정하고 나머지 문화는 부정적으로 바라보려는 유럽중심주의는 오래된 철학이나 문학 연구에서 찾아볼 수 있다. 나중에 영국과 유럽, 미국의 문화적 기준을 내세우든 사람들은 모든 문학작품을 보편성이라는 잣대로 평가했다. 보편적인 인물과 주제로 문학 텍스트를 위대한 작품으로 기억되게 하려면 텍스트에 나타난 주제가 유럽 문학과 닮았는지를 보아야 한다.

3. 탈식민주의와 관련된 논쟁

영국 군대가 무력을 앞세워 토착민들을 지배한 식민지를 침략식민지라 말한다. 남아메리카, 서인도제도, 아프리카, 인도, 동남아시아, 중동 등이 여기에 해당한다. 특히 미국과 아일랜드를 탈식민 국가로 보지 않는 것은 이 두 나라가 오랫동안 독립 국가의 지위에 있으면서 오히려 다른 나라를 식민화한 경험이 있기 때문이다. 즉 영국문화의 일부로 일찌감치 자리매김했기 때문이다. 그러나 호주, 뉴질랜드, 캐나다, 남아프리카공화국 등의 문학이 탈식민주의 문학의 범주 안에 들어가는지에 대해서는 비평가들 사이에서 여러 논쟁이 오간다.

일부 이론가들은 탈식민주의 비평 그 자체가 일종의 문화제국주의라 생각한다. 다시 말하면 과거 식민지에서 태어난 이론가들을 비롯해 탈식민주의 비평가들 대부분은 유럽 대학에서 교육받은 지적 엘리트들로서 학계의 지배계급에 속해있다. 과거 식민지 출신 비평가들 가운데 일부는 모국을 떠나 살고 있다. 탈식민주의의 주요 관심 대상은 열등한 지위에 놓여있는 사람들이나 식민지 지배가 끝난 뒤에도 착취당하고 있는 가난한 사람들과 탈식민주의 비평가들 사이에는 겉보기에 공통점이 거의 없다는 것이다.

4. 탈식민주의 비평과 문학

위와 같은 논쟁을 통해 탈식민주의 비평가가 입장을 결정하고, 서로 겹치는 주제들을 활용하며 문학작품을 해석한다. 그 몇 가지 주제들을 살펴보면 다음과 같다.

1. 토착민과 식민지 지배자들의 첫 대면과 토착문화의 붕괴.

2. 현지 안내인을 동반하고 미개척지를 함께 여행하는 유럽인들의 여정.

3. 식민지 지배자들이 토착민들을 제대로 인간이 되지 못한 열등한 존재로 대하는 것과 억압적 식민 통치의 모든 형식.

4. 식민지 지배자들의 의복 말투, 생활양식 등을 모방함으로써 그들에게 인정받으려는 피식민지인들의 태도.

5. 고향에서 이방인이 되거나 영국에서 방황하는 외국인이 되는 등의 경험.

6. 독립 이후의 활력과 뒤이은 환멸.

7. 개인과 집단의 문화적 정체성을 찾으려는 투쟁 그리고 소외.

8. 식민지 지배 이전 과거와의 연속성 확보.

위와 같은 공통 주제들은 탈식민주의 비평이 심리작용과 이데올로기 사이의 밀접한 관계를 어떻게 인식하는지를 잘 보여준다. 즉 대부분의 탈식민주의 비평가는 주제와 상관없이 텍스트가 어떻게 식민주의적으로 또는 반식민주의적으로 기능하는지, 분석하고자 한다. 다시 이야기하자면 텍스트는 식민지 지배자들을 긍정적으로 묘사하고. 피식민지인들을 부정적으로 묘사함으로써 식민지 이데올로기를 강화할 수 있다. 반대로 텍스트는 식민지 지배자들의 악행이나 피식민지인들의 고통 등을 묘사함으로써 식민지 이데올로기에 저항할 수도 있다.

이어서 문학작품에 대한 탈식민주의적 비평이 어떻게 독자의 시선 한가운데로 옮겨오는 데 개입할 수 있는지 들여다보자. 이를 잘 보여주는 것이 제인 오스틴의 『맨스필드 파크』(1814년)에 대한 에드워드 사이드의 분석이다. 『맨스필드 파크』는 19세기 전후 영국을 배경으로 쓰인 소설이다. 대부분의 내용이 대부호 토머스 버트램경의 사유지 안에서 전개되며, 부유한 영국 신사의 긍정적 이미지를 보여주고 있다. 좋은 가문에서 자라 합리적이면서도 도덕성을 갖춘 성품의 소유자이며 집안의 가부장으로서 대농장의 경영자로서 책임을 다하는 인물이기도 하다.

5. 탈식민주의 비평가가 던지는 질문

하기의 질문들은 탈식민주의 이론을 활용하여 문학작품에 접근하는 방법을 요약한 것이다.

1. 문학텍스트가 식민지 지배의 여러 양상을 어떻게 우회적으로 재현하는가? 식민통치자들이 피식민지의 언어, 의사소통, 지식 등을 통제하는 방식에서 정치적, 문화적 억압이 겹치는 지점을 찾아볼 수 있다.

2. 텍스트가 탈식민주의적 정체성을 둘러싼 여러 가지 복잡한 문제, 즉 개인이나 문화적 정체성 사이의 관계들과 관련하여 무엇을 드러내는가?

3. 텍스트가 반식민주의 저항의 정치성과 관련하여 무엇을 드러내는가? 다시 말해, 그러한 저항을 북돋우거나 억누르는 이데올로기적·심리적 동력과 관련하여 텍스트가 암시하는 바는 무엇인가?

4. 자신과 타자, 모두가 살아가는 세계에 대한 인식이 형성되는 과정에 문화적 차이가 개입해 작동하는 양상, 즉 인종 종교 계급 등이 합쳐져 개인의 정체성이 구축되는 방식과 관련하여 텍스트는 무엇을 드러내는가?

5. 정전화된 텍스트에 대한 기존의 해석을 탈식민주의적 텍스트가 어떻게 탈바꿈시키는지 살펴보자.

6. 식민통치에서 벗어난 여러 국가에서 나온 다양한 문학작품 사이에 유의미한 유사성이 존재하는가?

7. 서구 정전에 속하는 문학 텍스트는 어떻게 식민지 지배를 재현함으로써, 또 어떻게 식민통치를 받는 토착민들을 부당하게 침묵시킴으로써 식민주의 이데올로기의 기반을 약화하거나 강화시키는가?

이 가운데 하나 또는 두 개를 섞어 문학작품을 논의할 수 있다. 아니면 여기에 없는 다른 유익한 질문을 할 수도 있다. 여기서 제시한 질문들은 탈식민주의적 관점에서 문학을 효과적으로 이해하는데 몇 개의 출발점일 뿐이다. 어느 이론에서든 실제 비평가들의 해석은 훨씬 다양하기 마련이다.

6. 결론 – 『위대한 개츠비』에 대한 탈식민주의적 독법

마르크스주의, 여성주의, 아프리카계 미국인 문학비평 등의 비평이론 체계가 우리에게 가르쳐준 것은 어떠한 이데올로기도 그것을 낳은 심리와 분리될 수 없다는 사실이다. 어떠한 이데올로기든 그것이 작동하기에 적합한 심리상태가 없다면, 그것을 지속시켜 주는 심리작용이 없다면, 비평이론 체계가 결코 존재할 수 없다. 그래서 계급차별주의, 인종차별주의 같은 이데올로기들은 단순한 신념체계에 그치는 것이 아니다.

서구 문명의 역사가 거듭 보여준 것처럼, 국가가 '이질적인' 사람들을 예속시키기 위해서는 그들이 자국인과는 '다른' 사람임을 모두에게 납득시켜야 한다. 그리하여 '다르다'라는 단어는 온전한 인간보다 못하다는 의미에서 열등함을 뜻하는 말로써 쓰여야 한다. 말 그대로 북아메리카 원주민은 인간다운 존재로 취급되지 않았던 것이다. 아프리카인들을 노예화하고, 백인의 우월성을 강변하는 식민주의 이데올로기를 아프리카인들에게 주입할 수 있었던 것은 처음부터 헌법에 아프리카인들을 5분의 3짜리 인간으로 규정해 두었기에 가능했다. 실제로 건국 초기의 미국 헌법에 '흑인 노예는 백인의 5분의 3으로 인정한다'라는 규정이 들어 있었다. 『위대한 개츠비』에서 식민주의는 개인의 정신 내부에 상주하면서 제 정체성 형성과 타자 인식에 영향을 끼친다.

1920년대 『위대한 개츠비』는 뉴욕에서 아주 쉽게 찾아볼 수 있었고, 중요한 위치를 차지했던 아프리카계 미국인들의 실제 모습을 지워 버린다. 우리가 알고 있는 것처럼 이 소설에서는 대부분 백인의 우월성을 우스꽝스러운 고정관념들로 그려내고 있다. 이는 뉴욕이라는 위치와 미국 역사의 현실을 고려할 때, 간단한 문제가 아니다. 그 당시 뉴욕의 흑인 지구 할렘에서 흑인의 노력과 백인의 관심과 지원에 힘입어 흑인 작가들이 작품 활동을 활발하게 펼치게 되는데, 할렘이 흑인 예술 활동의 중심지로 자리 잡았다.

『위대한 개츠비』가 시사한 1920년대의 식민주의적 심리가 오늘날에도 미국에 남아있을까? 1960년대 흑인민권운동이 일어나기 전까지만 해도 백인과 흑인이 철저하게 분리되어 살았기 때문에 법적으로 문제가 되지 않았다. 그러나 이제는 그렇지 않다. 적어도 법적인 차원에서는 타자화에 따른 차별이 더 이상 용납되지 않는다. 즉 흑인은 대학을 나왔어도 백인들 밑에서 잡무만 할 수 있었고 승진도 어려웠다. 얼마

되지 않아 흑인민권운동과 히피 문화를 시작으로 1970년대부터는 사회적 차별이 빠르게 무너지기 시작하였다. 이러한 변화들이 의미 있는 진전인 것만은 확실하다. 그러나 백인 지상주의자들의 반발도 만만치 않다. 『위대한 개츠비』에서 알 수 있듯이, 이는 앞으로 미국인들이 시대를 막론하고 꾸준히 맞서 나가야 할 현실이다.

시대의 변화에 부응하는 省察의 시학

1. 글머리에

마음의 양식과 옛 문학정신이 가득한 곳! 노작 홍사용문학관은 일제 강점기에 친일 집필 활동을 거부한 독립운동가이며 예술가이신 노작 홍사용 선생의 문학정신을 기리고자 2010년에 건립되었다. 홍사용 문학관은 관내의 문학 전문도서관으로써 지역민들과 작가 지망생들의 창작역량을 높이는 데 기여하고 있다. 나아가 연극공연과 각종 강의실로 거듭난 노작 문학관은 극장, 시설 대관을 통해 지역의 문화예술 활동을 장려하였고 시민 동아리, 카페 등을 운영하며 시민들의 문화적 욕구에 부응하고 있다.

편운(片雲) 조병화 시인은 1921년 5월 2일 경기도 안성시 양성면 난실리에서 5남 2녀 중 막내로 태어났다. 경성사범학교를 거쳐 동경고등사범학교에서 재학 중 일본의 패전으로 귀국하였다. 이후 1949년 제1 시집 『버리고 싶은 유산』을 시작으로 160여 권의 저서를 출간하였다. 편운 시인은 삶의 아름다움을 이해하기 쉽게 고독한 도시인의 실존적 모습을 낭만적 언어로 그려냈다.

2. 홍사용의 문학적 탐구

1920년 홍사용은 문예지 『백조』를 창간하고 '토월회'와 신극운동에 참여하였다. 홍사용(洪思容)은 1900년 6월 13일에 태어나서 1947년 1월 5일에 작고하였으며 아호는 노작(露雀)이다. 주요 저서로는 『나는 왕이로소이다』, 『그것은 모두 꿈이었지마는』, 『봄은 가더이다』, 『해저문 나라에서』가 있다.

민족주의적 의식을 갖고 있는 낭만파 시인

일제 식민치하에 올곧은 선비정신으로 '나는 왕이로소이다'를 고고하게 외치며 민족혼을 일깨우던 시인이다. 문예지 『백조』를 창간하고 '토월회'와 신극운동에 자신의 모든 것을 아낌없이 바쳐가며 사그라져 가는 민족정신을 일깨우고자 했다. 당시 우리의 문학이 특수한 시대와 환경 속에서 형성되고 전개되었음을 감안할 때, 노작은 민족의식을 바탕으로 창작을 하고 그 이념을 실천하고자 한 대표적인 시인이다.

시의 세계

그의 시는 노작의 상처와 좌절을 통해서 이루어낸 결과물이다. 유년시절에 아버지의 사망으로 인한 충격, 3·1 운동의 적극적인 참여로 인한 구속, 일제의 회유와 가택 연금 등, 이러한 면은 일제 강점기 민족의 고통과 주권 상실에 대한 회복의 의지를 반영하여 그가 시를 창작하게 되는 직접적인 동기로 작용한다.

저술 및 작품

대표작으로 산문시의 일종인 『나는 왕이로소이다』와 『그것은 모두 꿈이었지마는』이 있고 민요시인 『봄은 가더이다』와 』『해 저문 나라에서』 등을 꼽을 수 있다.

붉은 시름 – 민요(民謠) 한 묶음 · 3

이슬비에 피었소 마음 고와도 찔레꽃
이 몸이 사위어져서 검부사리 될지라도
꽃은 아니 될 것이 이것도 꽃이런가
눈물 속에 피고 지고 피나 지나 시름이라
미친 바람 봄 투세하고 심술피지 말아도
봄꽃도 여러 가지 우는 꽃도 꽃이려니

궂은 비에 피었소 피기 전에도 진달래
이 몸이 시어 져서 떡가랑잎 될지라도
꽃은 아니 될 것이 이것도 꽃이런가
새나 꽃은 두견이니 우나 피나 핏빛이라
새벽 반달 누구 설움에 저리 몹시 여위었노
봄꽃도 여러 가지 보라꽃도 꽃이려니

아지랑이 애졸여 가냘피 떠는 긴 한숨
봄볕이 다 녹여도 못다 녹일 나의 시름
불행 다시 꽃 되거든 가시 센 꽃 되오리

피도 말고 지도 말아 피도 지도 않았다가
호랑나비 너울대거든 가시 찔러 쫓으리
봄꽃도 여러 가지 가시꽃도 꽃이려니.

삼천리문학(三千里文學) 1호, 1938년 1월
[출처]붉은 시름 - 민요 한 묶음/ 홍사용

홍사용 문학관에는 작은 도서관이 있어 누구나 자유롭게 독서를 할 수 있고 산유화 극장과 강의실이 있어 언제나 관람하고 배움의 즐거움을 가질 수 있다. 해마다 문학상 시상이 있으며 전국에서 문학기행을 오는 그런 공간이기도 하다.

봄이 지나고 7월이 되자 여름휴가를 어디로 갈 것인가? 생각하다가 멀리 가면 교통난으로 고생스럽다고 가까운 노작 홍사용문학관으로 정했다.

홍사용문학관으로 주소를 입력하여 2시간쯤 달려 노작 문학관 주차장에 도착하였다. 꽤 큰 주차장 부근에서 점심을 먹고 나니 주차장의 위치가 화성시의 변두리이지만, 고층 건물이 있는 번화가였다.

옆에 보이는 산기슭은 노작 공원으로 넓은 주차장에다가 부속건물이 있는 문학관은 다양한 내부 시설로 잘 짜여 있고 친절한 안내는 탐방객을 기쁘게 하고 있다.

노작 홍사용 시인은 1900년 6월 13일 경기도 용인 출생으로 대한제국 통정대부 육군 헌병 부위를 지낸 홍철유의 외아들로 태어났으며,

1908년 백부 홍승유의 양자로 들어갔다.

“홍사용의 정신”

노작(露雀) 선생 송(頌)

이민족(異民族)의 강점기인 20세기 초중엽 노작 홍사용 선생은 친일의 글 한 편도 쓰지 않으셨다. 올곧은 교사적(交士的) 기개(氣槪)가 어둡고 추웠던 더 궁핍의 시대에도 그렇게 선생으로 하여금 외홀로 형형한 호롱불을 켜 드시게 한 것이었다. 또 우리 신시와 신극 운동의 선구자로서 척박한 겨레 마음에 근대 문화의 씨앗을 물고 크게 싹 틔웠으니 가히 선생은 겨레의 지남(指南)이시자 우리 근대시의 우뚝한 한 봉우리이셨도다.

1919년 휘문고등 보통학교를 졸업하고 3·1 운동 때 학생운동에 참여했다가 검거되었다. 이후 1920년 『문우』를 창간하고 1922년에 『백조』를 펴냈다.

‘유치환의 추모시’

하나 호롱

곡(哭) 노작선생(露雀先生)

가장 어진 조선의 심장이
이날 또 하나 멎었나니

조선의 아들이매
다친 새 모양 다리 오그리고
가오셨을 영원(永遠)한 소망옛 길

아쉽게 불판 그 애달픈 청춘(靑春)은 실상
죽지 않는 하나 호롱으로
이 땅의 뒤 따른 젊은 예지(叡智)를 길 밝혔나니
주름 주름 남아 스민 겨레의 흐느낌을
아아 당신 어찌 못다 울고 가셨나이까.

유치환이 쓴 추모 시 청마(靑馬) 유치환
시집「울릉도」(1948) 중에서

홍사용은『백조』에「꿈이면은?」,「봄은 가더이다」등을 발표했는데, 이 시들은 대체로 어린 시절을 회고하며 남녀 간의 사랑을 다루고 있다.

나는 王이로소이다

홍사용

나는 왕이로소이다. 나는 왕이로소이다. 어머니의 가장 어여쁜 아들 나는 왕이로소이다.
가장 가난한 농군의 아들로서···
그러나 시왕전(十王殿)에서도 쫓겨난 눈물의 왕이로소이다.

- 중략

이해와 감상

이 시는 홍사용의 대표작으로, 1923년 『백조』 9월호에 발표되었다. 이 시는 전체가 9연으로 된 산문시이며 1연만 게재하고 있다. 한 인물의 삶과 비애를 다루고 있는 시로, 화자는 조국을 상실하고 고통을 겪는 우리 민족 전체를 대변하는 인물로 이를 통해 일제 강점기에 겪는 우리 민족의 수난과 설움을 그려내고 있다.

이 시의 화자가 자신을 '눈물의 왕'으로 칭함으로써 조국의 서러움을 표현하고 있다. '눈물의 왕'인 화자(話者)가 비탄하지 않을 수 없었던 것은 그의 내면으로 향한 죽음이나 허무 의식 때문만이 아니었다. 여기에는 그 시대 우리 민족이 처하였던 암담한 현실의 한이 깔려 있다.

홍사용 문학관을 걸어 나오며

그가 한국 시사에서 주목받는 것은 민요 이론을 정리하고 민요시를 창작했다는 데 그 의의가 있다. 민요를 우리나라의 둘도 없는 보물로 강조하며 「시악시 마음은」 등의 민요시를 짓기도 했다.

1923년 토월회 문예부장직으로 연극 활동을 펼쳤으며 1927년 「향토심」 등을 공연했다. 1930년을 전후로 하여 신흥극장을 조직하고 방랑 생활을 하다가 잠시 한약방을 운영하기도 했다. 1939년 희곡 『김옥균 전』이 검열로 주거 제한을 받자, 붓을 꺾고 병중에도 전국 사찰을 순례하였다.

홍사용(洪思容)의 호는 노작(露雀)으로 경기도 용인 출생이며 『백조』 동인으로 활동한 초기에는 감상에 치우친 시를 썼으나 차츰 민요시를 썼다. 그는 시집 『백조』 창간호에 「꿈이면은」, 「백조는 흐르는데 별 하나 나 하나」, 「봄은 가더이다」 등을 발표했는데, 이 시들은 어린 시절의 회고와 실연을 내용으로 한다. 이와 같은 성격은 1923년 『백조』 9월호에 발표한 「나는 왕이로소이다」에 와서 달라지는데, 이 시는 매우 섬세한 구조로 되어 있는 산문시이다. 그가 한국시사에서 차지하는 위치는 이러한 시를 썼다는 것 외에도 민요이론을 정리하고 민요시를 창작했다는 데 큰 의의가 있다. 「봄은 가더이다」, 「시악시 마음은」 등이 민요시에 속한다.

8·15 광복을 맞아 뚜렷한 활동을 하지 못하고 지병인 폐 환으로 1947년 1월 5일에 마포구 공덕동 장남댁에서 영면에 들어갔다. 유해는 경기도 화성시에 있는 노작 홍사용문학관 뒤 노작 공원에 안장되어 있다.

3. 조병화의 문학적 사랑

한여름의 따가운 햇볕이 낮게 깔린 8월 초순 오후 3시쯤 아내와 함께 안성시 번화가를 지나 저 멀리 산 아래 소나무밭 낮은 언덕길을 조심스럽게 차는 달리고 있었다. 오른쪽으로 올라갔다가 내려와 좌측으로 작은 터널을 지나 서문 쪽에 주차하니, 고풍 어린 문학관이 시야에 들어온다.

만물이 오수(午睡)에 정겨운 듯 사방이 적막하다. 현관문을 여니 연로

하신 관리자가 왼쪽 사무실로 들어오라며 친절하게 안내를 한다. 드링크를 내놓으며 자신의 소개를 비롯하여 문학관에 대한 줄거리 이야기를 가볍게 들려준다.

말을 하듯 자연스러운 시를 주로 쓴 편운(片雲) 조병화는 1921년 5월 2일 경기도 안성시 양성면 난실리에서 태어났다. 1929년 모친을 따라 서울로 이사하면서 1931년 미동공립보통학교를 거쳐 1941년 경성사범학교 보통과를 졸업하였다.

1943년 경성사범학교를 졸업하고 일본 도쿄고등사범학교에 입학하여 수학하다가 1945년 봄에 귀국했다. 1955년 중앙대학교 강사 등을 거쳐, 1959년 경희대학교 조교수로 근무했다. 1973년 한국문인협회 부이사장, 1981년 대한민국 예술원 회원, 1982년 한국시인협회 회장 등을 지냈으며, 1982년 중앙대학교에서 명예문학박사 학위를 받았다

1981년 인하대학교 문과대학장에 취임한 이후 부총장, 대학원장을 역임하고 1986년 정년 퇴임했다. 1949년 첫 시집 『버리고 싶은 유산(遺産)』 출간을 시작으로 53권의 창작시집이 있으며, 37권의 수필집 외 저서까지 160여 권을 집필하였다고 한다. 이 시집 가운데 25권은 영어, 일어, 중국어, 독일어, 불어, 스페인어 등으로 번역되어 세계적인 시인으로 자리매김하였다.

1974년 중화학술원(中華學術院)에서 명예철학박사,
1982년 중앙대학교에서 명예문학박사,
1999년 캐나다 빅토리아대학교에서 명예문학박사
학위를 받았다.

관람객들의 편의를 위해 조병화 문학관과 가족의 묘소(墓所), 서재, 시비, 어머니를 기리는 집인 편운재 등을 한곳에 지어 편운(片雲) 시인에 대한 총체적인 이해와 관람 기록도 남길 수 있도록 편리를 도모하고 있다.

편운 시인은 이곳 편운재에서 꿈과 사랑의 정신으로 고독과 싸우며 그의 예술혼을 쏟아냈습니다.

해마다 봄이 되면
어린 시절 어머님 말씀
항상 봄처럼 부지런해라
땅속에서 땅 위에서 공중에서
생명을 만드는 쉼 없는 작업
지금 내가 어린 벗에게 다시 하는 말이
항상 봄처럼 부지런해라

해마다 봄이 되면
어린 시절 어머님 말씀
항상 봄처럼 꿈을 지녀라
보이는 곳에서 보이지 않는 곳에서
생명을 생명답게 키우는 꿈
지금 내가 어린 벗에게 다시 하는 말이
항상 봄처럼 꿈을 지녀라

오, 해마다 봄이 되면

어린 시절 어머님 말씀
항상 봄처럼 새로워라
나뭇가지에서 물 위에서 둑에서
솟는 대지의 눈
지금 내가 어린 벗에게 다시 하는 말이
항상 봄처럼 새로워라.

- 조병화, 「해마다 봄이 되면」 全文

시인 조병화는 그의 첫 시집 『버리고 싶은 유산(遺産)』에 내포된 정신적 방황과 고독이 당시 똑같은 처지에 놓인 도시민들에게 위로와 정서적 안정을 안겨주었다. 그림에도 관심이 많아 개인작품 전시회를 열고 한국문인협회 이사장을 역임했으며 1991년부터 편운문학상을 제정하여 이 상을 운영해 오고 있다.

1949년 조병화는 첫 시집 『버리고 싶은 유산(遺産)』을 선보인다. 두 번째 시집인 『하루만의 위안』을 펴낼 즈음 6·25를 맞는다. 그는 피난지 부산에서 세 번째 시집 『패각(貝殼)의 침실(寢室)』을 펴낸다.

어머님 심부름으로 이 세상 나왔다가
이제 어머님 심부름 다 마치고
어머님께 돌아왔습니다.

- 조병화, 「꿈의 귀향」

조병화 시인 문학관에는 가족무덤이 가지런히 놓여 있다. 그 가족무덤에 세워진 시비에 의미 있는 시 한 수가 그려져 있다. 바로 '꿈의 귀향'이다. 진정한 '시인의 피'를 일깨워 준 조병화 시인은 시가 곧 삶이고 삶이 곧 시라는 것은 시를 많이 읽고 여행에서 얻는 근면을 강조하고 있다. 조병화 시인의 정신적 지주였던 어머니는 사랑의 대상이며 삶의 대상이다.

편운 시인은 한때 국가 대표 럭비선수였으며 화가 조병화로 다재다능한 팔방미인으로 엄격한 시간 관리를 하는 문인으로 알려져 있다. 또한 "시는 영혼의 화석"이라고 부른 시인은 시(詩)는 쉽고 평이한 어조로 삶과 죽음, 기쁨과 슬픔, 만남과 헤어짐, 허무, 고독 등의 감정을 노래했다.

큰 절이나 작은 절이나
믿음은 하나

큰 집에 사나 작은 집에 사나
인간은 하나

- 조병화, 「해인사(海印寺)」 全文

이처럼 시인의 시는 여러 곳에 삶의 흔적을 새겨두고, 시인의 삶은 여러 형태로 시를 창출하고 있다.

결국 나의 천적은 나였던 거다

- 조병화, 「천적」 全文

그동안 노력한 시인의 시와 삶을 되돌아보니, 자신을 이기는 싸움이 된 것이다.

어머니 말씀

'살은 죽으면 썩는다.'

어머니 진종 여사(1882~1962)를 위하여
이 산막을 세움

- 1963년 한식날 자 병화

해는 온종일 스스로의 열로
온 하늘을 핏빛으로 물들여 놓고
스스로 그 속으로
스스로를 묻어 간다

아, 외롭다는 건
노을처럼 황홀한 게 아닌가.

- 조병화 「노을」 全文

모든 생명의 근원인 해가 위대한 것은 해가 태양계의 중심에 있으며 여러 개의 행성을 거느리고 있는 항성이기 때문이다. 즉 태양의 존재가 위대하여 온 세상에 희망을 주고 있다. 스스로 떠오르고 능동적으로 노을을 만들어내는 태양은 외롭게 어둠 속으로 사라지지만, 저녁노을은 화려하다.

그거 그거 그거 그거
그레 그레 그레 그레

밤을 세워
그거 그거 그거 그거
그레 그레 그레 그레

온 가을을 내내
그거 그거 그거 그거
그레 그레 그레 그레

저희들끼리 정답게, 온 생애를
그거 그거 그거 그거
그레 그레 그레 그레

- 조병화, 「귀뚜라미」 全文

가을이 오면 시골길에 밤이면 귀뚜라미 소리 들린다. 귀뚤귀뚤 귀뚜르르 귀뚜르르 계속 듣다가 보면, 그거 그거 그레 그레로 들릴 수도 있다. 마치 자장가처럼 들려 잠이 들기도 한다. 밤을 새워 가을 내내 그리고 일생을 한결같이 울어댄다. 삶의 기쁨과 슬픔을 초월하듯 풀벌레 소리와 어울려 우리에게 정신적 아름다움을 깨닫게 한다.

이 사바세계를 빠져나갈 곳은
한 곳밖엔 없다

죽음이라는 곳,

이곳에선 일체의 소지품을 버려야 한다

인간이 쓰던 신분증명서도,
인간이 쓰던 주민등록증도,
인간이 쓰던 여권도,
인간이 쓰던 주소도,
인간이 쓰던 돈도,

인간의 인연도 그곳까지다

나치 독일에서던가
수용소 가스실로 줄지어 끌려 들어가던
수백만 유태신의 자손들처럼
발가벗은 알몸으로 남녀노소 구별 없이
그렇게 빠져나가는 거다

묵묵히, 그저 묵묵히
그때까진 한마디 전할 사람이 내게 있는데
어머님, 그건
어머님께도 말할 수가 없습니다.

- 조병화, 「세상 마지막 출구」 全文

인간은 죽음을 피해 갈 수 없다. 법적으로 죽었다고 판정할 수 있는 죽음은 삶의 경계에서 다른 경계로 넘어가기 위해 반드시 거쳐야 할 관문이다. 이 죽음의 관문을 거치기 위해 살아있을 때의 흔적을 모두 버려야 한다. 이를테면 인간이 쓰던 신분증명서도, 인간이 쓰던 주민등록증도, 인간이 쓰던 여권도, 인간이 쓰던 주소도, 인간이 쓰던 돈도, 인간의 인연도 죽음이라는 곳에 모두 버려야 한다. 그뿐이랴 부수적으로 서적 등 지적 흔적을 제외한 생활 도구, 쌓아온 재산의 이름을 모두 죽음이라는 곳에 버려져야 할 것이다. 이렇듯 죽음은 삶의 세계에 존재하는 모든 것들을 무화(無化)시키는 힘을 지니고 있다. 유(有)를 무(無)로 만들어 버리는 무소불위의 힘은 지상의 모든 것들을 죽음으로 유혹한다. '이 사바세계를 빠져나갈 곳은/ 한 곳밖엔 없다. 곧 죽음이라는 곳이다.'

편운(片雲) 시인은 노환으로 2003년 1월 8일 경희의료원에 입원하였다. 시간에 대해 엄격한 '자기 삶의 기획자' 한정된 시간을 2~3배로 잘 살다 간 작가, 한평생 자기관리에 철저했던 조병화 시인은 어머니에게로 돌아가 영원히 살고 있다. 편운 시인은 조병화 서간집, 『편운재에서의 편지』를 출간하고 2003년 3월 8일 향년 83세로 경희의료원 내과 중환자실에서 영면에 들어갔다.

제3부
고뇌의 흔적을 찾아서

일상에서 얻은 省察의 抒情 詩學

- 전전옥 시집『강물처럼 살았다』

1. 글 머리에

겨우내 다진 그리움으로 솟아오른 진한 생명의 혼을 봄눈으로 품어 녹이고, 그 위를 이른 봄바람이 스친다. 엄동설한 숨죽였던 생명이 하얀 그리움에 수줍은 듯 얼굴 내민 샛노란 복수초를 바라보며, 전전옥(全全玉) 시인의 시 세계를 그려 본다. 정수(靜秀) 시인은 인생 희수(喜壽)에 이르러 문단에 데뷔하여 좀 늦은 감이 있지만, 꿈 많은 소녀 시절부터 글 읽기를 좋아하였을 뿐 아니라, 노년 시절에도 책과 보편적인 거리를 유지하며 역설적으로 표현해낸 그녀의 작품에는 자기만의 영역에서 깨달은 철학이 내포되어 있다.

현실 세계에서는 누구에게나 강자와 약자가 존재한다고 볼 수 있다. 그러나 시인이 보는 세계에서는 인간이란 강하고 약함의 차이가 아니라 '존재 이유'가 다르다는 데에 있다. 글쓰기에서 너와 내가 같다면 존재할 이유가 없을 것이다. 시인은 권력이 강하거나 돈이 많은 사람이 아니다. 시인은 권력과 돈을 시로써 의미를 부여할 수 있다. 많은 사람이 도시에서 살고 있지만, 대부분 문인 역시 출생지를 바탕으로 작가의 심연에서 출렁이는 향수의 물결을 감지한다.

시(詩)는 사물의 순간적 파악, 시인 자신의 순간적 사상이나 감정을 표현한 것이다. 나아가 인생의 단편적 에피소드, 영원한 현재 등으로 정의된다. 서정시는 곧 생활시라고 계설(界說)되며 사랑이 배경으로 깔린 것이 그 본질이다. 또한, 경험과 순간의 파악이 집중되는 결정(結晶)의 순간들 속에 존재한다. 정수 시인은 시 부문 신인상을 수상한지 1년 만에 첫 시집 『강물처럼 살았다』를 상재(上梓) 하게 되어 그 기쁨을 여럿이 함께하고 있다. 돌아보면 시인은 오래전부터 그림 활동과 전시회에 참여하여 화가로서 역량을 크게 펼쳤을 뿐 아니라 그사이 수필로 등단하여 시인이며 수필가로 거듭나게 되었다. 전전옥 시인은 자기만의 철학을 시적 재능에 담아 천착(穿鑿)하거나 서정적 시법으로 작품을 쓰고, 나아가 주제가 징명(澄明)하고 다독(多讀) 다사(多思) 다작 (多作)으로 간결하게 쓸 수 있는 문학적인 이론과 실기에 대한 수련과정을 거치고 있어 좋은 글쓰기에 기대가 크다.

2. 시대적 현실과 고뇌(苦惱) 의 즐거움

봄이 온다고 노크를 하니
겨울이 텃세를 부리나

창문을 여니 눈이 오네
하늘에서는 눈으로 오는데

땅은 물로 변하네
순리에 순응하려고

땅속에서는 재잘대며
서로 웃음 지으며

어미 배 차고 나와
배냇저고리 입을까 하네!

--「입춘」 全文

'입춘(立春)'은 선명한 주제와 구조의 일관된 응집력이 시의 내면을 자연의 순리대로 가득 채운 훈기가 삶을 역동적으로 지탱하게 하고 있다. 읽을수록 참신한 이미지와 안정된 어조로 짜여 있다. 더할 수 없이 견디기 힘든 겨울을 지나 땅속을 뒤지면서도 절망하지 않는 새싹의 아름다움이 측은지심(惻隱之心)을 불러와 생명감이 넘치고 있다.

(ㄱ)
막내딸이 결혼 6년 차에
초승달부터 보름달까지
이 엄마 너의 배를 보고
기다리면서 울고 기뻐서 울었지

--「보름달」 중에서

(ㄴ)
나는 너를 사랑한다
건강하게 무럭무럭
내 기도 들었지?

--「둘째 아들」 중에서

(ㄷ)
'응애!' 하고 소리 지르니
축하합니다
공주입니다

--「막내딸」 중에서

(ㄹ)
열 달을 참고
서로 처음 얼굴 보면서
너는 나의 아들 나는 네 엄마

--「첫째 아들」 중에서

(ㅁ)
일생을 살면서
뺄셈은 없이
덧셈으로 하는 사랑

--「손자 사랑」 중에서

이 다섯 편의 시에서 보는 바와 같이 대부분의 이미지가 시간을 내포하고 있다. 아득히 먼 옛날 조상 때부터 물려받은 '내리사랑'을 대를 이어 물려주겠다는 강한 의지가 부여되어 있다. 이 시에서 연상되는 세대교체는 자연의 섭리이며 시간을 초월해 영원을 지향하고 있다. 즉 정서는 순간적이지만, 사상은 시간을 초월하고 있다.

시의 이미지는 묘사나 비유로 나타난다. 작품 (ㄱ)에서 화자의 마음속에 떠오른 감각적 이미지를 '초승달부터 보름달까지'라는 시각적 이미지로 구현하고 있다. 기다리면서 울고 기뻐서 우는 묘사적 심상은 시인의 관념을 전달하기 위한 수단으로 형상화한 것이다. (ㄴ)과 (ㄷ)의 이미지는 주로 시각과 청각에 의존하고 대상의 재현에 초점을 맞추고 있다. (ㄹ)은 세상에서 처음 얼굴을 보며 모자 관계가 천륜임을 표상하고 있다. (ㅁ)은 어린아이의 눈동자에서 손자 사랑의 극치를 그려내고 있다. 대체로 이 시들에서 정수 시인은 빼어난 직관력으로 우리 시대에 흔하지 않은 효 사상과 남다른 가족 사랑의 배려가 시에 배어 있어, 누구나 그녀의 시(詩) 속에 빠져들게 하고 있다.

오늘날 대중문화의 범람과 영상매체의 발달로 예의의 실종이나 도덕 윤리가 사라져가는 세태를 시인은 염려하고 있다. 정수 시인은 이제 변화와 갈등은 현대인의 보편적인 체험양상이라고 시적 체험으로 말하고 있을 뿐 아니라 작은 텃밭 가꾸기에도 자상하게 마음을 쓰는 작가이기도 하다.

자그마한 텃밭에
같은 씨를 뿌렸건만
열매는 어찌 다를까!

한 열매는 큰 감나무에 고동시 감
한 그루는 해바라기 세상 따라 둥글둥글
씨가 많아 새들의 양식 풍부하네
또 한 열매는 오이고추

오늘은 고동시 감 열매 생각
내일은 해바라기 생각
다음은 찬물에 밥 말아서

시원한 고추를 먹으면 좋겠다는 생각

작은 텃밭에
아롱이다롱이
생각만으로도
온종일 기쁜 일.

--「텃밭」全文

건강과 환경의 중요성이 커지면서 텃밭 가꾸기를 하는 가정이 늘어나고 있다. 주말농장 또는 베란다나 옥상 텃밭을 이용하여 농작물을 키우기도 한다. 씨 뿌리고 김을 매고 거름을 주는 농사일은 힘든 노동이다. 전전옥 시인은 자라나는 작물들과 다정다감하게 얘기를 주고받으며 작은 열매 하나에도 사랑을 나눠주며 온종일 기뻐한다. 이렇게 자연과 교감하는 시인은 벼 이삭이 황금빛으로 익어가는 들판에서 뛰어놀던 어린 시절에 허수아비를 그리워했다는 것은 당연하다 하겠다.

여름내 뙤약볕에서
영글어 가는 벼 이삭 지키느라

한 마리 새가 오면
긴 팔 옷자락 흔들어 가며

후여 쫓아 줬건만
들녘 추수 다 끝난 뒤

수고했다 한마디도 없이

내년에 다시 보자 하네.

--「허수아비」全文

커다란 눈망울로 파란 하늘을 응시하고 푸른 들판을 황금빛 물결로 일렁이게 하는 태양, 허수아비를 조롱하는 참새, 버릇없이 튀어 오르던 메뚜기, 어깨 주위에서 맴돌며 장난치던 잠자리를 회상하며 황야에 내팽개쳐진 허수아비를 소중하게 간직하고 아름답게 노래하는 시인이 있어 고향의 추억이 더욱 그리워지는 것이 아닐까!

삶의 길을 걷다가 시야에 들어오는 보편적인 사물에서 이미지를 묘사할 때 시인의 정서나 관념이 부분적으로 표출되는 것은 수사의 시법을 써서 드러나는 현상일 것이다. 전전옥의 시에는 자신만의 색깔이 있다. 자신이 겪은 삶을 바탕으로 자연 생태적인 상상력을 부활시키려는 경향이 있다. 그리하여 그녀의 글은 구슬을 꿰고 있는 듯한 느낌으로 쉽게 글이 흘러가고 있다. 여기 시 한 편을 읽어보자.

밤새 내린 비로
둑에 물이 꽉 차 흐르네
말없이 흘러간 저 물

온갖 지저분한 것 다 씻어서
저 강으로 흘러가건만
더럽다 너무 많다 하지 않고
그대로 받아 주네

아, 그 넓고 깊은 바다

바다가 되고 싶다
더러운 것 그 많은 것도
배척하지 않는 바다

내 마음도 저러고 싶다

물 한 종지만 한 내 마음
언제 저렇게 되려나!
세상 끝자락이 다 됐건만
아직도 난
왜 용서가 안 되는가!

--「바다」全文

한 편의 시 속에는 시인의 의식과 정신적 내면이 상징과 은유의 이미지로 형상화 되어 있다. 이 시에서 시인은 바다를 향해 청순한 이미지와 고해의 발걸음을 극복한 일생의 모습이 복합적으로 형상화되어 다가오고 있다. 그러나 인간은 누구나 좀 더 위대한 삶으로 회귀하고 싶은 본능적 욕구를 지니고 산다. '물 한 종지만 한 내 마음/ 언제 저렇게 되려나!/ 세상 끝자락이 다 됐건만/ 아직도 난/ 왜 용서가 안 되는가!'에서 감지되듯이 시인은 이미 사물을 바라보는 눈이 깊어 멀리 바라보고 있는 것 같다.

하얀 눈길 위
내 발자국
뽀드득뽀드득
와, 멋진 그림

누가 떠갈까
뒤돌아보네
내 멋진 그림
나만의 흔적.

- 후략

--「눈길」一部

눈이 흩날리며 내리는 소리는 절대 들리지 않는다. 시각적으로 보일 뿐이다. 쌓인 눈을 밟으며 만들어내는 발걸음 소리와 발자국은 청각적 이미지와 시각적 눈을 대비시킨 참신한 결합으로 시인은 눈 오는 겨울의 정서를 아주 효과적으로 그려내고 있다. '누가 떠갈까/ 뒤돌아보네' 에서 시인은 낯익은 발자국을 처음 듣고 보는 듯이 효과적으로 날렵하고 산뜻하게 환기하고 있다. 아마 곧 없어질 눈의 흔적을 글로 그림으로 남기고 싶어 하는 정수 시인은 이 세상에서 가장 행복한 작가가 아닐까 싶다.

3. 맺음말

첫 시집 『강물처럼 살았다』에는 순수한 사랑과 주관적 감성으로 부른 관조의 시어들이 촘촘하게 수록되어 있다. 작품 속 메시지는 참으로 순수하고 인본주의적 사랑으로 가득 차 있다. 시인은 그냥 스치기 쉬운 소재나 사건들을 시적 형상화로 표현하는 데 익숙해 보인다. 화자는 이미 인생의 가을에 와 있음을 작품에 부각하고 있어 철학적 가치관으로 진취적 시 세계를 구축하고 있다.

"대체로 시인의 시적 재능은 하늘이 내린 선물이요 복이다."라고 말을 하는 문인이 있다. 그러나 문학지도 많고 작가의 길이 넓어진 요즘 이를 부정하는 사람들도 많다. 이에 화자는 진정한 문인의 길은 선택 받은 소수의 사람만이 걷는 길이라는 듯, 자긍심을 갖고 불꽃같은 열정으로 작품 활동에 임하고 있음을 볼 수 있다.

시인이 작품 전체를 아우르는 시적 주제나 내포된 작품성은 매우 진솔하고 참신하다. 억지로 꾸미려고 하지 않고, 시적 주제나 발상, 전개, 함축 등이 참신한 가치를 내포하고 있다. 그녀는 낯설게 쓰는 시법과 다양한 수사법 그리고 이미지 변형을 통하여 적절히 메시지를 구사하는 독특한 호흡과 톤을 보여주고 있다. 정수 시인은 치열한 시 정신 속에 자기 성찰(省察)로 부지런히 관찰하고 깊이 파고드는 천성을 지니고 있어, 곧 어려움을 극복하여 좋은 시를 쓸 것으로 믿는다. 이는 일상에서 진주를 캐는 낭만적 고뇌이며, 시인은 작품으로 가치 있는 삶의 메시지를 끊임없이 그려내고 있다.

일상에서 얻은 自我省察의 美學

- 신정일 수필『하늘공원에 서다』

1. 글머리에

언제 가 봐도 푸른 공기가 향긋한 고향, 순간적으로 떠오르는 고향의 정취 그리며 신정일(申貞一) 시인의 수필 세계에 젖어 본다. 세월이 흘러도 고향 산천에 파란 기다림 뿌리고 수정 같은 밀어로 속삭이면, 고향의 향수는 내 마음속에 오래오래 풋풋한 정으로 자라나리!

신정일 수필가는 문단 데뷔와는 상관없이 오래전부터 시작(詩作)을 하면서 틈틈이 수필을 써 왔다. 인고의 세월을 껴안고 희수(喜壽)를 지나며 한 시대의 삶과 자취가 지워지지 않도록 수필로서 새겨 놓는다. 처녀 수필집답게 연만(年滿)한 나이에도 오히려 소녀 시절의 청순함이, 수필 작품에서는 물빛 그리움이 그대로 배어 나온다. 아마도 이것은 송인당(松仁堂) 수필가의 삶 자체가 자신보다는 타자를 위한 삶으로 살아온 터일 것이다. 그 그리움의 대상은 주로 초등학교 시절 고향과 지나간 것들에 대한 추억에서 비롯하고 있다. 누구나 고향이 있기에 그녀의 고향 한복판에는 그림 같은 집들과 논두길, 피난길과 어촌 정경이 아주 투명하게 심겨 있어 지금도 그리운 추억이 머문다.

신정일 수필가는 등단 이후 거의 해마다 시(詩) 작품으로 『꽃빛 햇살』, 『아버지의 묵언』, 『그 꽃 피우게 하소서』의 세 권을 출간하면서 틈틈이 수필 쓰기에 심혈을 쏟아 시 부문 문학상에 이어 수필 부문 문학상 대상을 받게 되었다. 이러한 기준에서 볼 때 이번에 상재한 수필집 『하늘공원에 서다』는 시집 출간 후의 문학적 승화와 열정을 그대로 온전히 보여준다 하겠다.

송인당의 문학적 자아는 삶과 고뇌, 자아와 타자, 인간과 사물, 철학과 종교적 신념이 총체적으로 함축되어 서로 상대성을 중시한다. 각 부의 제목으로 선한 「마음의 고향 간사지」, 「작은 궁전」은 서민의 감정을 깊이 있게 다루며 6·25 전쟁을 통하여 피난길에 나서면서 어촌의 풍경을 생동감 있게 그려내고 있다. 「시인의 마음」, 「하늘 공원에 서다」는 자신의 삶에 파급효과를 일으키는 참신한 발상을 보여주며, 「인생 3막의 무대」에서 독일계 미국 시인 '사무엘 울만'은 그의 詩 '청춘'에서 '청춘이란 삶의 어느 기간이 아니라 마음가짐을 말한다.'고 읊고 있다. 송인당 수필가는 '문학으로의 입문은 마음을 씻고 닦으며 긍지를 갖게 되는 것으로 부자가 된 느낌이다.'라고 토로하고 있다. 이런 다층적 시선(視線)을 염두에 두면서 그녀의 수필세계를 조망할 수 있는 대표작들을 살펴본다.

2. 고뇌의 즐거움으로 펼치는 산문정신과 애정

넓은 논에 심어진 모는 바람 불어 일렁이는 파란 물결이 아름다웠다. 파르르 잎을 떨면서 물결쳐 흐르는 벼의 모습을 그림으로 표현하면 얼마나 아름다울까? 논두렁을 걸어 학교를 오갈 때의 느낌이었다. 모판에서 논으로 옮겨 심어진 연두색의 벼는 얼마간 시일이 지나면서 초록의 튼튼한 모습으로 변했다. 땅 기운을 받고 물과 거름이 바탕이 되어 자라는 생명의 놀라운 눈부심이다.

대전이란 도시에서 9년 살다가 처음 몸담아진 농촌의 푹신함이 신선했다. 하루 햇볕을 받고 하룻밤을 자고 나면 쑥쑥 자라는 농작물과 신록이 더욱 푸르렀다. 먼 데서 대포 소리가 자주 들렸다.

"저 대포소리 들리지? 전쟁이 일어났다고 한다. 휴교령이 내려졌으니 집에 가서 부모님 말씀 잘 듣고 다시 학교에 오라는 연락이 있을 때까지 집에서라도 열심히 공부해라."

는 선생님 말씀이었다.

"선생님! 전쟁이 왜 났어요? 어디 하구요?"

학생들이 물었다.

"이북에서 대포를 쏘면서 38선을 넘어오고 있단다. 어서 집으로 돌아가야 한다."

무거운 표정으로 말씀하셨던 선생님 모습이 선하다.

2학년이 된 지 3개월이 못 미치는 학교생활이었다. 1, 2학년 모두 4개월 공부를 한 셈이다. 어른들은 어두운 표정으로 짐을 싸고 있었다. 큰아버지가 사시는 아버지 고향의 봄! 그 안에서 시작된 나의 학교생활은 막을 내릴까?

--「아버지 고향의 봄」 중에서

신정일 수필가는 어린 시절 떠나온 고향의 풍경을 추억하며 떠오르는 소회(所懷)를 읊고 있다. 화자는 아직도 옛 모습 그대로 전설처럼 잊지 못하는 그림 한 장, '집집이 품앗이로 모심기를 하고 바람 불어 파르르 잎사귀를 떨며 일렁이는 파란 물결, 가을엔 벼 익는 들판'을 그리고 싶어 한다. 그런 만큼 고향에 대한 깊은 애정으로 어릴 적 자취를 더듬으며 향수에 잠기기도 한다. 문화가 초 첨단으로 발전한 오늘날에도 고향의 정서를 잊지 못하는 작가의 아름다운 애향심을 엿볼 수 있다.

신 수필가는 6·25 사변 속에서 초등학교 때 겪은 전쟁 초기의 참상을 적나라하게 그리고 있다. 어린 시절에 들은 대포소리를 어떻게 느꼈을까? 어린이들이 단순히 겁먹은 얼굴만 하고 있었을까? 화자는 물론 아직도 생존해 있는 많은 분이 아마도 성장하면서 민족의 아픔을 넘어 잊히지 않는 무수한 파괴행위들을 잘 기억할 것이다. 6·25 전쟁을 통하여 당시 경제적으로 궁핍한 삶의 상징인 보릿고개를 더욱 뼈저리게 느꼈을 것이다. 화자는 전쟁의 실상을 잘 모르는 후손들을 위해서도 전쟁의 참극을 문학작품으로 그려놓았다.

말문 열린 첫아이의 재롱에 웃음꽃이 피었고, 흑백텔레비전 한 대, 작은 냉장고 하나, 살림 하나씩 장만하면서 행복했던 시절이다. 손바닥만큼 작은 마당 귀퉁이에 노랑 병아리 몇 마리도 키웠다. 친정어머니의 일거리였고 아이들의 볼거리였다.

해 질 녘
하늘 붉게 물들어
고운 강물로 출렁였지

연탄재 쌓인 좁은 골목길
아이들 재잘재잘 맑은 웃음소리
축구공 담 넘어 들어왔었지

이마보다
조금 넓은 궁전 뜨락에
웃음꽃이 활짝 피었었지

화분 하나둘 늘어나고
노랑 병아리 날갯짓할 때
앞마당 햇살 그득했었지.

올망졸망 아이들 키우던 시절 그 둥지가 내게는 꿈이 숨 쉬던 작은 궁전이었다. 평화 속 추억에 아련한 그리움이 숨겨 있다. 희수(喜壽)를 넘긴 지금, 일생을 돌이켜 보면 올망졸망 아이들 키우던 때가 가장 행복했었다고 회상된다. 아이들은 아름다운 꽃이었으니까, 꽃을 키우는 밭은 궁전이었다.

--「작은 궁전」 중에서

신정일 수필가의 「내 작은 궁전」을 읽고 반가운 마음 기쁘기 한량없다. 그동안 그녀의 수필을 자주 접하면서 오랫동안 가슴에 품고 있던 창작력을 유감없이 나타내어 평자 또는 독자의 한 사람으로서 반갑기 그지없다. 끊임없이 삶을 성찰해온 송인당은 곧 시로 수필로 피어나 우리에게 다가왔다.

찰나성 허구성이 빚어내는 혼돈의 사회에서 신정일 수필을 통하여 존재적 가치를 자각하고 아픈 가슴을 녹이게 된다. 아이의 재롱에 웃음꽃이 피고, 흑백텔레비전 한 대, 작은 냉장고, 노랑 병아리에서 작가의 깊은 감수성과 철학적 사유(思惟)를 읽을 수 있다. 작은 텃밭을 내 작은 궁전으로 가꾸어 가는 화자의 꿋꿋함이 작품 곳곳에 표출되고 있다. 사색의 자극과 감동이 넘치는 그녀의 수필이 독자의 시린 가슴을 녹이게 될 것이다.

"그때 가 봐야 알지, 나 혼자 다닐 수 가 없잖여!"

하시던 어머니! 넷째 언니 집에서 생신을 지내시고, 일주일 후에 한 많은 세상을 뜨셨다. 가실 때를 아셨던가? 서산 큰댁, 외할머니, 이모, 외당숙모, 친척을 두루 찾아보셨단다. 넷째 언니 집에서 서울에 데려다 달라고 몇 번을 말씀하셨단다.

"진작 연락 좀 했으면 돌아가시기 전에 모시러 왔잖아"

"우리 집에 더 계시라고 그런 거지 뭐, 누가 이렇게 돌아가실 줄 알았나?"

어머니가 그렇게 허망하게 가실 줄을 누가 알리야.

"어머니! 좋은 곳으로 가셔서 평생 어머니 가슴에 묻으셨던 두 아드님 만나시고, 젊은 시절로 돌아가시어 아버지와 함께 행복하게 지내십시오."

착하셨던 어머니께선 그리 인도되실 겁니다. 이렇게 가신 어머니는 돌아가셔서야 아버지 곁에 나란히 묻히셨다. 항상 시댁 식구들만 챙겼지 어머니께 용돈 한번 드리지 못한 죄.

"어머니! 용서를 빕니다."

어버이 살아실제 섬기기를 다하여라
지나간 후면 애닯다 어이하리
평생에 고쳐 못할 일은 이뿐인가 하노라.

정철의 옛시조가 아니어도 한번 하직하면 다시없는 이 세상의 삶! 어리석음을 죄스럽게 뉘우친들 때는 이미 늦어 있다.

부자 댁에서 태어나시어 반생을 힘들게 사셨던 어머니, 딸 다섯을 키웠지만 어린 아들 둘을 키우지 못한 회한(悔恨)을 가슴에 품고, 돌부처로 사셨던 어머니께선 한 가지 복, 고종명(考終命)을 타고 나셨다. 내가 서른 살 때 어머니가 돌아가셨으니 친정이 없다. 오빠가 없으니 친정이 없다. 친정 오빠나 동생이 있는 친구를 보면 아주 부러웠다. 처가가 없는 남편에게도 미안할 때가 많았다.

--「나의 어머니」 중에서

신정일 수필가는 「나의 어머니」에서 옛시조를 읊어가며 어머니에 대한 효도를 진솔하게 쓰고 있다. '어머니는 누구를 위해 존재하는가?' 외손주를 키워주신 데다가 갑자기 운명하셔서 효도를 다 못 했다는 아쉬움에 가슴이 아려지는 이유를 명료하게 나타내고 있다. 그만큼 모성적 향수를 신 수필가는 언어에서뿐 아니라 원초적 이미지로 되살려 그려내고 있다.

영국의 역사학자 아놀드 토인비가 '한국에는 효도라는 미풍양속이 있다.'라고 했다. 그러나 근래에 여러 가지 변화로 효도의 관념이 서서히 바뀌고 있다. 벌써 우리나라도 부모에게 폐를 끼치지 않는다면, 그게 효도의 전부인 양 말하는 사람이 늘고 있다. 이제 우리는 가까이 있는 것의 참된 가치를 깨달아야 한다. 즉 타자를 인식의 중심에 두는 자세가 필요하다 하겠다. 이는 서로 어루만지고 일깨워주는 인내의 미학을 정립해준다. 어쩌면 이를 수용하는 자세야말로 송인당 수필가가 추구하는 수필적 삶일지도 모른다.

먼 곳에서 살고 있는 큰 며느리, 작은 며느리가 다녀갔고, 큰아들, 작은 아들이 전화를 주었다. 아버지를 아껴 주는 자식들의 정이 고맙다.

의사의 자세한 설명에 안도의 느낌을 받은 환자는 큰 병이 아니라는 판단으로 기분이 좋아졌다. 몇 달을 입맛이 없다고 나를 힘들게 하던 그가 저녁식사를 달게 했다. 어떻게 구미가 금시 당기는지 신기했다. 그것이 바로 플라세보 효과라고 하나보다. 긍정적인 의사의 말은 환자에게 전능한 신의 말씀과도 같음을 느꼈다.

긴장이 풀리면서 그곳에서의 일사분란하게 움직이는 의사, 간호사,

환자와 어깨 축 늘어진 보호자의 모습들이 눈에 선하다. 남편은 올해 만도 세 번이나 응급실을 찾았다. 우리나라 제일 큰 병원이라는 이름답게 s대학병원응급실의 의료시스템은 진행이 잘된다. 구급차에서 내리자마자 분주하게 움직이며 척척 진행된다. 그러나 응급환자들이 불편함 없이 수용될 수 있는 침대도 여유롭고, 보호자가 좀 앉아서 환자로 인한 피로를 풀 수 있는 의자도 넉넉하면 참 좋겠다.

그가 편한 마음이도록 인내하며 살자고 마음을 다지지만, 무의식에 조금이라도 그에게 상처 주는 일은 없는지 돌이켜 본다. 깊은 밤 천정은 별빛으로 가득하다. 긴 세월 환자를 지키기 위해서는 별들에서 너그러움을 배워야 한다.

--「응급실 소감」 중에서

신정일의 「응급실 소감」에는 '플라세보 효과'라는 의학 용어가 나온다. 의사가 효과 없는 가짜 약 혹은 꾸며낸 치료법을 환자에게 제안했음에도 불구하고 환자의 긍정적인 믿음으로 인해 병세가 호전되는 현상이다. 즉 심리적 요인에 의해 병세가 호전되는 현상으로 위약(僞藥) 효과라고도 한다. 그리고 보호자가 긴 세월 환자를 지키기 위해서는 너그러움을 배워야 한다고 했다.

응급실을 통하여 아버지의 병환을 이해해가는 과정과 절절한 연민의 정이 감동적으로 잘 드러난 작품이다. 문장의 흐름과 탄탄한 긴장미, 참신함까지 유기적으로 어우러지며 주제를 형상해내는 솜씨가 수준급이다. 이 작품에서 화자는 의사가 환자의 신체뿐만 아니라 마음마저 치유할 수 있는 감수성을 가져주기를 비유적으로 이야기하고 있다.

68년도에 처음 냉장고를 들여올 때도 얼마나 신이 났던가? 지금 세월이야 결혼하는 신부가 가전제품을 포함한 모든 살림살이를 준비해서 신혼생활을 시작하지만, 우리네 시절에는 웬만한 경제력이 있는 집안 말고는 살면서 한 가지씩 장만하며 살았다.

냉장고 처음 들여올 때도 그렇게 즐거워하더니 여전히 새것 들여올 때마다 당신은 항상 기분이 좋은가 봐. 새 식구 맞으며 좋았던 시절을 그도 기억하나 보다.

처음 냉장고를 들여놓던 날, 찬 맥주를 꺼내 즐기던 맛. 밀가루 물 팔팔 끓여서 청홍고추 송송 썰어 넣고 담근 시원한 열무물김치. 국수를 말아서 온 식구가 둥근 두레 반상에 둘러앉아 후루룩 먹던 시원함의 물 국수 맛! 잊을 수 없는 추억이다.

새 물건과 인연을 맺는 기분이야 얼마나 좋은가? 친정어머니 오시는 날처럼 마음이 부푼 풍선처럼 붕 뜬다.

2000년도에 세 번째 냉장고를 교체할 때 내 생애 마지막이려니 생각하면서 들여놓았던 냉장고! 12년을 매일 여닫고, 나와 그의 먹거리를 신선하게 보관해 주던 냉장고를 이제 보내야만 되었다. 아직 수명이 다하지는 않았지만 12년 동안 열리고 닫히며 시달린 문짝이 긁혀서 보기에 흉했다. 이왕지사 새로 교체해야 할 바에야 좀 일찍이 바꾸자는 심산이었다.

--「그 애 꽃가마 타고 오던 날」 중에서

수필 「그 애 꽃가마 타고 오던 날」은 매우 흥미로운 상상력을 보여주는 작품이다. 전혀 이질적인 꽃가마와 냉장고를 연결해 하나의 의미 공간을 만들어내는 수필적 상상력은 시선을 끌기에 충분하다 하겠다. 이 작품은 시집가는 새색시처럼 냉장고를 의인화시켜 수필의 맛을 더하는 노련미가 감지되어 신정일에게서 수필 작가로서의 아우라가 느껴진다. 즉 꽃가마라는 이미지와 냉장고 사이의 단절을 역으로 이용하여 의미를 생성한다. 작품의 전개도 적절하며 안정감도 있어 삶의 진실을 충격적 이미지로 드러내는 발상의 전환이 빼어나 감흥을 불러일으키고 있다.

68년도에는 냉장고, 컬러TV, 에어컨 등이 귀한 시절이었다. 냉장고 한 대를 사들여 놓고, 누구는 집을 한 채 산 것인 양, 기쁜 마음에 눈물을 흘렸다고 한다. 냉장고와 대화할 수 있는 수필가의 감성이 돋보인다. 오뉴월에 청홍고추 송송 썰어 넣은 시원한 열무물김치에 국수를 말아 먹던 추억을 이미지화하는 노련함을 보며 수필적 완숙미에 이르고 있음을 유추할 수 있다.

전화 소리에 수화기를 들었다. 수도기술자였다. 급하지 않으니까 비 그치면 오셔도 된다고 말해 주었다. 조금 후 빗줄기가 가늘어지기는 했지만, 아직 우중인데도 그가 오토바이를 타고 요리조리 곡예를 하며 빗길을 뚫고 왔다.

세면기 밑으로 팔을 뻗쳐서 작업하는 그가 힘들어 보인다. 허리 펴고 작업할 수 있는 공간이 아니다. 컴컴해서 잘 보이지도 않고, 손전등을 켜 밝혀 주었으나 어둡기는 매한가지다. 한 시간가량 그가 애쓰면서 수도꼭지 교체작업이 마무리되었다.

그가 휴지로 세면대 위를 말끔히 닦고 수도꼭지를 틀었다. 이젠 물이 새어 나오지 않지요? 이상이 있으면 전화 주세요. 전화번호 적어 드릴게요. 수도꼭지가 3만 원이고, 공임이 2만 원이라고 한다. 예상외로 수도꼭지만 교체하는 상태여서 다행이었다.

어느 누구를 불문하고 돈을 번다는 것이 그리 쉬운 일이 아니다. 그에게 수고 많았다며 5만 원을 지급하고, 커피 우유 하나를 따서 마시라고 주었다. 인상도 성격도 좋아 보이는 그가 꿀꺽꿀꺽 우유를 들이켰다. 아! 시원하게 잘 마셨다며 하자가 있으면 금방 달려와서 점검하겠다고 전화번호를 적어주곤 꾸벅 인사를 하고 나간다.

--「작은 일에도 책임을」 중에서

직장인은 회사라는 튼튼한 조직 안에 있어서 안전하다고 한다. 하지만 이 말은 뒤집어 보면 자신은 일만 하고 그 책임은 회사가 맡는다는 뜻도 된다. 그러나 회사가 어려울 때는 소속 사원이 책임 추궁을 받게 된다. 나름대로 열심히 일해도 경쟁사에 밀리면, 자신에게도 도움이 되지 않고 결국에는 회사를 위험에 빠뜨리게 된다. 일상에서 늘 하는 일에 만족하고 주어진 일에만 오랫동안 능력을 발휘하다 보면, 결국 스스로 변화하는 환경에 부적격자가 되기 쉽다.

신정일의 수필에 나오는 수도 기술자는 개인 사업자이겠지만, 모범 기업을 압축해놓은 듯, 좋은 이미지를 고객에게 주고 있다. 넓게 보면, 생산과 영업에서 단연 두각을 나타내고 있다. 자신은 일만 하고 책임은 조직이나 다른 사람이 진다면, 자신의 능력을 가두고 변화를 거부하는 자신을 만들 뿐이다. 신정일은 수도 기술자를 통해 수필가의 직관이나 사유로 '누가 시키지 않아도 스스로 일을 찾아 책임감을 느끼고 일을 하는 것이 필요하다.'고 깨닫게 하고 있다.

월영교(月影橋)는 안동시 안동댐 하류에 놓인 나무다리로 직선이 아니고 곡선이다. 미모의 풍만한 여인이 모로 누운 형국이다. 그 길이가(강폭) 387m라지만 차가 다닐 수 없는 나무로 축조된 아름다운 곡선이다. 물론 교각은 시멘트고 상판만 나무다. 월영교 중간에는 아름다운 팔각의 월영정(月影亭)이 있다. 답사객들의 쉼터라고 한다. 안동 민속박물관을 관람하기 위해 월영교를 걷는 사람 거의 모두가 월영교와 월영정의 아름다움을 담느라 스마트 폰 셔터를 눌러 대는 모습이 진지해 보인다. 월영교의 야경 또한 아름다워 볼만하다는 안내자의 설명이다. 낙동강 물 위에 떠 있는 달그림자와 월영교의 어우러짐! 그 야경을 한번 보고 싶지만 마음뿐이다. 우린 당일 여행이니까.

-- 중략

도산서원으로 가는 길은 낭만적이다. 저 아래 유유히 흐르는 낙동강 물줄기! 건넛산 그림자가 잔잔한 물살 속에서 일렁일렁, 물비늘 윤슬이 아름답거니와 길가의 조림(造林)도 잘 가꾸어져 있었다.

도산서원의 넓은 앞마당에는 두세 아름나무가 그 역사를 자랑하듯 비스듬히 누여진 가지가 눈길을 끈다. 고목의 가지를 배경으로 사진을 촬영하느라 줄을 서 있다.

마당에서 보는 도산서원 전경은 오밀조밀 한 폭의 그림이다. 안내자는 곳곳을 안내하며 그 시대의 선비 교육에 대한 설명을 한다. 그곳에서 우리는 퇴계 선생을 만났다. 그분의 교육관, 민족관, 나라 사랑을 어렴풋이 알게 되며, 예비 선비들의 학습 과정도 그려본다. 450여 년을 그곳에 살아계신 한국인의 자랑 퇴계 이황 선생, 청명(淸明)한 삶은 길이 존경받고 영원히 회자하리라.

--「퇴계 선생을 만나다」 중에서

임진왜란 직전에 안동 지역에 살았던 이응태 부부의 아름답고 숭고한 사랑을 기념하고자 미투리 모양을 담아 월영교 나무다리를 형상화하였다. 남편의 병 쾌유를 빌며 만든 미투리(머리카락, 삼 등을 섞어 삼은 신발)와 '원이 엄마'의 애틋한 사랑을 담은 한글 편지가 이응태의 무덤에서 발견되었다. '이 신 신어보지도 못하고…'라는 편지글에서 서럽고 안타까운 한 아내의 심정이 읽는 이들의 가슴을 아리게 한다. 신정일 수필가는 400여 년의 긴 잠에서 깨어난 지어미의 사랑과 영혼이 호수의 달빛으로 찬란한 월영교가 부각되는 것을 초월해 문학기행, 논문, 소설, 잡지, 오페라, 영상매체 등으로 주목받을 것으로 기대한다.

도산서원은 퇴계의 정신과 사상 그리고 학덕을 기리기 위해 세운 유림의 중심지다. 즉 오늘날 대학과 대학원 과정의 인재를 육성하는 곳이다. 화자는 '안내자가 곳곳을 안내하며 퇴계의 교육관, 민족관, 나라사랑을 설명하는 것으로' 작품의 문을 열고 있다. 퇴계의 정신을 곳곳에서 포착하고 있다. 퇴계의 도(道) 사상을 이해하려는 서정의 힘과 정신의 깊이를 감지하게 한다. 퇴계 사상을 중심으로 인류사회의 문제를 진단하고 방향을 제시하여 한국사회가 더욱 발전하기를 기대한다. 초가을에 문인들과 도산서원으로 문학기행 가는 길은 문학적 이룸이 있는 의미 있는 여행이었다.

3. 맺음말

신정일의 수필을 읽으면 마음이 맑아진다. 그녀의 삶이 건강하고 아름다운 숲의 향기를 지녔기 때문이다. 인생의 경지가 곧 수필의 경지라 할 수 있다. 그녀는 희수(喜壽)를 지나며 처녀수필집을 상재하지만, 오래전부터 한결같이 좋은 수필을 쓰기 위하여 노력해 왔다. 그녀의 초기 수필세계는 삶의 근본적인 문제를 심도 있게 천착하고 있다. 때론 부대끼는 삶을 살아오면서 수필을 통해 세상을 더 좋게, 아름답게 만들려는 배려의 마음을 밝혀 왔다. 신정일은 수필이 자신의 삶을 통해 인생의 발견임을 깨닫고 진실과 순수로 감동을 드러낸다. 그녀는 수필의 구조와 표현이 알차다는 평가를 받고 있다. 그것은 글 창작 단계에서 자연스러운 모습이겠지만, 오랜 병상 생활에서 오는 환경의 변화로 인생을 좀 더 깊이 있게 생각하는 계기가 되었다.

신정일 수필가는 자신이 걸어온 삶의 모습을 거울에 비춰낸 듯 그려내고 있어 인생의 향취와 여운을 보여준다. 수필은 그 쓰는 이를 가장 솔직하게 나타내는 문학 형식이다. 그러므로 과장하지 않고 독자에게

친밀감을 주는 데서 감동을 불러낸다. 신정일은 수필 문학에 대해 꾸준히 탐구하면서 자신이 걸어가야 할 길을 멀리 바라보고 있다. 그녀는 균형 감각 속에 마음의 여유를 갖고 꾸준히 글쓰기에 열중하고 있는 데다가, 주제가 선명하고 오랜 세월 남다른 인생 체험과 집중력을 지녔다는 점에서 기대가 되는 수필가이다. 신정일 여류 수필가의 처녀 수필집 『하늘공원에 서다』를 세상에 알리게 됨을 기쁘게 생각한다. 선비의 기개를 담은 가슴으로 만학의 열정을 수필로 승화시키며 문학의 꿈을 이루기를 기대한다.

고뇌를 통한 존재의 抒情 詩學

- 이종규 시집 『바람의 고백』

1. 글머리에

동틀 무렵 꿈결 같은 아름다운 물빛 위에 에메랄드보다 더 밝은 빛을 내는 샛별(明星)을 그리며 문찬(文贊) 이종규 시인의 시 세계를 그려본다. '문여기인(文如其人)', 즉 글은 그 사람과 같다는 뜻이다. 무심히 쓰는 글 속에는 이미 그의 인생관이나 처세의 방식이 드러나 있어, 글을 보면 그 사람을 알 수 있다. 문찬의 "바람의 고백"은 시인의 체질과 매력을 담고 있는데다가 그의 시, 한 편 한 편은 이종규 시인의 얼굴이요, 마음이요, 행동이리라.

대저(大抵) 원로시인의 시를 읽고서 느낄 수 있는 특유의 보편적 개성을 문찬의 시에서도 찾을 수 있다. 시인 이종규의 시를 읽으면서 먼저 떠오르는 것은 '바람의 시인'- 그 인생의 허무를 채울 수 있는 바람의 물결을 붙잡아 시를 쓰는 시인이라는 데 생각이 머문다. 그의 시를 한마디로 정의하기는 어렵겠지만, 평자가 보는 한 측면은 푸근하고 낯설지 않고 편안히 말도 건넬 수 있을 것 같은 한국의 보편적 아버지의 이미지가 아닐까! 그의 시는 이처럼 그의 사람됨을 잘 담고 있어서 독자를 쉽게 접근시킬 수 있는 매력을 지니고 있다고 하겠다. 마치 이른 봄의 나뭇가지에서 피어나는 맹아(萌芽)처럼 그의 지고지순한 시심은 우리의 가슴에 잔잔한 감동을 주고 있으며 한 차원 높은 시의 세계를 보여주고 있다.

이종규 시인은 학창시절부터 틈틈이 글쓰기를 좋아하였을 뿐 아니라 문단에 들어서면서 전문 낭송가로, 사회자로 활동하다가 시, 수필 신인상을 수상하였다. 그간 서정적 사상과 감성을 바탕으로 시작(詩作)에 전념해 오던 시인이 시 문학상 수상에 이어 첫 시집을 출간하게 되어 참으로 기쁜 소식이 아닐 수 없다. 문찬 시인의 시를 읽으면 읽을수록 그의 시가 무척 호소력 있게 다가오는 것을 느낄 수 있다. 그의 시는 난해하지 않으며 깊고 따뜻하여 언제나 인간에 대한 신뢰와 사랑을 바탕으로 하고 있다. 우선 다음 작품 「새벽」을 읽어보자.

2. 삶의 길과 고뇌(苦惱) 의 즐거움

먼 산 넘어오는
미풍의 속삭임에
적막의 새벽이 흔들린다

고요를 깨우는
생동의 소리들이
안개꽃 한 아름 피우며
용기와 희망을 부추긴다

출발의 전주곡에

여명은 붉게 춤추고
싱그러운 산천이
아침을 연다.

--「새벽」全文

'새벽'이라는 이 시는 보편적 제목으로 보이지만, 그 내용은 거대하다 못해 위대하다. 그리고 시인의 목소리는 미풍의 속삭임에도 적막의 새벽이 흔들릴 정도로 예리하다. 나아가 세상을 향해 선지자적 외침으로 고요를 깨워 용기와 희망을 부추긴다. 3연으로 나누어진 이 시는 천지창조의 기풍과 깨우침의 목소리, 시인 정신이 내포되어 있어 방염(放念)하게 된다.

이 시의 창작에서 문찬(文贊) 시인이 부르짖는 중요한 모티프는 아침이다. 하루를 맞이하기 전, 자연과 만나는 인연의 소중함과 지상의 아름다움을 신비스럽게 노래하고 있다. 예사 작품이 아님을 보여주고 있다.

비 내린 고요함에
무지개는 뜨고
감춰진 사랑의 추억이
고개를 내민다

함께 있고 싶은
야릇한 감정이
맑은 눈을 멀게 하여
세상 모두가 아름답게 보인다

설렘의 향기 스칠 때
가슴은 두근거리고
보고픈 마음이 담긴 색깔로
꿈의 그림을 그린다

청순했던 황홀함은
그리움으로 떠돌며
구름 위로 숨어
사랑의 그림자를 만든다.

--「첫사랑의 추억」 중에서

사랑은 그 빛깔이나 무게에 상관없이 시인의 관심에서 벗어날 수가 없다. 사랑은 많은 이의 관심의 대상인 동시에 바탕에 꿈을 이뤄내는 휴머니티가 깔려있기 때문이다. 글쓰기를 좋아하는 문찬 시인은 눈에 들어오는 대상물의 향기에 취해 그 느낌을 작품으로 빚는다. 그의 시의 가장 두드러진 부분은 시를 향해 운명적인 만남을 통하여 억제할 수 없는 기쁨을 날카로운 시인의 감성으로 작품화하는 데 있을 것이다.

남녀의 애정은 개인적 인유(引喩)의 중요한 원천이다. 이 '첫사랑의 추억'에 투사된 심리구조의 원형을 밝히는데 중요한 시적 배경은 설렘과 그리움이다. 이 두 이미지는 융합되어 작품 전체에 상큼한 분위기를 자아낸다. 원형으로서 설렘은 신비 미지 두근거림 무의식 등의 의미를 상징하고 그리움은 영감 영혼 정서 애정 등의 의미를 띤다. 여기서 설렘과 그리움이 결합한 시적 배경은 '미지의 신비로운 인식'으로 해석할 수 있다. 실제로 화자는 설렘을 통하여 그리움을 더 사무치게 느끼고 있다. 이 시의 '맑은 눈을 멀게 하여', '가슴은 두근거리고', '그리움으로 떠돌며'에서 우리는 심리구조의 원형이 투사된 것을 인식할 수 있다. 이처럼 작품에서 심리구조의 원형 분석은 시적 자아나 시인의 삶을 이해하는 데 도움을 줄 수 있다.

오늘도 나는
다른 사람의 마음을 담는
빈 의자가 되고 싶다

욕심 없는 겸손으로
자신을 비운 자리는
기쁨과 슬픔을 나눌 줄 안다

만남과 이별의 인연은
오가는 마음 달라도
외로운 기다림의 여유를 안다

누군가를 기다리며
공허함을 채울 의자는
그리움의 밀물로 스며 온다

오늘도 나는
세상의 소중한 인연을 담는
빈 의자로 남고 싶다.

--「빈 의자」 全文

시의 이미지는 관점에 따라 여러 가지 형상(形象)으로 분류할 수 있다. 이미지가 주는 대상과의 관계는 상대적이다. 이런 상대적 심상이 삶의 의미를 전달하기 위한 수단이 된다.

'가슴이 허전해 친구가 필요할 때, 나는 빈 의자, 그대 내게로 오라.' '향수가 그리울 때, 나는 빈 의자, 그대 고향 소식 전하는 바람으로 오라.' '지친 하루 쉬고 싶을 때, 나는 빈 의자, 꽃 단풍 낙엽 되어 내게로 오라.'라고 시인은 부르짖고 있다. 이 시에서 보는 것처럼 빈 의자를 그려놓고 이 시의 주된 내용을 여기에서 체험하는 욕구와 감정을 자각하는 것이다. 그것은 상대적 심상이 화자의 욕구와 감정을 자각함으로써 교류 접촉을 통하여 성장과 변화를 도모하기 위함이다.

다른 한편으로 이종규 시인의 「빈 의자」는 그의 삶의 문학에서 어떤 존재론적 의미를 얻고 있다. 그의 「빈 의자」는 인고와 버팀의 세월을 이겨내고 '의자'라는 보편적 사물을 넘어 삶을 감싸주는 길 안내자이다. 빈 의자는 삶을 다하는 날까지 주인을 참된 삶의 길로 이끌고 갈 동반자이며 인생의 스승이 될 것이다.

그리도 가슴 저리던
고향의 밤하늘
이젠
지난 설움 지워버리고
낯선 타향에 사랑을 심는다

어디나 정들면
못 살 리 없건마는
그래도 순박한
내 고향 사연들이 아련히 손짓한다

고향은 저 멀리서 줄달음치고
나른한 육신에

수정 같은 별빛 내려와
소년 시절 사랑방의 추억을
하나둘씩 주워 담는다.

--「고향 생각」全文

고향이라는 말은 듣기만 해도 가슴이 설레고 어린 시절로 돌아가 감동을 준다. 고향은 시공(時空)을 초월해 그리움이란 정감을 강하게 준다. 이종규 시인에게 고향은 어떤 장소와 시간을 객관적으로 제시하면서도, 그 느낌은 다양하게 그려내고 있다. 이 작품에 투사된 정신구조의 원형을 밝히는데 중요한 시적 배경은 가슴 저리던 고향의 밤하늘과 수정 같은 별빛 그리고 시골 사랑방이다.

환경을 초월하여 시인은 후대에 길이 남을 절창의 서경시(敍景詩)를 바탕으로 고향의 산하를 보석 같은 언어로 그려 독자의 눈에 즐거움을 준다. 그런 작품을 많이 남기기 위해서도 시인은 순수 그대로 직관과 관조의 눈으로 처한 현실에서 시적인 발상을 획득하며 시상(詩想)을 함축해내는 솜씨 또한 놀랍다는 인상을 지울 수 없다.

홍엽이 손짓하고
낙엽 흐느낌 들리는
산책로의 한적함이
가을빛 중년의 마음을 잡는다

하얀 볏짚 더미 점점이 수놓은
황량한 들판은
긴 고독 예견하며
떨어질 낙엽의 설움을 담는다

햇빛 스며드는 숲속
낙엽 빛깔의 삶은 심취되고
가을 산 분주히 뒤적이는
다람쥐 모습이 상큼하다
스산한 바람의 유혹에
가을 노래하는 숲과 나뭇잎
만추의 길목은
세월의 바쁜 걸음 멈추게 하네.

--「가을 산책」 全文

위에서 인용한 시 「가을 산책」에는 시인 자신의 의식과 정신적 내면이 상징과 은유의 이미지로 형상화되어 있다. '낙엽의 흐느낌이 들리는/ 산책로의 한적함'을 의인화시켜서 인간으로 묘사하고 가을빛 속에 걸어가는 중년의 마음을 사로잡고 있다는 점에서 신인답지 않은 노련함이 돋보인다.

시인은 대자연의 순환 속에 들어가 내재한 진리를 찾아 연결되어 있는 관념 이미지를 형상화해 절창의 작품을 획득하고 있다. '황량한 들판은/ 긴 고독 예견하며/ 떨어질 낙엽의 설움을 담는다.'는 시인의 깊이 있는 관찰은 문자의 향연을 넘어서고 있다. 자연이 외치고 있는 '만추의 길목은/ 세월의 바쁜 걸음을 멈추게 하네.'에서는 대단한 시인의 투시력이 아닐 수 없다. 가을 산에 오른 문찬 시인의 인생관이 명확하여 자신의 존재적 본질과 현재 심정을 대변하는 자아비평의 작품이 아닐까 싶다.

회색빛 하늘이
가을을 떠밀어

창가에 하얀 손님이 찾는다
그리움 꿈틀대는
들뜬 발걸음이 동심을 부른다

흐린 세상은 민심을 흔들고
저무는 11월은
중년의 허전함을 추억으로 채운다

눈발은 이별처럼 흩날리고
산책길 강아지와 여인은
머물 듯 사라진다

첫눈은
설레임에 쌓이지를 못하고
목적 없이 스쳐가는 첫사랑의 흔적

젖은 발자국으로
침묵하며 기다리는 겨울 사랑.

--「첫눈 오는 겨울」全文

눈이 내린다. 첫눈 오는 겨울이 좋다. 첫눈이 내려야 비로소 겨울이 시작되는 느낌을 받는다. 시인은 첫눈 오는 겨울 창가에 내리는 눈발을 보며 지난날 추억 어린 정경을 떠올린다. 눈 위를 달음질치는 강아지와 산책하는 여인의 모습에서 아름답고 깨끗한 겨울 정취가 시각적으로 잘 드러나 있다.

누구에게나 환열(歡悅)의 생동감을 주는 첫눈은 시인의 정서를 성스럽게 혹은 동화적 분위기도 자아내면서 우리의 삶에 활력을 불어넣는다. 시인은 이 환열을 첫 연에서 신선한 충격으로 제시하며 '동심을 부르고', '중년의 추억', '산책길에 나선 여인'과 상황을 병치시켜 독자에게도 환희의 생동감을 느끼게 한다. 특히 첫눈을 첫사랑의 흔적으로 나아가 겨울 사랑으로 이미지화하여 생동감을 보다 효과적으로 환기하게 시키고 있다.

3. 맺음말

서경의 정의에 '시는 마음속의 뜻을 말로 나타낸 것이다.'라고 한다. '아리스토텔레스는 시는 '운율이 있는 글에 의한 모방이다.'라고 하였다. 문찬의 시가 바로 자신의 사상과 정서를 운율적인 언어로 언어의 질서 속에 압축하여 표현한 언어예술이다. 또한, 그의 시는 생활의 질을 높이기 위한 삶의 의미를 탐색하여 인생의 행로를 밝게 하는 주제의식을 선명하게 드러내고 있다.

이종규 시인은 인간 생활 속에서 부딪히는 정서로 인해 신비감과 인간의 원초적 속성을 들여다보게 하는 시의 감성이 강해 보인다. 그는 자연에서 오는 여유로운 삶과 고향, 직업의식, 경로사상, 자아의 삶을 소재로 하는 시에서 다양한 시 세계가 조화를 이루는 미적 특성을 보여주고 있다. 또한, 감각적 언어 구사로서 시의 미적 가치를 높게 표출하여 독자의 공감대를 형성하고 있다.

시는 1인칭 즉 가장 개인적 언어로 심오하고 다양한 세계를 가장 무책임하게 파헤친다. 시를 창작하는 일이나 타인의 작품을 읽고 해부하고 평가하는 것은 존재에 대한 깊은 연구 없이는 참으로 어렵다는 것을 실감한다. 난해한 시를 벗어나 누구나 쉽게 이해하고 공감할 수 있는 시의 미학적 특성을 잘 형성한 이종규 작가의 시 세계는 삶의 지혜를 찾는 시인의 의지가 깊게 승화되어 있다.

자연과 삶의 교감으로 승화한 시 세계

- 김정자 시집『동백꽃이 필 무렵』

1. 글머리에

시는 일상의 체험에서 인식된 발견이며 삶의 현장에서 시적 경험을 아름답게 그려 담는 그릇이다. 시인은 누구나 삶의 체험에 가볍게 알레고리나 아포리즘을 사용하여 독자들이 쉽게 흥미를 갖고 시 세계를 음미할 수 있도록, 사고력으로 존재와 보존의 본능을 갖는다. 누구나 '사람은 무엇으로 사는가, 어떻게 살 것인가?'라고 한 번쯤은 삶의 과정에서 시인이 되고 수필가, 소설가가 되어 아름다운 삶에의 꿈을 꾸게 되는 것이다.

겨우내 다진 그리움으로 솟아오른 진한 생명의 혼을 봄눈으로 품어 녹이고, 그 위를 이른 봄바람이 스친다. 엄동설한 숨죽였던 생명이 하얀 그리움에 수줍은 듯 시린 가슴 달래며 얼굴 내민 샛노란 복수초를 바라보며 김정자(金政子) 시인의 시 세계를 그려 본다. 소강(韶綱) 시인은 학창 시절부터 틈틈이 글쓰기를 좋아하였을 뿐만 아니라 20대 젊은 시절에도 보이지 않게 문학이 불모지인 환경 속에서도 국문학을 전공함으로써 시 쓰기를 멈추지 않아 오늘날에도 그 흔적을 드러내고 있다.

김정자 시인은 고희(古稀) 고갯길을 넘어 문단에 데뷔했다. 첫 시집의 출간이 늦은 감이 없지 않지만, 시 등단에 이어 수필 신인상과 문학상을 수상하여 등단한 지 1년도 되지 않아 시집 『동백꽃이 필 무렵』을 출간하게 되었다. 김정자 시인의 시에서는 절망과 슬픔 그리고 비극과 같은 내용은 찾아보기가 어렵다. 그녀는 오랜 기간 문학 활동을 잊고 생활해 왔지만, 내면에는 문학에 관심을 두고 일상의 보편적 경험 속에서 주제가 명징하고 좋은 시를 쓸 수 있는 수련 과정을 거치고 있어 기대가 된다. 비범한 시적 세계를 그려내고 있는 소강 시인의 시 세계를 좀 더 깊이 음미해 보자.

2. 삶의 길과 성찰의 메시지

지루한 기다림이 가고
싱그러운 봄 햇살에

산수유 노랑꽃이
향기를 품어

슬그머니
먼저 간 얼굴이 떠올라
사는 일을 그려본다

가는 곳을 보아도
가는 곳은 보이지 않고
오는 곳을 찾아도
오는 곳이 보이지 않음에

인생은
흘러가는 것이 아니라
채워져 가는 것이라 했던가!

세월은 산수유 꽃비만큼
아득하게 쌓여만 간다.

--「그리움」 全文

화자는 여기에서 누구라고 밝히고 싶지 않은 기억 속에서 품었던 감정이 있는 듯 없는 듯, 밝히고 싶지 않은 것이 아니라 누군지 모르는 아련히 추억 속에서 그려지는 존재로 형상화하고 있다. '가는 곳을 보아도/ 가는 곳은 보이지 않고/ 오는 곳을 찾아도/ 오는 곳이 보이지 않음에'를 보면, 사실 현대인들에게 있어서 내세와 같은 무거운 주제는 별로 관심이 없다고 할 수 있다.

화자는 추억의 대상을 아무리 찾아도 없는 3인칭으로 알쏭달쏭하게 하면서 아무나의 누구이면서 한 사람을 위한 누구로 귀착하고 있다. 지금도 그 누구를 좋아하거나 곁에 두고 싶어 하지만, 그럴 수 없어서 애타는 마음을 그리움으로 드러내고 있다. 세월이 흐를수록 그리움은 필연적으로 찾아온다고 그래서 쌓여만 간다고 말하고 있다. 인간은 누구나 작품 속에서 떠나야 할 존재이다. 그러기에 그리움은 무엇인가 준비를 해야 한다는 충격적인 메시지를 던져주면서 깨달음을 주고 있다.

자연에서 피어나는
클로버 잎사귀의
꽃을 아름 따다가

손가락 약지엔 꽃반지
팔목엔 꽃시계
머리엔 꽃 월계관 만들어
사랑을 듬뿍 주신 어머니

햇볕처럼 따스하던
아름다운 순수의 여인이여!

태곳적 어느 세월 속에
또 몇 겁을 지나야
그 임의 탯줄이 될까?

눈 녹듯 사르르
나 또한 남의 어머니 되어
춤추는 새들과
꽃들의 노래가 되고

땅속의 생명이
숨죽이고 있다가 용틀임하듯이
굽이굽이 이어진 채
깔끔한 꽃길만 걸어

포근히 안아주고 싶다.

--「어머니」 全文

이 한 편의 시 속에 시인은 자신을 낳아준 어머니의 인생과 숭고한 사랑을 자신과 함께 영혼이 이어지게 함축시켜 놓았다. 그리고 자연에서 피는 클로버의 꽃을 따서 꽃반지, 꽃시계, 꽃 월계관을 만들어 입혀서 이 시를 읽는 사람들에게 무언의 감동을 주는 고유한 목소리를 내고 있다. 또 세월이 '눈 녹듯 사르르' 지나 남들의 어머니가 되어 희생적 모습을 '춤추는 새들과/ 꽃들의 노래가 되고'로 묘사한 시적 표현이 참으로 절묘하고 아름답다.

여기서 시인이 남기고 싶은 진리는 인생이 부와 명예가 많고 화려한들 '무슨 가치가 있는가!'라는 질문을 던지고 있다. 인생을 올바르고 아름답게 영위함으로써 인생의 종말, 그 허무를 예비하도록 깨우치게 하는 깊이 있는 작품이 아닐 수 없다. 소강 시인은 평소 '시를 어떻게 써야 하는가!'에 대해 시법으로 암묵적 메시지를 전달하고 있다. 때가 되면 윤회(輪廻)를 그리며 독자와 진리적 공감을 불러일으키길 기대하는 것이다.

은은한 커피 향은
스쳐 간 세월의 향기

달콤한 커피 향은
설레는 첫사랑 향기

쌉쌀한 커피 향은

아련한 추억의 향기

머그잔 가득히
세월을 낚는다.

--「커피를 마시며」全文

은은하고 달콤하고 쌉쌀한 커피를 머그잔 가득히 채워 마시며 세월을 낚는다는 메시지는 그 의미가 매우 깊다. 한 잔의 커피 속에 내포하고 있는 진리를 이만큼 담아낼 수 있다는 것은 그리 간단치가 않다. 그러면 「커피를 마시며」에서 주목해야 할 점은 무엇인가. 바로 커피 한 잔이 갖는 다양성이다.

커피 한 잔에는 '스쳐 간 세월의 향기'가 있고, '설레는 첫사랑 향기'도 있으며, '아련한 추억의 향기' 등도 있다. '머그잔 가득히 담긴 커피는 기본적으로 세월을 낚는다'는 시적인 묘사에서 독자들은 어떤 깨달음이 올 때까지 되풀이하여 마시게 될 것이다. 보편적인 주제로 독자들의 암묵적 동의를 유도해나가면서 시 세계를 펼쳐나가는 김정자 시 창작의 특징을 엿볼 수 있다. 커피 한 잔이 가져오는 시적 발상이 모두 좋다고는 말하기 어렵지만, 인생 항해가 어려울 때나 사랑의 갈등으로 목마를 때는 갈증 해소에 긍정적 효과를 체험할 수도 있을 것이다.

가만있어도
시를 쓰는 일이
사는 일이 되었다

밤새

시 쓰며 행복하던 순간
잠 못 들어 뒤척거렸는데

아침에
불쑥 해가 솟아

가만있어도
사는 일이
시 쓰는 일이 되었다.

--「나의 시」 全文

'시(詩)는 곧 삶이다'라는 말이 있다. 이보다 더 센 말은 '가만있어도/ 시를 쓰는 일이/ 사는 일이 되었다'이다. 이것보다 더 센 말은 '가만있어도/ 사는 일이/ 시 쓰는 일이 되었다'이다. 즉 시는 삶에 있어서 선택의 대상이 아니라는 뜻이다. 참으로 절묘한 표현이다. '밤새/ 시 쓰며 행복하던 순간/ 잠 못 들어 뒤척거렸는데'에서 시 쓰는 시인의 함축된 시적 묘사가 참으로 적절하고 의미 있다. '아침에/ 불쑥 해가 솟아' 에서는 자연의 섭리와 진리를 이보다 더 잘 표현하기가 쉽지 않을 것이다.

마파람이 불고
겨우내 움츠린
동백이 그립다

저 멀리 남녘 외도에
옹기종기 서 있는
동백나무 군락

수평선 너머
달려오는
파도 소리에

청정한 바닷바람이
흔들어 버리고
못내 동백꽃은
붉은 울음을 토한다

백만 송이 동백꽃이
피어오르는 쪽빛 바닷가에
젊은이 솔솔 속삭이며
열리는 봄이여!

--「동백꽃이 필 무렵」 全文

겨울에도 즐길 수 있는 동백꽃을 그리는 시인의 그리움이 절절히 녹아 있다. 화자는 겨울 동백꽃에서 보고 느낀 감정을 주관적으로 잘 표현하여 애틋함을 더욱 절실히 느끼게 한다. 작품 형성 과정에서 시적 대상을 활유법으로 묘사한 것이 의미 전달의 효과를 높이고 있다.

혹독한 추위를 견디며 설한(雪寒)에 꽃을 피운 붉은 동백의 모습을 '마파람이 불고/ 겨우내 움츠린/ 동백이 그립다'로 묘사하고 있다. 또한 시인은 '백만 송이 동백꽃이/ 피어오르는 쪽빛 바닷가에/ 젊은이 솔솔 속삭이며/ 열리는 봄이여!'를 통해 젊은 남녀의 순진하고 애절한 사랑의 전설을 애상 어리게 그려내고 있다. 김정자 시인은 여러 작품에서 시적 대상에 자아를 투영하거나 또는 그 중심에는 정겨운 심상이 자리하고 있다. 이런 경우 시인의 의식이 어느 정도 드러나게 된다.

넝쿨 진 줄기 따라 활짝 핀 호박꽃
벌 나비 찾아와 크나큰 호박꽃 속에 앉아
샛노란 꽃술을 머금고 날아간다

부드러운 호박잎 따다가
밥 위에 쪄서
강된장에 쌈 싸 먹고
호박은 새우젓 넣어 새파랗게 볶는다

호박잎은 박박 문질러 푸른 물을 빼내고
감자 뚝뚝 삐져 넣고
멸치육수에 된장 풀어
맨 나중에 들깻가루 듬뿍 넣어 끓인
엄마의 맛, 호박잎 국.

--「호박잎」全文

화자는 호박꽃이 벌 나비와 만나는 첫 인연과 뜨거운 사랑을 서술하고 있다. 호박은 다산의 상징이며 각종 암의 위험을 줄이고 아울러 카로틴의 혈중 콜레스테롤을 낮춰서 다이어트에도 대단히 좋은 식품이라고 한다. 겨울철에는 호박을 많이 먹게 되면 중풍에 걸리지 않고 감기에도 걸리지 않으며 동상도 피할 수 있다고 한다.

호박꽃이 볼품이 없다는 것은 시인에게는 겸손의 의미로 들릴 뿐이다. 여기에서 화자는 호박잎을 빼놓을 수 없었을 것이다. 벌과 나비 특히 인간에게 화자가 추억하는 호박 사랑이 '엄마의 맛, 호박잎 국'으로 환치되어 있음을 짐작하게 한다. 시인은 소재 선택을 바꾼다. 보편적 시어로 호박꽃보다는 호박잎으로.

밤새 흰 눈이 펄펄 내려
눈이 온 세상을
하얗게 덮어버려
다니는 길이 없어졌네

뽀드득뽀드득
발도 자꾸 눈 속으로 빠져
발자국을 만들며 걸어간다

눈옷을 입은 나무를
막대기로 톡톡 치니
후드득
내 머리 위에 눈이 쏟아지네

눈을 꼭꼭 뭉쳐
두 손 가득 모으고 굴려
빙그레 웃는 눈사람을 만들었다.

--「첫눈 오는 날」 全文

'눈이 내리네'라는 어느 여(女) 가수의 노래를 어쿠스틱 기타 선율로 들어보면 저마다 첫눈이 생각난다. 그만큼 첫눈은 가을이 지나고 초겨울이 가져오는 연인에 대한 사랑을 추억 어리게 한다.

「첫눈 오는 날」에는 누구나 발자국을 만들어 가며 연인과 서로 만남과 이별에 대한 그리움에 사무치게 한다. 화자도 초겨울 첫눈의 분위기를 그려가며 그리움의 흔적을 남기고 있다. 눈옷 입은 나무를 툭툭 치니 '내 머리 위에 눈이 쏟아지네' 또 눈을 뭉쳐 모으고 굴려 '빙그레 웃는 눈사람을 만들었다.'고 했다.

초겨울에 첫눈 내리는 광경을 빌어 그녀의 그리움에 젖은 가슴을 발현(發現)하는 시다. 겨울철은 누구나 잿빛 하늘에서 어리는 우울한 감성을 가지기 마련이다. 이 시에서 '뽀드득뽀드득' 발걸음 소리, '눈사람' 등의 표현으로 겨울날의 외로움과 그리움의 서정이 잘 그려져 있다.

3. 맺음말

문학이란 불가해한 인간의 감성과 영혼이 얽혀 있는 정신세계라고 할 수 있다. 문학의 언어는 전달하는 언어가 아니고 환기하게 시키는 언어이기 때문이다. 그 가운데 시는 아름답고 신비로운 예술의 원형이다. 그 호소력은 강렬한 여운으로 남아 읽는 이의 가슴에 녹아든다. 그래서 문학을 사랑하는 사람들은 아름다운 글 한 편에 행복해하고 공감하게 된다. 김정자의 시 한 편 한 편에서 보듯 일상의 일들을 겪고 난 후의 깨달음과 달관의 경지에 닿을 듯한 시적 태도가 진솔하게 드러난다. 그리고 소외된 듯 낮은 곳에도 눈길을 돌려 그들의 마음을 쓰다듬고 고독과 갈등을 아름다운 시어로 형상화한다. 시인의 이런 경험에서 우러나오는 시적 구성이 새로운 사유의 심미적 서정으로 이어져 독자에게 보는 시각을 넓혀주고 있다.

아리스토텔레스는 그의 시학에서 '시는 가장 위대한 인간의 영혼에 불을 지피는 영원한 생명의 빛'이라고 하였다. 즉 시는 시인의 목소리를 담아낼 때 개성의 한 단면은 시의 성공적 요소와 관성의 길을 걷게 된다. 소강 시인은 시어 선택, 수사법, 이미지의 암시성이 군더더기 없이 깔끔하다. 시인 자신의 깊은 사려에서 탄생한 시들은 시마다 정성이 깃들어 있고 소재(素材)와 주제(主題)에서 우러나오는 인생의 깊이를 함축해내는 솜씨가 놀랄만하다. 그녀는 가끔 깊은 산골짜기에 자리 잡고 있는 사찰을 찾아가 은은한 종소리를 듣고 부처의 가피력(加被力)에 힘입어 세상의 유혹을 극복할 수 있다는 메시지를 전한다. 불교적 휴머니즘에 왠지 그윽한 향기가 느껴진다.

김정자 시인은 연만(年滿)한 나이에도 왕성하게 가정과 사회에 나름의 역할을 하고 있다. 문학과 불경(佛經)을 통해서 마음의 양식을 얻고 넉넉한 가슴으로 세상을 아우르며 힘차게 계속 활동하기를 기대한다.

實存的 인식과 성찰의 抒情 詩學

- 금의자 시집 『밤하늘의 별을 그리며』

1. 글머리에

수양버들이 축 축 늘어진 연못가에 아지랑이 하늘하늘, 사방 연못에는 봄의 물결이 찰랑찰랑, 늘어진 버들가지에 흐르는 초록 물결을 그리며, 금의자 시인의 시 세계에 젖어 본다. 첫 번째 시집을 상재하는 월계(月季) 시인의 원고를 탐독하면서 시인의 의식이나 가치관에 대한 투철한 소명 의식을 감지할 수 있었다. 일상에서 얻은 체험적 시편들로 고뇌하고 있는 현실에 대해 자부심을 갖고 있는 시인은 그 뿌리를 튼튼히 함으로써 정체성을 확립하여 작품의 질로 승화하고 나타낸다.

월계 시인은 어린 시절부터 글 읽기를 좋아하였을 뿐 아니라 아주 오래전부터 시를 마음의 서재에 꽂아두고 시와 객관적인 거리를 유지하며 내적 성찰에 몰입을 기울이다가, 신인상을 받은 후 마음의 서재에 생기를 불어넣은 듯 거침없이 관조(觀照)에 의한 실존의 탐구에 창작의 열정을 쏟고 있다.

시인이 이야기하는 옥천 인근에는 듣기만 해도 무릉도원을 연상시키는 이지당(二止堂)과 장계관광지가 있다. 걷지 않아도 앞에는 대청호가 그림처럼 펼쳐져 흐르고 뒤로는 산이 병풍처럼 에워싸고 있는 천혜의 경관을 고향으로 두고 있는 금의자 시인의 시들은 대체로 소박하고 있는 그대로의 사실과 자연의 아름다움을 표현하고 있어 읽기가 쉽다. 오스카 와일드는 '고뇌는 삶을 위해서 있다.'고 했다. 끊임없이 사유하고, 번뇌하며 시작(詩作)의 공고화를 도모하려는 시인의 모습이 아름답다.

2. 삶의 무게와 고뇌(苦惱)의 즐거움

겨우내 추위에 떨던 매화나무 가지 살포시 보듬으니
배시시 웃으며 실눈 뜨는 꽃봉오리
서두르며 꽃향기 사루네

초등학교 울타리 옆, 해 묵은 산수유 고목
시샘하며 황금 햇살 베어내
샛노란 산수유 꽃 티 밥 튀기니

희망가 부르며 날아드는
새들의 환호성
봄이 오는 소리.

--「봄」一部

아빠 엄마 따라 첫나들이 노랑 병아리 떼
마당 가득 쏟아지는
햇볕 쬐어 먹는 소리
삐악삐악

꽃밭에는
해토 머리 비집고 나온
작약꽃 새싹 벙그는 새봄 숨소리
연분홍빛 옹알옹알.

--「이른 봄」─部

시는 영혼을 담는 그릇으로 월계 시인은 일상적 삶의 현장에서의 경험을 시적 경험으로 잔잔하고 아름답게 그려내고 있어 독자들이 쉽게 그녀의 시 세계를 음미할 수 있다. 게다가 '샛노란 산수유 꽃 티 밥 튀기니'와 '작약꽃 새싹 벙그는 새봄 숨소리/ 연분홍빛 옹알옹알'에서처럼 지나친 아포리즘이나 알레고리를 자제하면서 의성어와 의태어로 적절히 병치하여 새봄이 오는 소리가 들리는 듯 묘사했다.

이처럼 외적 체험의 현장에서 시적 성찰로 비범한 시 세계를 형상화하고 있는 금의자 시인의 시의 의미를 좀 더 깊이 음미해 보자.

너와 나 사이에 흐르는
맑은 냇물에
목가적인 징검다리 하나

만들었으면

누구나 한 번쯤 즐겨 걷고 싶은
어릴 적 그 징검다리
우리 둘이 함께 만들었으면

거친 장마 몰고 오는
사나운 비바람에도
끄떡없는
튼튼한 징검다리 만들어.

--「동행」一部

'거친 장마 몰고 오는/ 사나운 비바람에도/ 끄떡없는/ 튼튼한 징검다리 만들어'를 들여다보면, 이미지가 순수하며 그리움의 갈망(渴望)이다. 화자가 지향하는 그리움은 절망적이거나 비극이 아닌 항상 사랑으로 동행하는 그리움이라는 것을 알 수 있다. 여기에서 그녀의 시적 형상화는 군더더기가 없이 진실로 그리움을 노래하고 있으며 그녀의 진솔한 모습은 독자에게 더욱 순수한 연민으로 다가온다.

향기 그윽한 나만의 꽃
한 송이 피우리라
애끊는 단심으로
임의 심장 그린다

임을 그리며 날밤 새우다가

다시 그려도
이르지 못하는 아픔
아침 햇살에 한 줌씩 털어내면

황금비늘 번쩍이며
빛 나래에 실려
허공 중에 몸부림쳐 부서지는
소중한 나의 편린(片鱗)들

얼마나 더 담금질하고
기다려야
임은 오려나
나만의 꽃으로.

--「시(詩)」一部

시는 내 마음을 밝히는 꺼지지 않는 혼(魂) 불이라고 했다. 독특한 표현이고 깨달음이다. 시는 인간의 의식 속에서 한 줄기 바람처럼 스치는 발상을 포착하여 진리를 함축 형상화시키는 것이다. 시상이 떠올라 무아지경에 이를 때, '임을 그리며 날밤 새우다가/ 다시 그려도/ 이르지 못하는 아픔/ 아침 햇살에 한 줌씩 털어내면// 황금비늘 번쩍이며/ 빛 나래에 실려/ 허공 중에 몸부림쳐 부서지는/ 소중한 나의 편린(片鱗)들'이라고 그려내고 있다. 시인은 끊임없는 담금질로 복잡한 현실을 초월하여 욕망의 공간을 벗어나 순수한 감성의 세계로 몰입해야 한다는 의미일 것이다. 화자는 한 편의 좋은 시를 쓰기 위해서는 진실한 고뇌가 뒤따라야 한다는 것을 인식하고 있는 것 같다.

햇빛과 구름 무지개 품고 사는
천둥·번개와 비바람이 모두
내 뿌리이니

도시의 막다른 골목길 돌 틈새에서
이름 없는 풀꽃으로
마디게 살아도

아침이슬 한 방울
한 조각 금빛 햇빛
때때로 소나기 한줄기면 넘치는 풍요

아무도 모르게
금싸라기 작은 꽃
안개처럼 피워 올리니

머무는 자리 늘 꽃자리
그 누구도 부럽지 않고
외롭지 않네.

--「들꽃」全文

도시에 공원이 생기고 개천을 만든다. 좀 더 적극적인 환경운동으로 건물에도 층층이 혹은 옥상에 정원을 만드는 일은 자연과의 교류로 인간의 정서를 순화하며 함양시킬 것이다. 이 한 편의 시 「들꽃」에서 화자가 자신의 삶을 되돌아보며 만인에게 바람을 막아주는 아름다운 심성이 돋보인다. 들꽃은 주변에 나무를 자라게 하고 땅의 침식을 막고 토질의 건조를 막고 땅을 윤택하게 할 것이다. 삶의 사막화도 막을 것이다.

'머무는 자리 늘 꽃자리/ 그 누구도 부럽지 않고/ 외롭지 않네.'를 조용히 되뇌어 본다. 작든 크든 서로 필요한 몫을 주고받으며 더불어 살아가는 것이다. 하찮게 보이는 들꽃이라도 이 땅에 존재할 이유와 가치가 있는 것이다. 따스한 눈빛을 가진 들꽃의 무언의 향기를 우리는 느낄 것이다.

오이와 호박 따내고 나눠도
금세 또 열리니
밭에 더 자주 가 보고 싶어지고

무럭무럭 잘 자란 방울토마토
최고의 싱싱한 맛으로
쉴 새 없이 익어주니
어화둥둥 내 사랑 토마토!

잘 익은 토마토 한 바구니
한국 유학생에게 주고
오늘도 같은 시간에 또 한 바구니
누구와 나눠볼까!

받는 기쁨 크지만
주는 즐거움은 열 배 스무 배.

--「텃밭 예찬」一部

씨앗을 뿌리고 잡초를 뽑아 주고 물과 거름을 주며 짓는 농사는 매우 힘이 든다. 월계 시인은 흙에 뿌리내린 작물들과 얘기를 서로 주고받으며, 보살펴 주고 자라는 과정에도 사랑을 나눠주며 '받는 기쁨 크지만/ 주는 즐거움은 열 배 스무 배.'라고 즐거워한다. 이런 기쁨을 보물처럼 소중히 간직하고 있는 금 시인이 있어 고향이 더욱 그리워지는 것은 아닐까!

눈이 시리도록 파란 하늘 강가
맞닿은 너른 들녘에
벼 익어가는 황금빛 물결 속

살랑살랑 부는 비단 바람결에
하늘하늘 일렁이는 코스모스 꽃밭에
쌍쌍이 손잡고 그네 타는 고추잠자리

화들짝 놀란 코스모스꽃
저들끼리 부끄러워
오색 양산 활짝 펼쳐 들고

안 보는 척
무심한 척
숨바꼭질 한나절.

--「고추잠자리」全文

이 시를 읽으니 당나라의 멸망을 야기한 경국지색 즉 생사를 초월한 아름다운 사랑 이야기의 주인공으로 자리매김한 양귀비가 떠오르는 듯, 양귀비가 꽃밭에 가니, 그녀의 미모에 꽃들이 부끄러워 잎사귀로 꽃을 가렸다고 한다.

계절은 모두 삶의 여적(餘滴)과 같이한다. 봄에 씨뿌리고 여름에 성장하고 가을에 수확하고 겨울에는 칩거하며 계절의 흐름과 같이한다. 이 시는 세월의 흐름 속에서 가을의 정경을 민요적인 율조로 한 폭의 풍경화처럼 그려내고 있다. 황금 들판에는 벼와 허수아비 코스모스 고추 잠자리가 있는 자연과 생활이 얽힌 풍경이 그려져 있다. 이처럼 이 시는 평범한 생활을 통찰하면서 그 가시적인 현실을 시적으로 표현하여 문학 공간을 이루고 있음을 볼 수 있다. '화들짝 놀란 코스모스꽃/ 저들끼리 부끄러워/ 오색 양산 활짝 펼쳐 들고'에서 보듯, 인간의 현실을 평면적으로 투시하여 그 서정을 입체적으로 조소한 이 시는 우리의 어두운 마음을 정화하고 밝게 한다.

안마당 가 우물 속에
맑게 떠오른
새하얀 송편 달

두레박 내려
정갈하게 건져 올려

생 솔잎 편 백자 접시에
곱게 담아

따끈한 유자차 곁들여
임과 함께 나눴으면.

-- 「반달」 全文

송편 달은 반달, 상현달이거나 하현달이다. 화자가 처한 현실 상황에서 반달은 정신적으로 하현 때에 머물고 있음을 묘사한 것 같다. 상현이든 하현이든 삶에 있어서 불평불만이 없을 것 같은 예감이 든다. '송편 달'이 있기 때문이다. 어느 시인이 이르기를 '나는 삶을 영위하면서 많은 것을 잃었지만, 한 가지 얻은 것이 있어서 이렇게 살아 숨 쉬고 있다.'고 했다. 그 한 가지는 '어둠에서 빛을 지향하는 시를 쓰는 것'이라고 했다. 월계 시인은 인생길에서 송편 달, 따끈한 유자차 그리고 임이 있어 절망을 극복하는 상징물이 되어 독자들에게 또 다른 기쁨을 안겨주고 있다.

탱자나무 울타리에 노랗게 잘 익은
탱자 따 보려다
가시에 찔려 몹시 아팠던
유년 시절의 기억

그 탱자나무 가시가
너와 내 안에도
무성하게 자라고 있음을
흘러가는 구름이 알려 주었네

선한 마음 거슬리면
누구든 아프게 찌를 수 있고
두고두고 쓰라린
날카로운 탱자 가시

너와 내 울안에 제멋대로 엉겨 붙은
그 탱자나무 가시 뿌리째 뽑아내어
가시 없는 고운 세상 만들어야지
내가 먼저.

--「탱자나무 가시」 全文

무시무시한 가시가 가지마다 틈을 주지 않은 채 잎에 가린 탱자가 꼭꼭 숨어 있다. 탱글탱글 잘 여문 진노랑 탱자를 따려다가 가시에 찔려 괴성을 질러대든 가시의 추억이 통통 튈 듯 새롭다. 가시 없는 고운 세상은 인간의 꿈 즉 시작품을 통해서 인류가 그려보는 이상향(理想鄕)이라 하겠다.

만추의 비단옷 자락
한 겹씩 벗어내며
스스로 다짐하던 순명(順命)으로

잡초보다 질긴 집착의 뿌리
미련 없이 뽑아낸
속 깊은 내면에

무소유의 부유함을

자유를 올곧게 지녀
영성의 불씨 지피는 이

저 높은 곳을 향하여
오래 묵혀 맛 들인
침묵과 고행 곱게 빚어

온몸으로 받쳐 들고
겸손히 기도하는 구도자여!

--「겨울 나목(裸木)」 全文

금의자 시인이 인용한 「겨울 나목(裸木)」은 자신을 상징하고 있는 동시에 모든 인생을 형상화하고 있다. 그런 점에서 그녀의 작품의 방향을 조금은 이해할 수 있을 것 같다. 시인은 겨울 산행길에서 보이는 무수한 나목들이 단순한 나무가 아니라 많은 사람을 깨우치는 구도자로 나타내고 있다. 북풍한설에 떨고 있는 나목들을 의인화시켜 구도자로 묘사하고 있다는 점에서 절창의 작품을 탄생시키는 노련함이 돋보인다.

황량한 겨울 산속, 나목 앞에 선 시인의 성찰은 아무도 귀 기울여 알아주지 않아도 스스로 깊이 있게 파고들어 시를 쓰고 진실을 그려내고 싶다는 정신적 의지가 작품 속에서 표현되고 있어 기대를 갖게 된다.

3. 맺음말

월계 시인은 자신이 바라보는 사물이나 체험적 사건들에 시인의 정서를 투사하면서 시적 모티프를 표출해내고 있다. 오래전부터 시인들은 시적 모티프에 부합되는 성찰의 메시지를 담아내려고 노력해왔다. 그렇지만 뜻을 이루어 크게 성공하는 시인들은 많지 않았다. 화자에게 관심을 가지게 되는 이유는 작품마다 신선한 깨달음과 메시지를 내포하고 있다는 점이다. 그리고 작품의 질이 전체적으로 균등하다는 데에 있다. 이는 자아 정립으로 내포된 진리를 소화해내고 있다 할 것이다.

화자의 시가 쉽게 읽히면서도 감동적인 것은 강렬한 시적 모티프에 의해 농축된 사상에 근원적인 정서가 자연스럽게 녹아 있기 때문이다. 월계의 시는 고요하다. 열정의 메시지를 함축하기도 하고, 자신만의 목소리를 나타내기도 한다.

끝 부분에 나오는 '저 높은 곳을 향하여/ 오래 묵혀 맛 들인/ 침묵과 고행 곱게 빚어// 온몸으로 받쳐 들고/ 겸손히 기도하는 구도자여!'에서 젊은 시절로 휘돌아 이제는 과거를 추억하며 자신의 모습을 관조하는 시인의 담대한 모습에서 독자와 공감대가 형성되고 있다. 금의자 시인의 첫 시집 『밤하늘의 별을 그리며』는 서정 시학과 어둠에서 빛을 찾는 관능적 미학이 서로 어우러져 전인미답(前人未踏)에 가까운 새 경지를 이룬 저작으로 현대인들에게 삶의 행복을 찾아가는 이정표 역할을 위해 서서히 그 모습을 드러내고 있다.

그리움으로 빚어낸 성찰의 메시지

- 윤석단 시집 『운문의 사계』

1. 글머리에

3월에는 3월의 꽃이 되고 싶다. 좋은 향기 나는 화사한 꽃으로 나에게 다가와 나를 보고 불어오는 바람에 멋진 미소로 안부도 전하고 향기 나는 여유를 담아 꽃을 심어볼 마음도 가져 본다. 꽃을 보는 사람마다 가슴에 행복이 담기는 꽃, 모두에게 아름다운 꽃이 되고 싶다는 윤석단 시인의 시 세계를 펼쳐본다.

청림 시인의 시집 『운문의 사계』를 읽어가다가 무언가 마음속에 참삶의 세계를 접해본다. 이 세상에 있는 그대로를 뛰어넘어 새로운 세계를 보는 창조의 눈으로 어려운 대목들이 시로 표현되고 있다는 점을 보게 된다. 시에는 그 시인의 인격과 사상, 사유(思惟)가 그대로 반영된다고 할 수 있다. 거울에는 자신의 모습이 비친 모습대로 반영되고, 또한 반영되지 않는 시인의 마음이 새로이 직조되어 있다는 사실도 보게 된다. 이토록 깨끗한 마음으로 시를 읽고 쓰는 순간, 가슴은 설레고 창작에 몰두하게 된다. 이는 '시는 곧 삶이다.'라는 위안의 즐거움을 느끼기 때문이다. 시인의 시에는 진솔한 인간적 체취가 물씬 배어 있다. 이처럼 진실한 메시지에 사랑의 감정이 가득하여 시가 읽을수록 마음을 따뜻하게 하고 있다. 이것이 곧 시의 힘이 아닐까!

오늘날 사건이 많은 사회적 상황에서 문인들이 산수(傘壽) 성상(星霜)에 이르기까지 숱하게 어려운 고비를 넘겨왔음을 우리는 기억해야 할 것이다. 희수(喜壽)를 지나며 문학사에 남을 문학작품을 남기겠다는 결심으로 또 한 권의 책으로 상재(上梓)하게 된 시집에는 청림 수필가의 인생역정이 잘 펼쳐져 있다. 무기력한 삶을 살아가는 사람들에게 밝은 심리를 그려 인간관계에 대한 좋은 인식을 심화시키는 작품이라 하겠다. 시인의 시는 대부분 신선한 메시지로 체험적 진실을 밝히는 수단이 되고 있다. 청림 시인은 자신의 인생을 돌아보며 지난 삶의 흔적이 저녁노을처럼 아름답기를 기원하며 『운문(雲門)의 사계(四季)』를 시작하고 있다. 우리 인생에서 무엇과도 바꿀 수 없는 고향의 추억이 있어 이를 소중하게 간직하고 아름답게 노래하는 시인이 있어 고향이 더욱 그리워지는 것은 아닐까!

2. 자연에서 들려오는 관조(觀照)의 노래

봄바람 살랑
내 마음 흔들어 놓고
꽃향기 활활
짙은 향기로 감싸네

벌 나비 날아와
꽃과 함께 나를 유혹하고

봄노래 부르니
어찌 내 마음 흔들리지
않으리오.

--「봄의 유혹」全文

이 시는'꽃과 함께 나를 유혹하고/ 봄노래 부르니/ 어찌 내 마음 흔들리지/ 않으리오.'처럼 아름다운 시이다. 굳이 말이 필요 없으리라 생각된다. 인생길에서 외적 유혹은 하루에도 여러 번 자아를 흔든다. 삶의 순간순간 사건의 실체를 이해하여 그녀는 시인으로서만이 아니라 인간적으로도 퍽이나 다정다감한 인생길을 걸어가고 있다. 화자의 영롱한 감성이 차원 높은 메시지로 메타포(metaphor) 되어 희망으로 다가온다.

친구가 보내준 봉선화꽃
냉동기 속에서 나를 기다린다

여름 내내 키운 봉선화를 따서
비닐로 예쁘게 싸서
우편으로 보내왔네

어릴 때
어머니가 손톱에 감아주시던 생각에
눈시울이 뜨거워지는 것 같아
나도 한번 손끝에 감아본다

손님이 찾아와 미룬 것을

깜박 잊어버렸네
이를 어쩌나, 아까워라!

--「봉선화꽃」全文

아련한 추억을 안겨주는 봉선화, 잡초나 마찬가지인 애상 어린 풀꽃으로 기억되는 삶에는
어머니와 할머니 두 분이 있다. '남자는 하늘, 여자는 땅'이었던 시절, 시냇가나 계곡의 물을 거리낌 없이 마실 수 있는 산천을 요즘 젊은이들이 상상할 수 있을까?

바쁜 농촌의 하루 일과가 그렇듯이, 그저 그렇게 살면서도 좀 더 나은 삶을 기대했기에 딸의 작은 손톱에 봉선화 꽃물로 꿈을 새긴다. 그 간절한 바람은 딸의 가슴에 미래에 대해 밝은 전망을 망라하여 보여준다. 그래서 할머니 어머니의 손 모양새를 닮아가면서도 '시(詩)'라는 봉선화 꽃물로 내면의 삶을 아름답게 물들여 나가고 있다. 세월이 흘러 또 하나 놓칠 수 없는 것은 꽃물을 포장하여 우편으로 전달하고 냉장고에 오래 보관하여 그 명맥을 이어가고 있다는 것이다.

인생은 사람들의 말처럼
고달프고 어둡기만 한 것은 아니다
아침에 내린 비는
화창한 오후를 선물하기도 하지요

때로는 어두운 구름이 끼지만
모두 금방 지나가지요
시간이 약이라 금방 지나간답니다

소나기가 와서 정원에 장미꽃이 핀다면
소나기 내리는 것을 슬퍼할 이유가 없지 않나요
인생의 즐거운 순간은 그리 길지 않습니다
고마운 마음으로 그 시간을 즐기세요

가끔 죽음이 끼어들어
제일 좋은 이를 데려간다 한들
슬픔이 승리하여
희망을 짓누르는 것 같으면 또 어때요
희망은 금빛 날개를 가지고 온답니다
그 금빛 날개는 어느 순간에도
우리가 잘 버티도록 도와주지요

씩씩하게 그리고 두려움 없이
힘든 날들을 견뎌내세요
영광스럽게 그리고 늠름하게
용기는 절망을 이겨낸답니다.

--「인생」 全文

청림 시인은 밝고 긍정적인 면을 찾아 걸어온 자신의 인생을 뒤돌아보며 살아온 자신의 뒷모습이 희망의 금빛 날개처럼 아름답게 빛나기를 기원하며 시를 시작하고 있다.

인생은 흔히 고행의 길임을 이야기하며 어둡고 고달픈 시간이 지나가면 뭔가 정해진 길이 아닌 즐거운 시간도 헤엄쳐 온다는 것을 보여주고 있다. '가끔 죽음이 끼어들어/ 제일 좋은 이를 데려간다 한들/ 슬픔이 승리하여' 희망을 짓누른다 해도 화자는 용기를 가지고 인내하며 절망을 이겨내는 삶을 살고자 한다.

가을날
비올롱의 긴 오열이
내 마음 괴롭혀

단조로운 고달픔에
오늘도 이리저리
굴러다니는 낙엽처럼

나도 그렇게
굴러가노라.

--「가을날」全文

봄이 오면 시인의 집은 꽃으로 가득하다. 그 꽃들이 자라 바람과 햇빛으로 울타리를 넘어 온 산야를 나뭇잎으로 가득 채운다. 온갖 고난을 겪으며 들국화가 피기 시작하자 놀랍게도 시인의 눈에는 그 무성한 숲이 '굴러다니는 낙엽처럼' 그리움의 빛깔이라는 것을 깨닫는다.

이파리도 피기 전에 봄의 꽃들은 태생적으로 누군가를 맞이하도록 되어있다. 겨우내 우두커니 서 있는 나무가 추위에도 아랑곳없이 운명적으로 봄을 기다린다. 시린 몸으로 겨울을 맞는 낙엽처럼 고독과 그리움을 가슴에 안고 화자는 끝끝내 운명적으로 받아들이는 듯한 삶의 단편을 보인다. 결국 꿈을 포기하지 않고 사랑을 그리워하며 어딘가에 마르지 않는 사랑의 샘이 있음을 화자는 믿고 있으리.

노란 빛깔 속으로 쑤욱 빨려들어
그 길을 한없이 걸었지

그대와 둘이서
사랑하는 사람과 어깨를 나란히
이야기는 끝이 없었고
배고픈 줄도 모르고
포장마차에서 떡볶이와 순대 먹으며

어느덧 우리는
지나간 필름처럼 낡아 버리고
희미하게 졸고 있는 가로등처럼
노란 은행잎으로 퇴색 되었구나

세월의 무상함을 느낀다.

--「노란 가로수」全文

누구라고 밝히고 싶지 않은 기억의 저편에, 아니 밝히고 싶지 않은 것이 아니라 누군지 모르는 꽃과 같이 아름다운 사람으로 삶을 형상화하고 있다. 즉 그대와 함께라면 '어깨를 나란히/ 이야기는 끝이 없었고/ 배고픈 줄도 모르고/ 포장마차에서 떡볶이와 순대 먹으며' 지냈던 추억을 그리며 노란 은행잎이 무성한 거리를 걷는다.

곰곰이 생각해 보니 완벽에 가까운 이미지즘 시(詩)를 한 편 읽는 듯하다. 그래서 이 시에 비평은 하고 싶지 않다. 선시(禪詩)가 아니더라도 세월이 흘러 은행잎이 노랗게 퇴색될 무렵, 시인도 세월의 무상함을 느끼고 있다. 인생은 이런 것이다. 시로 이런 인생을 한번 그려내고 싶은 것이다.

길가에 포플러 가로수 줄지어 서 있는
그곳의 자갈길은 내 고향 가는 길
넓은 자갈길을 달리는 오가다 버스는
맑은 공기 가르며 오늘도 달리고 있을까

조용한 오후인데
지금도 그 길을 많은 사람 싣고
미끄러지듯 달리겠지
자갈길이 아닌 아스팔트길 위로

세월의 변화로 멋진 신사의 길이 되어 버렸네
내 어린 시절 꿈을 안고 타고 다니던 그 버스 그립다
나도 변하고 정든 고향 산천도 변해가지만
지금도 이 길은 고향의 향수를 듬뿍 품고 있다.

--「내 고향 자갈길」 全文

윤석단 시인의 「내 고향 자갈길」에는 굽이굽이 온통 자갈길로 한 폭의 동양화를 펼치고 있다. 넓은 자갈길을 달리는 오가다 버스가 맑은 공기를 가르며 먼지를 푹푹 일으키는 영상으로 시인은 추억하고 있다.

'지금도 그 길을 많은 사람 싣고/ 미끄러지듯 달리겠지/ 자갈길이 아닌 아스팔트길 위로' 달리는 신형 버스를 보며, 어린 시절 꿈을 안고 타고 다니던 그 오가다 버스를 그리워하고 있다. 화자도 변하고 정든 고향 산천도 변해가지만, 그 추억은 우리 시인의 인생에서 무엇과도 바꿀 수 없는 보물이 아닐 수 없다. 청림 시인의 이런 시상(詩想)이 시를 읽는 이로 하여금 옛 고향으로 상상의 나래를 펴게 해 지난 추억 속으로 빠져들게 한다.

우리 조국 나라꽃
영원무궁하여라

가지마다 피고 지는 무궁화
조국의 무궁 발전
빛내주려고
환한 웃음으로 피어나네

가을 문턱 바람에
동남쪽 언덕에서
이어 피는 슬기

온 삼천리에 새겨진
내 나라꽃 얼과 정신
한라산에서 백두까지.

--「무궁화」全文

무궁화는 겸손하고 은근하며 어느 곳에서나 잘 자란다. 오랜 옛날 훈화초(薰化草)로 불리기도 한 무궁화는 우리 민족과 어려움을 함께 겪은 민족정신이 담긴 꽃이다. 예전에는 무궁화 잎으로 허기진 배를 채우기도 하였으며, 장기와 피부의 각종 질환에 잘 듣는 약용식물이기도 하였다. 초여름부터 100일이 넘도록 계속 피니 군자의 이상과 지칠 줄 모르는 민족성을 나타내며, 아침에 일찍 개화하여 '조용한 아침의 나라'라고 명명되고 있다. 청림 시인은 '무궁화 사랑'을 '나라 사랑'으로 잘 살려 '무궁화'를 민족시로 어렴풋이 생각하게 하는 마음 간절하다.

아침상을 물리고
조용히 홀로 앉아
커피 한 잔을 마신다

조용하고 한가로운 마음
아, 참 좋다
멋지다는 생각을 하며
작은 황홀감을 느껴 본다

창문 유리 넘어
파란 하늘이 웃고 있다

초여름 바람이 장난을 친다
내 얼굴을 스치며 장난을 한다
기분 좋은 나날이다.

--「차 한 잔」全文

차 한 잔의 여유로 위의 시를 쉽게 이해할 수 있다. 차 한 잔이 주는 내면적 진리를 이만큼 시로 담아낼 수 있는 것도 쉽지가 않다. 바로 비움과 채워짐이 있기 때문이다. 차 한 잔을 통하여 삶에 대해 지혜로움을 부각해 욕심을 부리지 말자는 것이다. 화자는 조용히 홀로 앉아 한가로운 마음으로 커피 한 잔을 마시며 '멋지다는 생각을 하며/ 작은 황홀감을 느껴' 보기도 한다. 그리하여 파란 하늘과 웃으며 '초여름 바람이 장난을' 치는 '기분 좋은 나날'을 보낸다. 부드러우면서 객관적인 주제로 독자들의 묵시적 동의를 유도해나가는 청림 시인의 시의 특성을 볼 수 있다.

봄이면 참꽃 꺾고 야시갱이 캐고 풀 베어 논에 넣고, 감꽃 엮어 목에 걸고, 버들가지 꺾어 불고, 때때 뽑아 씹어 보고, 새 솔도 씹어보고, 찔레도 꺾어 입에 물던 그때의 고향이 아니다. 여름이면 맑은 냇가 멱 감고, 사발모지 놓고 텅갈래, 빵구리, 꺽다구, 노시람쟁이 깔딱미기, 먹지, 기조지, 가새피리, 국조지 남들은 잘 알아듣지도 못하는 물고기를 천렵하여 갱분에서 솥 걸고 물고기국 먹던 그때의 고향이 아니다.

- 중략

겨울이면 학교 난로 땔감으로 솔방울 줍고, 산에 가 나무하고, 소깝 깔비 끌어 바지게에 짊어지던 그때의 고향이 아니다. 처마 밑에 손 넣어 참새 잡고, 나무에 철사 박아 썰매 잡아 얼음치고, 해머로 물속 방구 때려 피라미 잡아내어, 무 썰고 초를 쳐 회로 먹고, 정월 보름, 2월영동 동제(洞祭) 때에 동구 밖 당나무에 걸어 놓은 연 종이 걷으려고 잠 안 자고 달려가던 그때의 고향이 아니다.

지금 그때의 고향이 아니어도 고향의 하늘은 푸르고 맑은 냇가가 있던 그곳 운문(雲門)은 언제나 내 가슴에 있다.

--「고향 운문면은 이제 고향이 아니다」 중에서

청림 시인은 오래전부터 시작(詩作)을 하면서 틈틈이 수필을 써 왔다. 그동안 쓴 수필을 압축하여 20여 편의 경수필을 여기에 상재한다. 화자는 누구나 공감할 수 있도록 유년 시절 고향의 빛나는 정경을 추억과 그리움으로 아름답고 생동감 있게 구사하고 있다. 그 그리움의 대상은 주로 초등학교 시절 고향과 지나간 것들에 대한 추억에서 비롯하고 있다. 누구에게나 고향의 그리운 추억이 있기에 그녀도 행복하다. 봄이면 버들가지 꺾어 불고, 때때 뽑아 씹어 보고, 새 솔도 먹어보고, 찔레도 꺾어 입에 물던 그때의 향수(鄕愁)가 작가의 가슴 한복판에 아주 투명하게 심겨 있어 지금도 향긋한 추억이 머문다. 화자는 이것이 단지 단순한 추억의 추스름이나 위안으로 끝내지 않고 청림 수필가가 추구하고자 하는 문학적 지향점으로 성장해가는 중요한 계기를 만들어 가고 있다.

대구에 도착해서 집에 들어가니 할머니가 버선발로 뛰어나오셔서 "아이고, 아비야! 살아있었구나!" 하시면서 우시는 모습을 보니, 어린 마음에도 푹 한숨이 나오며 안정감을 찾았다. 나는 할머니를 따라 내 고향 청도 운문면 공암동으로 가서 다음 해 학교 개학 때까지 있었다. 할머니는 우리를 위하여 찹쌀로 끓인 대추 죽과 콩죽 팥죽을 뒤 툇마

루에 커다란 버지기로 세 개를 끓여 놓으시고 우리 아이들이 마음껏 먹도록 하셨다. 우리가 재잘대며 먹는 모습이 그렇게 예쁠 수가 없었다고 하시면서 그때 시골에는 쥐가 많아서 고양이 한 마리를 얻어 오셨다.

나는 강아지 말고 고양이와 친구가 되어 방학 동안 하루하루를 재미있게 지냈는데 어느 날 아침 고양이가 보이지 않아 툇마루 문을 여니 죽어 있는 게 아닌가! 기겁을 하여 막 울고 있으니 옆집에서 어제저녁 쥐가 너무 많아 쥐약을 놓았더니 애고 어쩌나 한다. 나는 기가 막혀 한참을 울고 앞으로 개와 고양이를 기르지 않기로 맹세를 했다. 지금도 변함이 없다.

--「강아지와 고양이와의 이별」 중에서

개와 고양이는 인간의 삶에서, 없어서 안 될 소중한 동물이다. 고양이와 달리 유난히 인간의 사랑을 받는 개는 가족의 구성원으로 생활을 함께하고 있다. 그러다 보니 예전과 달리 고양이도 인간과 많이 친숙해졌다. 그런 점에서 인간과의 첫 만남을 상징하는 듯, 희로애락을 함께하기도 한다. 인간과 같은 동물이라는 듯 웃지는 못해도 외로움을 타기도 하고 반가워할 줄도 안다. 그들은 인간의 아픔을 공감하며 참아내기도 하고 때로는 도움을 주기도 한다. 전쟁의 상흔이 깊을수록 역설적으로 인간에게 괴로움의 강도는 높아져 간다. 서로 애증이 교차하고 기쁨보다 상처를 주기 쉽다. 이런 일은 일상 어디에나 있는 일이지만, 개와 고양이를 기르지 않기로 맹세까지 한 화자의 동물 사랑에 대한 인간미가 엿보인다.

3. 맺음말

인생을 진지하게 바라보는 청림 시인의 작품들은, 외적으로는 사회적 인식을 내적으로는 감수성 넘치는 서정을 주로 쓰는 작가이며, 그 완성도가 꽤 높은 편이다. 시인의 시에서는 이미지의 탄탄함과 직관이 어우러진 부분이 많이 발견되어 스스로 시적 위상을 높여가고 있다. 이는 시인의 예술적 기질의 발현이라고도 할 수 있으며, 시를 더욱 대성하게 할 수 있는 기본이기도 하다. 언제나 고귀한 이미지의 윤석단 작가는 보편적으로 읽기 어려운 시어가 별로 없어 시적 신뢰를 획득하고 있다고 본다. 맹자가 말하되 '사람은 부끄러워하는 마음이 없음을 부끄러워할 줄 안다면 부끄러워할 일이 없느니라.'고 했다. 평생 다작(多作)을 하지 못하더라도, 청림 시인의 시작(詩作)에 아름다운 성취와 의미 있는 보람이 함께하기를 바란다. 한 편의 시를 창작하더라도 자신의 실력대로 창작하고 열심히 몰입하면 반드시 좋은 작품이 형성되는 것이다.

이번 윤석단 시인이 상재한 두 번째 시집 『운문의 사계』를 통해 그녀의 삶이 시가 되고 그녀의 시가 삶이 되는 것을 보여준 명상(瞑想)의 궤적(軌跡)을 그려 보았다. 시인은 연만 한 나이에도 현실 앞에 능동적 삶을 스스로 던지며, 전통적으로 내려오고 있는 선비의 기개와 시상을 담은 가슴으로 만학의 열정을 시로 수필로 승화시키면서 끊임없이 정진하는 청림 시인에게 박수를 보낸다. 그녀의 삶의 철학과 자신을 보듬고 있는 가족이 있어 오늘도 그녀의 글이 들려주는 따뜻한 목소리에 독자들은 크고 작은 위로를 받을 것이다.

청원의 문학 세계를 심미적(審美的) 성찰로 형상화한 서정적 수필

- 서옥란 수필집 『나 홀로 집에』

1. 글 머리에

서옥란 수필가의 아호(雅號)는 청원(淸圓)이다. 옛 선비들이 평생 자연에 묻혀 살면서 사람들이 청의(淸議)를 거쳐 시나 서화에 자신의 이름과 더불어 즐겨 썼던 것이 바로 그 아호이다. 문인이 아호를 쓰는 것은 자연스러운 현상이다. 먼저 청원 수필가를 생각할 때 밝은 모습과 매우 긍정적이고 적극적인 면모를 떠올린다. 우리는 과거를 머금고 불확실한 내일을 그리며 오늘을 산다. 그러면서 그 꿈이 이루어진다는 희망을 안고 나날을 보낸다.

나아가 그 꿈이 다양하게 펼쳐져 오늘의 삶을 다채롭게 한다. 그 꿈을 아름답게 채색하여 청원 시인은 한 편 한 편 시로 수필로 작품을 그려내고 있다. 이번에 상재하는 청원 작가의 수필집 『나 홀로 집에』의 원고를 천천히 읽으면서 이번 작품이야말로 서옥란 시인의 종합적인 작품이 아닌가 하는 생각을 해 본다. 왜냐하면 이번 작품집은 시집과 수필집 출간을 동시에 시작하였기 때문이다. 시집 하나만 집중하기에도 힘에 부치는 법인데, 수필집까지 한꺼번에 다룬다는 것은 그리 만만치 않다는 것을 문인들이라면 쉽게 수긍이 갈 것이다. 감수성 넘치는 서정성(抒情性)과 시대가 요구하는 당위성과 개연성(蓋然性)까지 작품에 내포되어 있어 매우 돋보이는 작품이라 아니할 수 없다.

길을 걷다가 깨진 보도블록 틈 사이로 키 작은 풀들이 줄지어 돋아나 자라는 것을 우리는 본다. 그 틈 사이에서 주저앉아 구겨진 채 자라는 풀잎을 만져본다. 손끝에 닿는 생에의 슬픔이 가슴 한쪽으로 곧 옮겨 간다. 저리 묵묵히 견뎌내고도 아무 일도 없었다는 듯 얼굴을 내미는 풀잎의 내공(內工)을 생각해본다. 문학은 현실의 삶을 초월하여 제2의 자아를 구현하는 방법이라 할 수 있다. 청원은 수필 쓰기를 '아무 일도 없었다는 듯 태연하게 얼굴을 내미는 보도블록 사이의 풀'로 은유화 한다.

서옥란은 2015년에 청계문학을 통해 시, 수필 신인상을 받고 시인 수필가 화가로서 청계문학상을 수상하는 등 여러 문학지에 다수의 작품을 발표하여 다양한 경력과 현대적 감각을 바탕으로 상상의 지평을 넓히는 작가로 인정받고 있다. 서옥란의 문학적 자아는 삶에서 오는 상상, 자아와 타자, 인간과 사물 간의 상대성을 중시하며, 그녀의 문학적 특징은 바로 원불교 사상이 예술적으로 결합한 데서 그 의미를 찾을 수 있다. 이제 그녀의 수필 세계를 조망할 수 있는 대표작들을 살펴보기로 한다.

2. 탐색(探索)과 배려(配慮)의 삶

사회적 거리 두기가 이어지면서 바깥 활동이 줄어들어 점점 경직된 생활로 확진자와 더불어 확 찐 자들이 쏟아져 나온다고 한다. 이럴 때일수록 규칙적인 운동과 영양 섭취로 적당한 근력을 유지하는 것이 중요하며 인간의 근육은 40세부터 매년 1%씩 빠져나간다고 한다.

햇볕 쬐며 걷기는 현대인들이 겪고 있는 다양한 부정적 감정을 치유하는 데 효과적이고 순환계의 원활한 작용을 도와 우울증 치유법으로도 좋다고 전문가들은 추천하고 있다. 또는 명상가와 철학자들의 공통적인 습관은 규칙적으로 걷고 산책을 하면서 지적 근육을 단련시킨다고도 한다.

> 걸을 때는 하체의 근육이 움직이면서 그 탄력으로 피를 위로 끌어올려 뇌를 자극해서 뇌가 젊어지고 건망증 비만치료제 고혈압 치료제 심지어는 틀어진 인간관계까지 다시 이어준다고 하며 오늘도 내일도 일단 걸어라 하는 말로 핸드폰에 도배를 하고 있다. 집에 있어 떨어진 의욕도 불러일으켜 준다고 하니 심신의 만병 치료약이라고 말할 수 있을 것이다.
>
> --「걷기가 약이다」一部

이 수필의 결론은 청심과욕(淸心寡欲)하여 참 행복에 이르는데 걷기가 약이라고 말하고 있다. 이 세상에서의 삶, 가난이나 부는 중요하지 않고 마음을 깨끗이 하여 욕심을 줄여 참 행복한 자가 되는 것이 진정한 인생의 성공이라는 뜻이다.

사회적 거리 두기가 이어지면서 걷기의 좋은 점을 화자는 일별(一瞥)하고 있다. 나아가 전문가들은 부정적 감정과 우울증 치료에 좋다고 추천하고 있다. 걸을 때는 하체의 근육이 움직이면서 그 탄력으로 피를 위로 끌어올려 뇌를 자극해서 뇌가 젊어지고 건망증, 비만치료제, 고혈압 치료제 심지어는 틀어진 인간관계까지 다시 이어준다고 하며 집에 있어 떨어진 의욕도 불러일으켜 준다고 하니 심신의 만병 치료약이라고 말할 수 있을 것이다. 여기에서 주목되는 것은 자신보다 타인에게 초점을 맞추고 있는 것이다. 자신보다 타인이 행복해질 수 있기를 외치고 있다는 의미 깊은 함축이 내포되어 있는 것이다.

다음 역은 가을 역입니다. 맹위를 떨치던 열기(熱氣)도 떠나야 할 때가 온 것을 알고 스스로 물러가니 이 얼마나 아름다운 풍경인가! 자연은 때가 되면 오고 가는 이치를 알아 스스로 행하고 있으니 세상은 이렇게 틀림없는 순환 속에서 이뤄지고 있는 것 같다.

새벽잠을 깨우는 귀뚜라미의 아름다운 노래에 하루를 열어가며 뭉게구름은 파란 하늘을 수를 놓고 가을을 재촉하는 꽃들은 하늘하늘 춤을 추며 고추잠자리는 떼를 지어 날아다닌다. 이런 아름다운 풍경 속에 저절로 힘이 솟는 듯 오래 건강하게 살아가기 위하여 많은 노인은 힘차게 걷고 운동을 하며 내일을 다짐한다. 수명이 늘어났다 하지만 그래도 인생의 3분의 1은 노인으로 살아가야 한다. 핸드폰에는 노년의 삶을 이렇게 저렇게 아름답게 살아가라고 쉴 사이 없이 가득 차며 향기로운 말들로 넘쳐난다.

그중에 눈에 띄는 것은 나이가 들면 귀는 좀 덜 듣고 눈은 지그시 감은 듯 덜 보고 대신 마음은 더 넓게 열어서 좋은 일도 좀 해가며 감사한 마음으로 여생을 즐기라 한다. 그렇게 멋지게 살아가라고 나이가 들면 자연히 귀도, 눈도 몸짓도 좀 둔해지는 듯싶다. 이런 가운데 나이 듦이 무슨 큰 벼슬이나 되는 것처럼 내로라하며 눈에 거슬리는 일도 간혹 본다.

물론 나이가 들면서 세월의 경륜이 뒷받침해 주면 이보다 더 좋을 수 없는 일이다. 먼저 살아왔던 경험을 응용해서 후배들한테 올바른 삶의 방향도 가르쳐 줄 수 있다면, 존경을 받으며 살아가게 될 텐데 말이다. 반대로 나라는 아집(我執)과 나이 들었다는 상(相)이 작동을 해서 그냥 넘어갔으면 하는 자신과는 아무런 상관이 없는 일도 끄집어내서 마음을 할퀴어 놓는다. 그것도 교묘하게 머리를 써서 말이다.

--「노인이 되면」一部

노인은 가을이나 겨울에 비유할 수 있다. 바람 불고 폭풍우 치는 현실에서 단풍과 서리가 내리는 날까지 삶을 반추하면서 여유롭게 흔들리는 것이 중요하다는 점을 깨우치고 있다. 이것이 낙엽 인생에 주어진 사명이다. 네덜란드 철학자 스피노자가 말하기를 '인간이 제일 좋아하고 얻고 싶어 하는 최종적인 것들은 재물과 명예, 쾌락'이라고 말한 바 있다. 이는 삶의 목적을 헛된 의식에 두고 있는 정신세계를 비판한 것이다. 노후의 삶에 진정한 목적은 내면적, 영혼의 진실에 있다. 거짓은 어디서 발로되는 것인가! 욕망의 통제가 되지 않는 마음에서이다. 단 한 번의 인생길, 노후의 성공적인 삶에 있어서 욕망 관리처럼 중요한 문제는 없을 것이다. 화자는 우리 문단에도 관조의 눈을 뜬 작가가 많이 배출되어 불교적 휴머니즘 시학이 전파되기를 바라고 있다 하겠다.

그 시절 우리 동네에는 커다란 예배당이 있었다. 어린 시절이라 그 건물이 하늘에 닿을 것 같이 높고 웅장하게 보였다. 시골이지마는 문화가 웬만큼 개방되어서 여러 면(面) 중에서도 제일 큰 교회가 있었으며 게다가 이북에서 내려온 젊은 청년 목사님이 교화도 아주 잘해서 인기가 좋았다. 다른 동네 사람들도 그 명성을 듣고 모여들어 주일만 되면 우리 동네는 와글와글 사람들로 붐볐다.

나도 학생 때까지는 재미있게 다녔다. 나이가 들어가면서 교회와는 점점 멀어지더니 전혀 인연도 없는 불법(佛法)에 대한 동경심을 갖게 되었는데 그즈음에 시집갈 나이가 되어 중매가 들어왔다. 원불교에 다닌다 한다. 나는 그 말속에 원(圓)자는 빼고 불(佛)자가 마음에 들어와서 모 원불교에서 결혼을 했다. 결혼 후 생활 따라 여기저기 옮겨 다니며 잊고 살다가 생활이 조금 안정이 되는 듯하여 다시 원불교를 찾아서 열심히 다니며 공부를 하기 시작했다.

살아가면서 갖은 풍파도 많았고 여자로서는 가장 큰 아픔이라는 남편의 외도로 천 번 만 번의 성난 마음을 달래어가며 가정을 지켰고 집안의 대소사를 치렀으며 큰 며느리로서 해야 할 일을 하면서 살아왔다. 친척들은 '너 바보냐? 서방도 없는데' 하며 어리석다고 야단을 쳤다.

그런 소릴랑은 귀 너머로 흘려들으며 그냥 천천히 걸어서 왔다. 어쩔 수 없이 내가 겪어야 하는 일이었다고 생각이 들어서 이리 돌리고 저리 돌리며 모든 것이 내 탓이려니 하고 생각이 들 때쯤에는, 만약에 원불교를 몰랐다면 어찌 되었을까? 나를 아는 사람들은 모두 입을 모아 원불교가 사람 만들었다고 하는데, 이런 아찔한 생각이 들며 머리가 멍멍하기도 했다.

--「내게 온 행복」一部

수필가가 즐겨 찾아가는 곳에는 자신만이 느끼는 만족과 행복이 있다. 그곳은 춤추고 노래 부르는 노래방도 아니고 화려한 조명 불빛 아래 흔들거리는 술집도 아니다. 그곳은 원불교(圓佛敎)가 있는 곳임을 짐작할 수 있다. 교회를 다니기도 하였으나 원불교에서 결혼을 하여 오랜 세월이 흘렀으니 불교와 인연이 깊었다는 생각이 든다. 화자의 관심은 온통 원불교 교당에 머물고 있다. 그곳이 얼마나 좋은지 정신을 빼앗겨버릴 정도며, 법사님으로서 화를 내지 말라고 지도를 하기도 한다. 그녀가 좋아하는 글 가운데 '불성무물(不誠無物)과 우공이산(愚公移山)'이 있다. 무엇이든 성실하지 않으면 이룰 수 없고 어리석은 사람이 산을 옮긴다는 말이다. 어떠한 어려운 일이 있어도 오랜 세월 법회에 빠지지 않고 뚜벅뚜벅 다니면서, 마음공부를 하다 보면, 감사하는 마음이 덤으로 생긴다는 것이다.

청원 작가는 언제부터인가 우리 가정은 참으로 평화롭다고 했다. 화자의 장점은 옳은 일이라 생각이 들면 그것을 미약하게나마 이룬다는 것이다. 지난 일이 모두 다 내 몫이었다고 생각하는 것이다. 즉 자신이 만나고 싶은 행복한 친구가 이런저런 모습이기를 원하고 바라는 것이 아니라, 자신이 변화된 모습으로 다가가서 그의 친구가 되어주겠다는 것이다. 오늘같이 이토록 아름다운 신앙을 가지고 실행하면서 사는 삶이 과연 얼마나 있을 것인가 생각하게 된다.

어느 젊은 엄마가 미국으로 유학 간 딸이 어느 날 갑자기 교통사고로 식물인간이 됐다는 연락을 받았다. 그곳에 가는 내내 일어나는 슬픔을 주체하지 못했을 텐데도 정신을 차려 아이 아빠와 의논을 해 장기기증을 해서 스물일곱 명의 생명을 살렸다고 하는 사연이다. 우리나라는 아직 그런 법이 없어서 받은 사람이나 준 가족들을 서로 모르고 산다는데 역시 미국은 그런 법이 진즉부터 생겨나서 오늘의 이 프로그램으로 받은 딸과 모녀가 우리나라로 온 것이다. 스물일곱 명 다 참여할 수 없어서 가장 중요한 심장과 신장을 받아 간 사람이다. 그러니까 그 당시 죽은 딸과 같은 나이의 학생이다.

세월이 몇 년 흘렀다지만 어떻게 자식의 죽음을 인정할 수 있겠는

가. 언제나 가슴에 묻고 살았을 그 엄마의 얼굴에 울음을 참고 의연히 진행하는 모습에서는 보는 이들의 가슴을 찢어냈다. 아마도 그 사연을 본 사람들은 울지 않고는 못 버텼을 것이라고 생각이 들며 더욱 가슴에 와 닿는 것은 관속에 결혼할 때 입는 드레스를 입혀서 보내는 장면이다. 같이 쇼핑을 하러 갔었다. '엄마 나 저 드레스 입고 싶어.' 했는데 그때 못 사준 것이 제일 마음에 걸린다며 '그래 이걸 입고 가서 행복하여라.' 하며 입혀서 보냈다 하니 이 또한 얼마나 슬픈 일인가! 먹먹해졌다.

딸의 이식 수술을 받은 그 소녀는 이젠 어른이 되어 결혼도 해서 남편과 같이 생명의 은인의 가족들을 보러 왔다고 한다. 내 슬픔을 뒤로 하고 미국의 엄마한테 묻는다.

"어렸을 때부터 아파서 음식 관리도 해가며 계속 병원에서 살았을 텐데요"

하며 그 엄마의 심정을 묻는 장면은 아마 동병상련으로 내 딸을 생각하며 물었으리라 생각이 드니 어느 사연 하나 그냥 지나칠 수 없는 일이었다.

--「어느 모녀」一部

행복은 인간들이 보편적으로 추구하는 성질의 것이지만, 그것을 얻기 위한 방편은 다양하다. 행복은 물질적인 조건이나 환경에 좌우되는 것이 아니라 인연을 맺고 있는 사람들끼리 서로 사랑하며 나누며 살아가는 데 있다고 진술한다. 그리고 그 사랑은 옹달샘에서 물이 솟아나듯 위로부터 전해져야 한다는 것을 표현하고 있는데, 주목할 것은 자신이 서 있는 위치이다.

어느 젊은 부부가 미국으로 유학 간 딸이 어느 날 갑자기 교통사고로 식물인간이 됐다는 연락을 받았다. 그곳에 가는 내내 일어나는 슬픔을 주체하지 못했을 텐데도 정신을 차려 아이 아빠와 의논을 해 장기기증을 해서 스물일곱 명의 생명을 살렸다고 하는 사연이다. 언뜻 젊은 부부가 사회적인 위치나 신앙적 위치가 아름답고 낮은 곳이면서 섬기고 봉사하는 곳에 머물고 있음을 유추하게 된다. 이로 인해 장기를 기여받은 미국의 모녀가 우리나라로 온 것이다. 여기에서 사랑은 물 흐르듯 자연스러워야 한다는 것을 우리는 본다. 당 사자는 물론 이를 보는 사람들도 감동의 눈물을 흘렸을 것이다. 그때의 가족들은 그 후에도 오랜 세월 서로 동병상련(同病相憐)으로 안부를 물었으리라 생각이 든다.

인도 여행을 하던 중 이 나라 여행의 대표적인 곳 '타지마할' 이곳은 참으로 무지하게 큰 무덤이다. 옛날 어느 왕이 왕비를 하늘만큼이나 사랑해서 아이를 열다섯이나 낳고 또 하나 더 낳다가 죽었는데 그 왕비를 못 잊어 밤낮으로 연구하여 무덤을 그곳에 세웠다는 곳으로 참으로 어마어마한 무덤이다. 가이드의 말로는 그 무덤 짓는다고 국가 재정을 파탄 시켜 국민에게 쫓겨났는데도 그래도 못 잊어 그 무덤이 잘 보이는 곳에 자기의 거처를 만들어 놓고 날마다 보고 싶어 울며 그리며 지냈다 한다. 그러면서 이 왕 부부를 천년의 사랑이라고 했다 해서 더욱 의미를 새겨보며 구석구석 구경을 하니 모두 다 반짝반짝 빛이 나는 대리석이고 세월이 수천 년 지났어도 어느 한구석 이 왕 부부의 사랑이 안 스며 든 곳이 없는 듯 사랑 냄새가 풀풀 난다. 천년의 사랑이 참으로 아름답다고 생각을 했다.

지금에 와서는 그 무덤으로 인해서 세계 곳곳에서 여행객들이 모여들어 시시때때로 북적거린다. 그렇게 재정 파탄이 날 정도로 사랑의 무덤을 지어서 쫓겨났는데 누가 이렇게 훗날에 좋은 관광 명소가 될 줄을 누가 알았겠는가! 아마도 왕 부부가 훗날을 그렇게 만들었는지도 모르는 일이다. 예나 지금이나 사랑은 아름다운 것이니까.

--「천년의 사랑」一部

행복은 사랑을 추구한다. 행복은 인간들이 보편적으로 추구하는 것이지만, 그것을 얻기 위해서는 인연(因緣)을 맺고 있는 사람들끼리 서로 사랑하며 나누며 살아가는 데 있다고 하겠다. 화자는 인도에서 일어난 "천년의 사랑"이 참으로 아름답다고 했다. 샤 자한 왕은 왕비, 뭄타즈 마할을 잃고 그 왕비를 못 잊어 밤낮으로 연구하며 무덤 궁전을 그곳에 세웠다. 세기의 사랑도 보기가 어렵거니와 천년의 사랑이라니, 아마도 하늘이 도와줬을 것이다. 그 후 무덤 궁전은 수백 년 동안 인도 국민의 배고픔을 어느 정도 해결해주었을 것이다. 가히 천년의 사랑이라고 할 수가 있겠다. 여기 천년의 사랑을 가져온 뭄타즈 마할의 아름다움을 그린 시 한 편을 그려 놓는다.

지상에서
가장 아름다운 사랑의 궁전
타지마할은
숨 막히게 조화롭고
보석처럼 눈부시다

오, 왕비여!
그대의 예쁜 마음씨에
맑은 목소리와 넘치는 애교
꾸밈없는 성품과 돋보인 지성이

몹시 그리운 어느 날

야무나강을 따라
아그라성에서 타지마할로
그대를 찾으러
그대와 함께하려
길을 나서리

슬픔을 말하는 듯
타지마할에 누워 있는
그녀의 눈빛이
아무 말이 없어도
환한 웃음으로 그대를 맞으리

천 년이 지나도
"궁전의 영광" 뭄타즈 마할은
샤 자한의 가슴속에
영원히 불타오르리라.

-- 장현경, 『뭄타즈 마할』 全文

하늘에서는 나무를 타고 내려오고 땅에서는 귀뚜라미 등에 업혀서 온다는 이 가을에 그곳의 풍경을 마음에 그리며 문학기행을 떠난다. 무성한 녹음을 뒤로 풍성한 열매를 선물하는 이 계절, 날씨도 받쳐주는 듯 구름 한 점 없이 푸르고 맑아 하늘 끝이 환히 보일락 말락 하여 한없이 청명하고 논에는 퍼런 듯 노란 듯 색채를 띠며 황금 들녘을 만들려고 준비를 하고 색동옷으로 갈아입으려는 산과 조화를 이루며 금수강산을 이룬다.

달리고 달려서 '포석 조명희 문학관'에 이른다. 그곳에서 청계문학 제18집 출판기념회 거행함과 동시에 생소한 포석 시인을 알게 된다. 소련으로 망명한 포석 시인은 그곳에서 창작 활동을 활발히 하다가 억울한 누명을 쓰고 돌아가셨다. 후손들은 선조의 얼을 기리기 위해 그 지역에 아주 멋진 문학관을 지어 널리 홍보하며 큰 노력을 기울이고 있다.

보여주는 영상 속에는 유난히 눈이 총명하게 빛나는 젊은 신사와 감옥에서 마지막으로 찍은 사진이 보인다. 옥고를 치르면서도 용기를 잃지 않는 당당함과 의젓함 속에서 우리 민족의 강인함이 엿보인다.

세계 어느 나라에도 없으며 유일하게 이곳 진천에만 있다는 '종(鐘) 박물관' 크고 작은 많은 종이 귀한 모습을 뽐내며 자랑하듯 서 있다. 멀리 통일시대의 종부터 역사를 타고 내려온 가지가지의 종들이 소리도 각각의 특색을 띠며 좀 더 멀리 광활하게 더 깊게 울리면서 우리의 마음을 사로잡는다.

한참을 듣고 또 듣고 정해진 시간이 아니면 오래 듣고 싶은 충동이 일어났으며 우리 집에 있는 조그마한 종과는 비교도 안 된다는 생각이 들며 머지않아 다시 또 와보고 싶은 생각이 든다.

--「이 가을에」 중에서

조명희 문학은 한국 민족문학의 우뚝 솟은 봉우리다. 한마디로 파란만장한 그의 생애는 민족정신을 중심으로 한 격렬한 드라마였으며 한 편의 감동 서사시였다. 포석 조명희는 1894년 8월 10일 충청북도 진천군 진천면 벽암리 수암부락에서 태어났다. 1924년 잡지 『개벽』을 통해 시인으로 등단하였다.

포석의 작품들은 장르를 막론하고 민족문학 역사에 반짝반짝 빛을 발하고 있다. 또 해마다 진천에서 열리는 "조명희 문학제"가 중국 연변에서도 열려 그의 문학정신이 빛나고 있다. 그는 1937년 러시아 수사당국에 체포되어 스탈린 정권이 일제 간첩이라는 누명을 씌워 1938년 5월 11일에 총살당했다. 1956년 극동군 군법회의에서 사형언도판결을 파기, 무혐의 처리 되어 그는 복권되었다.

조명희 문학관은 2014년 4월에 착공하여 1년여 간의 공사 기간을 거쳐 2015년 5월에 개관하였다. 2017년 청계문학이 가을 문학기행을 통해 본 조명희 문학관은 거대한 책을 모티브로 지어 아름다운 건축물 '생거진천 건축상'으로 선정될 정도로 멋지고 현대적으로 지어졌다. 3층에는 문학제, 학술발표회 등이 가능한 126석 규모의 세미나실을 갖추고 있다. 문학관 앞 정원에 세워진 조명희 동상은 높이 5.7m로 전국 문학관 동상 중 최대 규모이다.

조명희 문학관이 탄생함으로써 진천, 도쿄, 연변, 블라디보스토크, 하바롭스크 등으로 문학의 길이 이어져 조명희의 문학정신이 일반 독자에게까지 완성 단계에 이르렀다. "마흔네 해"라는 길지 않은 생을 마감한 소설가 조명희는 시집 『봄 잔디밭 위에』, 소설 『낙동강』 등 불후(不朽)의 명작을 남겨 영원히 살고 있습니다. '예술은 길고 인생은 짧다.'라는 말이 실감 나는 대목입니다.

영상에서 가족 모두가 감사의 노트를 쓰면서 더욱 화목한 가정이 되고 불화하던 모녀가 저절로 친근해져서 엄마가 병까지 나았다는 것을 보고 나도 자식들한테 알려줘서 같이 해야겠다는 마음으로 이렇게 저렇게 써보라고 샘플을 만들어 주기도 했습니다.

요즘 종교 단체나 회사에서 어찌하면 좀 더 나은 환경과 좋은 세상을 만들까 하는 바람으로 일상생활 속에서 감사함을 찾아 노트에 적어보는 붐이 일고 있다고 합니다.
그런데 살다 보면 꼭 감사한 일만 있는 것은 아닙니다. 어쩌면 그 반대가 더 많을 줄로 압니다. 그런 일을 써 놓고는 끝마무리를 어떻게 할 줄 몰라서 그냥 끝냈는데 그래도 이런 경계를 주어서 마음공부를 하게 하니 감사한다고 쓰라고 원장님께서 말씀을 하시더군요. 그래서 무릎을 '탁' 치며 그렇게 마음먹었습니다.

이렇게 오래 하다 보면 우리의 심신은 신비스러워서 주변 환경과 마음 작용에 따라 이리저리 변화해간다고 합니다. 어려운 일이 있으면 숨 한번 크게 쉬고 돌리고 돌려서 마음속에 감사의 그림을 그리는 화가가 되어 보시기를 바랍니다.
이 감사의 노트 쓰기가 방방곡곡에 퍼져 나가서 나비효과가 되었으면 합니다. 감사합니다.

--「그래도 감사합니다」一部

미세한 공기 파동이 갈수록 힘을 받아 나중에 엄청난 결과를 가져온다는 나비효과는 나비의 단순한 날갯짓으로 미미한 날씨를 태풍으로 변화시킨다는 이론으로 일반적으로 작고 사소한 사건 하나가 나중에 커다란 효과(效果)를 가져온다는 의미로 쓰인다.

우리의 심신은 신비스러워서 주변 환경과 마음 작용에 따라 이리저리 변화해간다고 화자는 말한다. 힘들더라도 매일 한 줄씩 감사의 노트를 쓰다 보면 일기처럼 쓰게 되고 가족과 지인들도 감사의 노트를 쓰면서 화목한 가정이 만들어지기도 한다. 화자에게 관심을 가지게 되는 이유 중의 하나는 감사의 노트마다 신선한 자아의 깨달음과 관조적(觀照的) 메시지를 함축하고 있다는 점이다.

3. 맺음말

사람 나이가 이순(耳順)이 되면 '남의 말을 듣기만 하여도 곧 그 이치를 깨닫게 된다.'는 옛 성현의 말씀대로 청원 수필가는 대체로 만사(萬事)에 편안한 모습을 보이고 있다. 앞서 보도블록 틈 사이로 키 작은 풀들이 줄지어 돋아나는 풀들을 보면서 '그 틈 사이에서 주저앉아 구겨진 채 자라는 풀잎이 나였다면, 저리 묵묵히 견뎌내고도 아무 일도 없었다는 듯 얼굴'을 내밀 수 있을까 하고 묻는다. 화자는 사물을 읽는 시선이 정성스럽고 세밀하여 미미한 미물에도 눈길을 준다. 그러기에 더욱더 뜨거운 언어로 그들을 포용한다.

청원 수필가는 여러 작품에서 천성적으로 지니고 있는 효성의 기품을 모정(慕情)의 세계로 승화시켜 작품으로 나타내고 있다. 우리는 이런 마음속에 있는 보이지 않는 것들을 담아 말로 글로 마음 밖으로 내놓을 수 있다. 사랑, 미움, 슬픔, 분노, 증오심 등을 마음 밖으로 드러내 보일 수 있는 것이다. 추억과 과거의 온갖 체험도 끄집어낼 수 있다. 사람마다 표현을 달리할 뿐이다. 문인은 문학지나 작품집을 통해서 이를 표현한다. 청원 수필가 역시 자신의 마음속에 있는 온갖 상념과 추억을 맑고 아름답게 정화해 문학작품으로 빚어낸 후 자신만의 그릇에 담아 독자에게 겸허하게 내놓는다. 마치 좋은 음식을 손님 앞에 내놓는 것처럼 말이다. 풍부한 감성과 호소력(呼訴力)이 넘치는 작품들을 만나는 순간, 누구나 공감하게 된다. 나아가 끊임없이 정진하는 화자의 열정(熱情)과 가슴의 영혼을 독자는 잊지 않을 것이다.

일상에서 캐는 축복의 抒情 詩學

- 안순식 시집『엄마의 웨딩드레스』

1. 글머리에

단풍 따라왔던 가을 삭풍에 사라지고, 앙상한 나뭇가지 위에는 차가운 별이 반짝반짝. 문설주를 넘어선 찬 바람에 창을 여니, 소복이 쌓이는 시린 쌀가루. 별들이 눈발로 흩날리는 밤에 골목이 하얗게 덮이면, 화롯불에 구워 먹던 군고구마를 그리며 안순식 시인의 시 세계에 젖어본다.

초선(初敾) 시인의 시에는 따뜻한 인간적 체취가 물씬 배어 있다. 그리고 매우 진솔한 성품을 소유하고 있어 작품에 대한 시적 개성을 유감없이 발휘하고 있다. 하이데거의 글을 빌리면 우리가 사는 세계는 공동세계이며 다른 사람과 함께 활동한다는 것이다. 이렇게 더불어 사는 것을 인간의 특성이라고 지적하고 있다. 초선 시인은 세계의 사물과 자연 등에 대한 섬세한 성찰을 통해 그것을 시화(詩化)하고 있다. 눈으로 보고 가슴으로 읽고 카메라 렌즈는 물론 종교 언어도 탐색하여서 인지 시가 읽을수록 마음을 따뜻하게 하고 있다.

시인이 이야기하는 김해 진영 인근에는 듣기만 해도 신라시대 고찰(古刹)을 연상시키는 우곡사(牛谷寺)와 가야인의 불국토에 대한 염원이 서려 있는 여래 못을 품은 금병공원이 있다. 시인은 유교 정신이 깃든 집안으로 순흥안씨 집성촌을 이루고 있으며 조상을 그리는 영수당이 있어, 그리운 고향을 상기시키는 이 시집은 독자에게 연민의 상상력을 보이고 아름다움을 지닌 사물에는 존재론적 의미를 부여하고 있다.

2. 일상에서 얻은 성찰(省察)의 메시지

바람이 불 때마다
조마했던 마음
어째 잘 갔나 했더니

눈부신 벚꽃 순백의 목련을
앙큼하게 남겨놓은 상처

잊은 듯 무심하게
지내면 될 테지

넉장거리로 몰고 온
생뚱한 시샘
잔인한 돌풍까지 동반

라일락 모란은 어떡하라고
파르르 떨고 있는 연둣빛 꽃잎

--「꽃샘추위」部分

초선(初敾)의 「꽃샘추위」는 이른 봄에 눈부시게 피는 순백의 꽃들이 화사하게 피어나는 과정이 한겨울보다도 더 차가운 봄날의 추위를 거치고 나서야 핀다는 것을 일깨워 알리는 시이다. 그러니까 상반되는 세태 추이를 보이면서 봄에 일찍이 피는 아름다운 꽃들이 꽃샘추위라는 호된 홍역을 치르고서야 헤집고 나온다는 것을 깨우치게 된다는 것이다. 자연이건 인간이건 뛰어나게 존재하는 것은 그만한 어려운 과정을 치르고 나온다는 자연의 이치에 견준 교훈 시 같은 작품이다.

망 개울 너머
뭉게구름 흘러오고
살랑거리는 봄바람에
꼬물거리는 아지랑이

여전히 경쾌한 종달새 노래
멀리서 한낮의 암탉이
호들갑 떨며 알 낳는 소리

산그늘 내려앉는 동산 아래
살가운 햇살
새롭게 다가오는
영수당 재실의 의연함에
떠오르는 선대의 얼굴들

고스란히 느껴지는 고향의 봄은
예로부터 어머니의 포근한 얼굴

--「고향의 봄」部分

누구나 고향을 그리며 그 추억을 잊지 못한다. 고향을 자주 찾지 못하는 것이 오늘을 사는 우리의 현실이다. 화자는 고희(古稀)가 지나 그리움을 안고 고향으로 달려갔지만, 옛집은 간 곳 없고 뛰어놀던 친구들은 간데없는데, 뭉게구름과 봄바람이 살랑거리며 반긴다고 읊고 있다. 한낮의 닭 우는 소리, 영수당 재실에서 떠오르는 선대의 얼굴들, 빈집 지키는 동백나무에서 청량제 같은 그리움을 느끼게 한다. 이런 시인의 마음이 시를 읽는 이를 타임머신에 태워 고향 마을로 날려 보내 지난 추억으로 들어가게 한다.

이처럼 외적 체험의 현장에서 시적 성찰로 서정적 시 세계를 형상화하고 있는 초선 시인의 시의 의미를 좀 더 깊이 음미해 보자.

삶의 의미
그것은 오직
바쁘게 살아가는 것

세상사 온갖 걱정
내려놓을 수 있는 한낮의 선율

도닥도닥 창문 두드리는
굵은 빗줄기

부딪힘의 경계를
잠시나마 등지고

느슨히 들어앉아
유연하게 혼자 즐길 수 있는
비 오는 날의 행운

유난히 거친 폭우에
마음은 되려
명상으로 고요해져
훈훈한 시간
나만의 꽃을

피울 수 있어서 좋다.

--「비가 와서 좋은 날」 全文

창밖에 하염없이 비가 내린다. 빗줄기가 대지에 안기고 포도(鋪道)에 뒹굴어 하얀 포말(泡沫)이 시선에 그려져 아쉬움과 우수에 젖게 된다. 자연의 아름다움이나 웅장함보다 바람에 흔들리는 바람 소리에 취해 자신을 돌아보며 빗소리에 번뇌를 씻어내는 명상에 잠기곤 한다. 화자는 틈이 나면 여행지를 떠돌면서 감성에 부딪혀오는 자연의 메시지를 담아 자아 성찰(省察)에서 얻는 표현 기법을 동원하여 삶에 내밀한 감동을 가져다주고 있다.

비가 올 때마다 시인의 시상(詩想)이 내면 깊숙한 곳에서 울려 퍼졌고 스스로 성찰하면서 시적 언어로 예민하게 포착 서술하여 삶의 길을 걷고 있는 것이다. 나아가 빗속의 정서에 취하여 화자(話者)의 사랑을 되새기며 내일을 위해 오늘을 사는 삶의 여로를 그리게 된다.

토닥토닥 가을 빗소리가
나를 잠시 멈추게 한다

창문 캔버스엔 보석같이
물 머금은 투명한 홍시
소쿠리에 담고 싶은 달콤함
새들은 노래하며 쪼아 댄다

작년에 말린 노란 국화차
쌉싸름한 향기를 마시며

선들바람도 소식 들었겠지
오늘은 비가 온다고
방안에 머물며 그윽이 그려내는
이렇게 아름다운 가을을 말이야!

--「가을이 자꾸만 5 - 가을 빗소리」部分

이 시는 밝은 이미지를 중시하는 작품으로 가을 빗소리에 대한 자연현상적 심상을 사용하여 인간 삶의 모습을 다루고 있다. 빗소리 홍시 국화차 선들바람이 가을 분위기와 어우러져 애상적 쓸쓸함을 노래하고 있으며, 화자의 진솔한 모습은 독자에게 더욱 순수한 연민으로 다가온다.

즉 인간의 보편적 삶의 모습이 자연의 순리에 따르는 삶과 같다는 것이다. 마치 가을이 되어 비가 오고 바람이 불면 잎이 지는 것처럼 자연의 섭리대로 사랑하고 헤어지고 그리워하는 것이 우리의 삶의 모습이라는 것이다.

가을바람에 하늘거리는
들꽃들의 속삭임

강하면 강한 대로
들꽃처럼
사람도 자연스럽게
드러날 수 있는 사람

달빛에 눈 부신
흐트러짐 없는
본연의 가치

추석 때 덩그러니 뜬 달처럼
나에 대해
본질을 잃지 않으면
절대 싫지 않은 내가 된다

너무도 명백한 진상이
달빛 속으로 빠져드는 밤.

--「늦은 밤 달빛 아래서」 全文

이 한 편의 시를 선시(禪詩)로 읽고자 한다. 반낭만주의 시 운동으로 일상어를 사용하며 습관화된 표현의 거부, 새로운 리듬의 창조 등으로 이미지화하였기 때문이다. 선이란 언어로 표현할 수 없는 불입 문자가 아닌가. 선시 텍스트가 '달빛'인 것을. '본질을 잃지 않으면/ 절대 싫지 않은 내가 된다.' 화자는 그런 것이 인생이라는 것이다. 절대 진실을 노래하는 시가 그런 인생과 얼마나 다르랴 싶은 것이다. 놀랍게도 시인은 '너무도 명백한 진상이/ 달빛 속으로 빠져드는 밤.'을 노래하고 있다.

봄철 진달래꽃 필 무렵
별빛 쏟아져 내리는 개천가
종다리 소리 아름답게 들리고

밤이 되면 소쩍새 소리
들으며 잠을 청하고

여름이면 떼 지어 나온
개구리의 아우성
가갸거겨 읽는 소리가
잠을 설치게 하네

가을이면 휘영청 달 밝은 밤
줄지어 나는 기러기 떼 소리
겨울이면 문풍지 떠는소리 들으며
독서삼매에 빠졌던
그때가 왜 그리 좋았던지

엄마는 아서라
콧바람 쐬면 감기 들어
문틈의 작은 바람이 더 무섭다
이제 좀 자라

엄마의 낮고도 부드러운 목소리에
문풍지 떠는소리가 그립다.

--「그때가 그립다」全文

삶은 자연 안에 들어앉아 자연과 한 몸이 되어 자연의 마음으로 느끼며 생각하고 행동하는 것이다. 옛날처럼 인간과 자연이 함께하던 그 시절이 다시 오기를 열망하지만, 그런 날은 쉽게 다가오지 않고 있으며 어둠이 밤마다 찾아오듯이 추억과 그리움이 자연의 길조를 예고하듯 찾아오고 있다.

'봄철 진달래꽃 필 무렵/ 별빛 쏟아져 내리는 개천가/ 종다리 소리 아름답게 들리고// 가을이면 휘영청 달 밝은 밤/ 줄지어 나는 기러기 떼 소리/ 겨울이면 문풍지 떠는소리 들으며/ 독서삼매에 빠졌던' 화자는 자연을 향한 역동적인 표현을 이끌어내는 일에 힘을 더해주고 있음을 본다. 결국 이 시는 그리움이란 막연한 개념을 작품 속에서, 이렇게 끈질기며 죽이려 해도 사그라지지 않는 속성을 가지고 있다는 주제를 작품으로 승화시켜 놓은 것이다.

시는 가끔
잠을 청할 때
수면제

기억 저편을 몰고 오는
타임머신

눈과 마음을 세척해주는

청량제

내 손안에 삼라만상이
깃들어 우주가 놓인다

내 노후를 윤택하게 하는
생생(生生) 친구

아직도 청춘인
내 문학의 나이는 18세

--「우리는 친구」部分

안순식은 모든 사람을 시인이게 하는 시인이다. 자신의 직업을 시인으로 여기고 있고 즐거운 마음으로 작품 활동을 하고 있다. 시인의 사명이란 어디까지나 인간에 대한 인문주의적 사랑에 이르도록 구도자적 이미지를 가져야 한다고 인식하고 있는 것 같다. 그녀가 희망적인 시를 써서 발표하는 것은 무언가 끊임없이 삶을 향해 시적 창작의 필요성을 느꼈기 때문일 것이다. 아름다운 시적 묘사는 그 속에 행복의 길이 존재하기 때문이다.

「우리는 친구」에서 표출되고 있는 자의식은 멋스럽다. 시인은 가끔 배고플 때 후루룩 먹어 치우는 설렁탕 한 그릇과 시집 한 권의 값이 비슷하다는 것은 모순이라고 항변하고 있다. 화자는 한 편의 시에 이 시대에 꼭 필요한 메시지를 함축하여 진리적 깨달음을 내포한 시를 쓰고 있다고 단정하고 있다. 시는 가끔 수면제 역할을 하고, 타임머신을 통해 오래된 기억을 재생시켜주고, 눈을 아름답게 해주는 청량제 역할도

하고 우주를 내 손 안에 담아보기도 한다. 때로는 친구나 연인이 되어 주는 초선 시인의 문학 나이는 낭랑 18세. 게다가 값만 써 놓았지 정신적 배고픔을 해결해주는, 백 편의 시가 들어 있는 시집 한 권이 공짜라고 말하고 있다. 그러나 그녀는 공짜라도 좋으니 정체성이 확립된 좋은 시를 많이 썼으면 좋겠다고 한다.

식구들의 밥 먹는 소리
책 읽는 소리는 천상의 합주

아이들의 재롱과 질문에 퍼포먼스를 날리며
종종 들려오는 친구의 고향 소식에
그리움 실어 나르며

화려한 꽃들의 유혹도 좋으련만
외진 곳 숨어 핀 풀꽃과
납작 앉은 민들레의 묻어나는 정

차 한 잔에 명상을 하며
나를 바로 보는 충만한 시간

많이 갖고 목말라 사는 것보다
일상의 작은 것에 만족하는
내가 되어 좋은 지금

하고 싶은 일을 하면서 사니
더욱더 편한 현재(現在)
행복은 가까이에서 내가 만들어 간다.

--「행복은」全文

초선 시인이 인용한 행복은 자신을 상징하고 있는 동시에 온 생애를 두고 화자가 만나는 행복한 모습을 형상화하고 있다. 그런 점에서 시인의 작품 방향을 조금은 이해할 수 있을 것 같다.

시인이 즐겨 찾는 곳에는 자신만이 느끼는 기쁨과 은밀한 행복이 있다. 그곳은 춤추는 홀도 아니고 조명 불빛 아래 비틀거리는 술집도 아니다. 달그락거리며 식구들과 밥 먹는 소리, 낭랑하게 글 읽는 소리 들리는 집에서 차 한 잔으로 명상을 하며 여유로운 시간을 갖는 것이다. '많이 갖고 목말라 사는 것보다/ 일상의 작은 것에 만족하는/ 내가 되어 좋은 지금'에서 많은 사람을 깨우치게 하는 불자로서 '행복은 가까이에서 내가 만들어' 가고 싶다는 정신적 의지가 작품 속에서 표현되고 있어 절창의 작품을 탄생시키는 기대를 하게 된다.

3. 맺음말

초선의 다양한 원고를 읽으면서 작가의 의식이나 가치관에 대한 소명 의식과 우월적 자부심을 느낄 수 있었다. 대다수 시인은 체험적 사건들이나 사물에 자신의 정서를 투사하면서 거기에 부합되는 성찰의 메시지를 담아내려고 노력해 왔다. 일상에서 캐는 소재는 평범한 것에서 찾아냈지만 내포된 진리는 깊다. 화자의 시에는 대체로 절망이나 슬픔, 불만, 허무적 색채들을 찾아보기가 어렵고 자신만의 분명한 시적 주제가 설정되어 있다.

인생은 단 한 번의 삶의 기회가 있다. 한 번 실패한 삶이라고 해서 한

번 더 기회를 달라고 부처님을 향해 요구할 수는 없다. 단지 살아 있는 동안에 서로 사랑하고 존중하고 베풀면서 행복해지기 위해 기도를 할 수 있다. 이것이 불자 안순식의 깨달음이다. 이 깨달음이
화자가 시를 사랑하고 시를 읽는 모든 사람을 사랑하는 계기가 되었다. 나아가 베풂을 주제로 의미 있는 시를 쓰는 서정 시인으로 자리매김하고 있다.

審美的 영상으로 승화한 시 세계

- 노희남 시집『노인과 낙엽』

1. 글머리에

작가가 쓰는 시는 삶의 예찬이 되어야 한다. 좋은 시 작품은 좋은 생활을 하는 자에 의해 만들어지는 법이다. 시는 일상의 체험에서 인식된 발견이며 삶의 현장에서 시적 경험을 아름답게 그려 담는 그릇이다. 좋은 생각을 어떤 형태로든지 밖으로 표출했을 때 좋은 시가 탄생하는 것이다. 누구나 '사람은 무엇으로 사는가, 어떻게 살 것인가?'라고 한 번쯤은 삶의 과정에서 시인이 되고, 수필가 소설가가 되어 아름다운 삶에의 꿈을 꾸게 되는 것이다.

시인이 가고자 하는 미래를 그리며 욕망에 얽매이지 않고 무념무상으로 한적(閑適)을 추구한다. 깊은 수면, 강렬한 스트레칭, 맛있는 음식과 가볍게 대작하고 유유자적(悠悠自適) 삶의 꽃을 피우며, 노희남 시인의 시 세계를 그려 본다. 취당 시인은 어린 시절부터 틈틈이 글쓰기를 좋아하였을 뿐만 아니라 60대 시절에도 보이지 않게 문학이 불모지인 환경 속에서도 틈틈이 글쓰기를 멈추지 않아 오늘날에도 그 흔적을 드러내고 있다. 시인의 작품은 이뿐만이 아니라 유년 시절 가난의 체험과 노후의 외로움에서 오는 순수하고 아름다운 사랑으로 치환하여 충족되고 있다.

노희남 시인은 희수(喜壽)의 고갯길에 가깝게 이르러 문단에 데뷔했다. 첫 시집의 출간이 늦은 감이 없지 않지만, 시 등단에 이어 수필 신인상과 시 문학상을 수상하고 등단한 지 1년도 되지 않아 처녀 시집, 『노인과 낙엽』을 출간하게 되었다. 노희남 시인의 시에서는 절망과 슬픔 그리고 비극과 같은 내용은 찾아보기가 어렵다. 시인은 오랜 기간 창작 활동을 잊고 생활해 왔지만, 화자의 원고를 읽으면서 시인의 의식이나 가치관에 대한 투철한 소명 의식과 자부심을 감지할 수 있었다. 나아가 좋은 시를 쓸 수 있는 수련 과정을 거치고 있어 기대가 된다. 비범한 시적 세계를 그려내고 있는 취당(翠塘)은 미래에 희망을 두고 창작 활동을 하는 독특한 인생 행보를 보이고 있다.

2. 시적 소재의 다양성과 성찰의 메시지

지난봄
파릇한 새싹이
여름이란 친구 만나
푸르게 녹음되어
하늘을 가리더니

한 올도 걸치지 않고
내년 봄 새 생명을 위한
밑거름이 되어주고

스스로는 엄동설한

봄을 알리는
천사 같은 전령사로
계절을 순회하는
지고지순의 그들 나무여라.

--「나무」部分

위에서 인용한 시 「나무」는 화자 자신을 상징하고 있는 동시에 우리가 사는 인생을 상징하고 있다. 지난해 산행길에서 새싹이 녹음되어 하늘을 가리고 이어 울긋불긋 단풍 옷 벗어버리고, 엄동설한을 맞는 나무가 보통 나무가 아니라 무지한 인간을 깨우치는 전령사로 보였다고 시인은 표현하고 있다. '여름이란 친구 만나// 단풍 옷 벗어버리고' 등 계절을 의인화시켜서 천사, 전령사로 묘사하고 있다는 점에서 첫 시집을 내는 신인답지 않은 노련함이 돋보인다.

사계절 앞에 서서 시인의 눈으로 사물을 깊이 관찰하려는 의지는 문자의 향연을 넘어 작가의 정신적 의지와 사명감을 작품 속에서 표출시키고 있다. '봄을 알리는/ 천사 같은 전령사'에서 말을 못 하는 나무가 인간을 깨우치는 구도자로 인식하고 있다는 것은 시인의 직관과 투시력이 대단하다고 볼 수 있다. 따라서 화자는 세상을 무의미하게 살아오지 않았고, 뚜렷한 소신과 아름다운 인생관을 지니고 있다 하겠다.

저 멀리 수평선에서
어깨동무하고
바닷가 다다라

더 갈 수 없으면
잔잔했던 그 모습이

싸움꾼으로 돌변
묵묵히 서 있는 바위에
맞서다 산산이 부서지며
거품으로 사라진다

자연의 조화로 이해하고
아름다운 모습으로
승화시켜 바라본다면
그 모습 더 아름답겠구나.

--「수평선」部分

하늘과 바다가 멀리서 맞닿아 경계를 이루는 선을 보고 느끼고 생각한 것을 시로 아름답게 승화시켜 놓았다. 바닷가 저 멀리서 붉은 해가 수평선 아래로 서서히 지고 위로는 주황색 뭉게구름이 띄엄띄엄 수놓고 갈매기들이 한가로이 날고 있다.

자연물인 수평선을 인간에게 비교해놓아 독자의 사고를 매우 아름답게 끌어내고 있다. 수평선도 멀리서 보면 평온하고 아름답게 보이지만, 가까이 다가가 보면 파도가 삼킬 듯 위험스러워 보인다. 우리 인간관계도 수평선처럼 멀리서 바라볼 때가 희망을 주고 행복과 휴식을 준다는 논리를 화자는 펴고 있다. 시인의 시적 발상이 예사롭지 않다. 지나간 일을 되풀이하여 음미하는 자세가 돋보이는 작품이다.

떠돌던 사람
고향의 추억은
어디서 찾을까

유년 시절
전남 함평 땅에서
초근목피로

청년 시절
서울 이곳저곳
떠돌이 생활

가정을 이루고
아들딸 갖게 해 준
지금의 이곳

50여 년 살아온
이곳 포천 땅이
별다른 추억은 없어도
나에게는 또 다른 고향인 듯.

--「내 고향의 추억」部分

취당 작가의 문학을 논하는 데 있어서 그 실마리가 되는 것은 고향(故鄕)이다. 희수(喜壽)를 맞이하여 창작의 열정이 깃들여 있는 이 시는 그의 시적 출발의 열쇠가 된다.

시인은 작품을 통하여 고향에서의 출발과 인생의 전 과정을 폭넓게 노래하고 있다. 나아가 또 다른 고향을 그리워하는 정감의 시가 눈길을 끌고 그 자신의 개성을 엿볼 수 있는 시가 산재해 있다고 하겠다. 그리움을 생생하게 드러내는 시, 성장하면서 추억을 아름답게 구사하며, 험난한 시대를 거쳐 온 시(詩) 정신은 삶의 원동력이 되었을 것이다.

없어서는 안 되는
모든 생물의 생명수
가뭄에는 최고의 보물
홍수에는 천재지변

어쩌면 우리가
무심코 지나치는
지구환경 오염시킨
때가 올 것이다

준 만큼 받는 것은
당연한 계산법
재앙 받는 대기오염
누가 누굴 탓할 것인가!

--「물」部分

물은 묵시적으로 그리움을 낳는다. 우리가 사는 세상은 온통 물로 이루어져 있다. 높은 산에서 출발한 물은 계곡에서 돌 틈 사이를 휘돌아 저수지에서 잠시 머문다. 화자는 잠시 이 물의 머뭇거림을 알아차리고 그 속내를 끄집어내어 물과 무한한 이야기를 나눈다.

지구 온난화는 바로 물로 연결되어 있다. 빙하가 녹아 육지가 물로 잠식되고 있다. 가뭄과 홍수가 예전과 같지 않아 천재지변으로 인간의 생명과 재산을 앗아간다. 이는 인간이 자연을 훼손한 것에 대한 자업자득이요, 뿌린 대로 거둔다는 진리를 보여주고 있는 것이다. 화자의 시는 저수지에서 잠시 물이 머무르듯 인간의 몹쓸 그 발원지를 한번 더듬어 보고 싶다는 욕구 본능으로 우리 인간의 회귀본능을 자극하고 있다.

올해는 악연과 동행
무슨 한이 그리도 많아
아직도 떠나지 않고
우리를 괴롭히는 코로나-19

이름도 낯선 데
하는 짓도
무형 무취 무증상까지
무엇이 아쉬워 못 떠나는가

그동안 아픔 너무 많아
새 백신 나오기 전
왔던 길 알고 있을 테니
인제 그만 작별하자꾸나!

--「악연과 동행」 全文

우리는 꽃피는 시절이 오면 '봄 처녀', '봄날은 간다'라는 노래부터 떠올린다. 이런 노래가 들리는 곳이면, 어디든지 누구에게나 무릉도원이다. 발그레한 진달래꽃이 피는 산야는 시인이 꿈꾸는 유토피아일 수도 있다.

어쩌면 지금 코로나-19 위기는 인간들이 너무 쉽게 빈틈없이 밀착하여 지냈기 때문일지도 모른다. 코로나-19가 저 멀리 사라져 없어질 때까지 우리에겐 미래를 꿈꾸며 사회적 거리 두기가 필요할 것이다. 인제 그만 작별할 때가 된 것 같다. 코로나-19가 무엇을 아는지 지상에 올 때 인간에게 선물로 마스크를 가지고 왔다. 코로나-19가 없어져도 질병과 황사 예방 차원에서 어색하지 않게 우리는 마스크를 착용할 수 있을 것이다.

남은 시간
얼마일지 몰라서
조급해지는 마음

붙잡을 수도 없고
돈 주고 살 수도 없으니
아쉬운 마음만 가득

가는 세월
그 누구도 어쩔 수 없고
따라가야만 하는 길

누구라도
끌려가듯 밀려가듯
갈 수밖에 없는 길이어라.

--「갈 수밖에 없는 길」 部分

우리 인생은 세월 속에서 꿈을 안고 살아간다. 영롱한 아침이슬처럼 세월은 때로는 황홀하게 흘러가기도 한다.

위의 「갈 수밖에 없는 길」은 해가 저물 무렵 즉 나이가 들어 세월이 흐를수록 '조급해지는 마음'에 쓸쓸함이 더해져 화살 같이 빠른 세월을 붙잡을 수가 없어 따라만 가야 하는 아쉬운 마음을 진솔하게 묘사한 시이다. 여기서 주목되는 시적 모티프는 '끌려가듯 밀려가듯'과 '갈 수밖에 없는 길'이다. 이들의 유기적인 관계가 만들어내는 시인의 정서는 이 두 가지를 통해 느끼게 되는 시인의 마음일 것이다.

추억을 위해

오늘을 위하여
어제의 역사는
지난밤과 함께

동창의 밝아옴에
이 몸의 꿈틀거림
자연의 섭리일까

아니면 습관일까
내일의 추억을 위해
오늘의 역사 출발을

어제와 내일의 징검다리
그 속에 후손들 보고 배울
나침판을 그려보자.

--「징검다리」全文

시인은 우주의 시간과 자연의 무한성에 비하여 자신의 생명이 유한하고 죽음을 통해 흙이 될 숙명임을 예감하고 있다. 특히 희수(喜壽)의 나이에 이른 작가의 입장을 감안하고 또 인간 존재의 유한성을 시간 개념에서 파악하며 '문학이란 진정 무엇인가, 왜 존재해야 하는가!'일 것이다. 문학의 역할은 무엇인가? '어제와 내일의 징검다리/ 그 속에 후손들 보고 배울/ 나침판을 그려보자'일 것이다. 주어진 현실을 극복하고 미래의 삶을 펼치는 데 도움을 주려는 것이다.

인간은 언젠가 올 죽음을 예감하며 그 숙명성에서 벗어날 수 없지만, 때로는 작가로서 문학이라는 예술을 가슴에 품고 영원히 사는 것을 꿈꾸어 보기도 한다.

3. 맺음말

인간의 육신을 한 줌의 흙 또는 집으로 보는 것은 종교의 오랜 가르침이라 할 수 있다. 언제부터인가 눈부심이 사라지고 여기저기 고장이 나서 자신이 점점 변해가고 있는 것이다. 즉 인생이란 찬란했던 삶이 흙으로 돌아가는 과정에 다름 아닐 것이다. 그 가운데 시는 아름답고 신비로운 예술의 원형이다. 그 호소력은 강렬한 여운으로 남아 읽는 이의 가슴에 녹아든다. 그래서 문학을 사랑하는 사람들은 아름다운 글 한 편에 행복해하고 공감하게 된다. 노희남 시인의 시 한 편 한 편에서 보듯 일상의 일들을 겪고 난 후의 깨달음과 달관의 경지에 닿을 듯한 시적 태도가 진솔하게 드러난다. 크게 기교를 부리지 않고 순수 그대로 직관과 관조를 통하여 시상(詩想)을 함축해내는 솜씨 또한 놀랍다. 시인의 이런 경험에서 우러나오는 시적 구성이 새로운 사유의 심미적(審美的) 서정으로 이어져 독자에게 보는 시각을 넓혀주고 있다.

시인의 시가 쉽게 읽히면서도 감동적인 것은 강렬한 시적 모티프에 의해 농축된 시상에 원형적인 정서가 자연스럽게 녹아 있기 때문이다. 즉 시는 시인의 목소리를 담아낼 때 개성의 한 단면은 시의 성공적 요소와 관성의 길을 걷게 된다. 취당 시인은 시어 선택, 수사법, 이미지의 암시성이 군더더기 없이 깔끔하다. 긴 세월 밝은 심성과 신실한 삶의 태도로 살아온 작가 정신에서 독자들은 정직하게 자신의 삶을 바라보고 영혼의 정화가 뒤따르기를 기대할 것이다. 시인 자신의 깊은 사려에서 탄생한 시들은 시마다 정성이 깃들어 있고 소재(素材)와 주제(主題)에서 우러나오는 인생의 깊이를 함축해내는 솜씨도 놀랄만하다. 노희남 시인은 연만(年滿)한 나이에도 왕성하게 가정과 사회에 나름의 역할을 하고 있다. 노희남 시인이 꿈꾸는 밝은 세상을 상상하며, 그의 시가 들려주는 따뜻한 목소리에 독자들은 큰 위로를 받을 것이다.

생활의 성찰(省察)과 서정적 진실

- 이성희 시집『아무 일도 없다는 듯이』

1. 글머리에

작고 예쁜 야생화. 한여름 무더위 이겨내고 산책로 주변 연못가에 저마다의 몸짓으로 앙증스럽게 피어 있는 부처꽃을 그리며, 이성희 시인의 시 세계를 그려본다. 이성희는 초·중학교 시절 귀엽고 웃음이 많아 동네 어른들로부터 칭찬을 많이 받은 귀염둥이 소녀였다. 화자는 어려서부터 틈틈이 글 읽기를 좋아하였을 뿐만 아니라 젊어서부터 시작한 직장생활을 한결같은 마음으로 한길을 가고 있는 가슴이 따뜻한 시인이다. 회갑에 즈음하여 여성으로서 하기 힘든 새 사업을 시작하여 지혜롭고 용기 있는 여인으로 알려졌다. 일평생 경제활동으로 늘 바쁜 그녀는 이 어수선한 현실에서 몸과 마음을 가다듬어 책과 객관적인 거리를 유지하며 내적 성찰과 관조에 의한 존재의 탐구에 노력을 기울여 왔다.

지난 시절 보이지 않게 문학이 불모지인 환경 속에서 글쓰기를 멈추지 않아 오늘날에도 그 흔적을 드러내고 있다. 고향의 추억, 자연에 대한 관찰, 삶의 고찰 등을 작품으로 담아내는 시인은 작가의 내면세계를 직관적 감성으로 쉽고 겸손하게 풀어내는 모습 또한 아름답다. 시인은 언어능력이 탁월할 뿐만 아니라 시적 발상 또한 놀랍다. 지천명을 지나 꾸준한 습작으로 시 부문 신인상을 수상한지 1년이 지나자 첫 시집 『아무 일도 없다는 듯이』를 발간하게 되어 기쁘기 그지없다. 돌아보면 시인은 그사이 수필도 등단하여 시인 수필가로 거듭나게 되었다.

작가가 나름의 노력으로 하나의 작품집을 갖게 된다는 것은 매우 기쁜 일이다. 대부분 그러하듯이 재영 시인도 생활의 서정을 통해 인생에 대한 관조적 태도를 견지하고 오늘의 현실을 미화시키려는 노력을 시심(詩心)으로 표출해 나가고 있다 하겠다. 오랜 직장생활을 통하여 인간 존재의 허무와 한을 극복하려는 그녀의 작품에는 재영(栽榮)만의 독특한 시 세계가 자리 잡고 있어 기쁨을 확인하는 시적 성취를 이루고 있다.

2. 삶의 길과 성찰의 메시지

시골 깡촌 내 고향에
봄이 오면
울타리에 죽순이 자라고
비가 오면
죽순은 시절을 만난 듯
하루가 다르고

만삭의 아낙네
죽순을 잘라

끓는 물에 살짝 데쳐
조물조물
시부모 점심상을 차리고

산고 끝에
나를 낳으셨다는
고향의 대나무밭은 사라지고

그 자리에 아파트 숲

내 고향은 슬프다.

--「나의 고향」全文

고향을 바라보는 시적 안목(眼目)은 작가의 심적 상황에 따라 여러 가지로 나타날 수 있다. 여기서 시인은 봄이 왔음을 반가워하면서도, 인간들이 탐미하고 있는 어쩔 수 없는 현실적 상황의 묘사로서 시인의 속마음이 잘 나타나 있다고 할 수 있다. 즉 시인의 고향 정경은 대나무밭의 죽순처럼 봄을 통해 세월이 흐르듯이 지난 그리움을 그림 펼치듯 이야기하고 있다.

고향의 대나무밭은 「나의 고향」의 주요 텍스트이기도 하지만, 향수를 떠올리게 하는 시인의 고향 이미지이기도 하다. 누구나 고향의 추억은 우리 인생에서 무엇과도 바꿀 수 없는 보물이며 그 추억을 잊지 못한다. 이 보물을 소중히 간직하고 아름답게 노래하는 시인이 있어 고향이 더욱 그리워지는 것은 아닐까? 그러나 고향을 자주 찾지 못하는 것이 오늘을 사는 우리의 현실이다. 세월이 흘러 재영 시인은 그리움을 안고 고향으로 달려갔지만, 대나무밭은 흔적도 없고 친구들은 간데없는데, 그 자리에 황량한 아파트만 숲을 이루고 있어 슬프다고 했다. 이런 시인의 마음이 독자에게 고향을 그리며 지난 추억으로 돌아가게 한다.

안국동 네거리 이층집
지하도
2층도
다락방도

오밀조밀
미묘하게 꾸며 놓고

안국동 네거리가
빤히 보이는 창가에
앉아서

한없이
그대를
기다린다.

--「별 다방 미스 리는」全文

「별 다방 미스 리는」의 제목에서 느낄 수 있는 감성은 풍요롭거나 여유롭지는 않지만, 뭔가 매혹적인 느낌에 이끌린다. 시인은 시에 대해 깊고 넓게 숙고한 듯, 예술의 거리에서 볼 수 있는 삶에 대한 사색(思

索)의 마음 자세가 스며 있다. 시인은 인생살이의 괴로움과 애처로움 그리고 쓸쓸함까지도 감정의 기운으로 새삼 뜨겁게 흐르도록 되살려 읊조리고 있다.

재영(栽榮) 시인은 대체로 길이가 짧은 시를 즐겨 쓴다. 그녀는 오래전부터 시가 좋아 적지 않은 시들을 읽고 쓰고, 스스로 기쁨으로 새기면서 시가 무엇인지를 자문자답하며 시를 사랑해 왔음을 엿볼 수 있다. 시란 가능하면 짧은 진술에 함축된 철학과 단단한 구성력(構成力)을 지닐수록 좋다. 그러한 의미에서 시인의 이 시는 감각적 이미저리, 잘 짜인 구성력, 참신한 상상력이 하나로 결집하여 이루어진 참으로 보석 같은 작품이다. 그것만이 아니다. 이 시의 마지막 연, '한없이/ 그대를/ 기다린다.'와 같은 구절에는 인생에 대한 시인의 내적 성찰(省察)이 예리하게 드러나 있다.

맑은 저녁 달빛이 창문 밖에서
날 반기네
청아한 너의 모습
엄마를 닮았을까
아빠를 닮았을까
아가를 닮았을까

맑은 빛으로 우리를 감싸며
창문 밖에서 우리를 부르는 듯
창문으로 날마다 기웃거린다

그리움인가

어느 날에는 초저녁에
한밤중에
새벽녘에
못 잊어서
보고 싶어서
우리 집 창밖에서
날마다 기웃거리네.

--「그리움」 全文

재영 시인의 이 시는 그리움을 근거로 출발하고 있다. 그녀의 향수 짙은 그리움의 정서가 감각적 시어로 짜임새 있게 엮어져 미적 감동을 환기하고 있다. 나아가 시인은 유년 시절에 대한 체험을 시적 감정으로 잘 표출해내고 있다. 그리하여 그녀의 시편들은 삶의 기본에 대한 인간의 따뜻한 사랑을 높게 그려내고 있다.

시인은 누구나 삶의 근거지를 바탕으로 글을 쓰지만, 화자의 시편들은 인간 삶에 대한 정서적 감정을 매우 산뜻하게 드러낸다. '어느 날에는 초저녁에/ 한밤중에/ 새벽녘에/ 못 잊어서/ 보고 싶어서/ 우리 집 창밖에서/ 날마다/ 기웃거리네.' 이는 애틋한 삶이 작품 창작을 이끌어가는 주된 뿌리가 되고, 누구에게나 필연적으로 그리움이 쉽게 찾아온다는 것을 말하고 있다.

구름 한 점 없이
고요한 밤
적막을 깨는 찬 바람이 불어오고

시커먼 구름
보름달을 가리니
슬프기 그지없고

달의 모습 지켜보던 바람
구름을 친구 삼아
여행을 떠나고

맑은 하늘에
커다란 달님
창문을 두드린다

창문을 열어주니
밝은 달빛
방안 가득 비추며
소곤댄다
밤새워 친구 하자고.

--「보름달」全文

이 시는 달에 대한 관심으로부터 시작하여 보름달에 대한 애착심으로 이어지는데 이 과정에 작가의 '그리움'이 점차 드러나고 있다. 자세히 읽어보면, 화자는 이 글에서 보름달에 '커다란 달님'과 '밝은 달빛'이라는 상징적 의미를 부여함으로써 자신의 고향에 대한 그리움을 그려내고 있다. 여기에 달을 친구로 끌어들이는 화자의 지적인 사유(思惟)가 돋보인다.

'창문을 열어주니/ 밝은 달빛/ 방안 가득 비추며/ 소곤댄다/ 밤새워 친구 하자고.'에서 창문을 열어주고 달빛과 밤새워 친구 하자고 말하는 것은 어린 시절 고향에 대한 사랑과 그리움이 담겨 있기 때문이다. 즉 화자의 기억 속에 고향에 대한 상상의 아름다움이 숨겨져 있어, 고향이 더욱 그립고 '적막을 깨는 찬 바람'이나 '시커먼 구름'도 더욱더 아름답게 보이는 것이다.

아침 기온 영하 18도
엄마 추우실까 봐
보일러 온도를 올려놓고
일터로 출발

퇴근해서 집에 오니
집안이 후끈후끈

추워서 잠을 깨고
추위에 뭉그적뭉그적
보일러 상태를 보니
앗!
보일러가 꺼져있네

우리 엄마 고백
딸 추울까 봐 보일러 켜주신다는 것이
그만 끄셨네
엄마의 빗나간 사랑.

--「빗나간 사랑」 全文

재영 시인의 첫 시집에는 언제나 '기다림' 혹은 '그리움'이란 시어가 곳곳에서 보인다. 이런 시어는 결국 사랑과 평행선을 긋고 있음을 볼 수 있다. 이 사랑은 영혼의 육성으로 가슴 깊이 새긴 괴로움을 극복하고 있으며 세상을 새로운 눈으로 보게 한다. 우리는 심오한 사랑을 통하지 않고는 꽃을 꽃으로 보지 못하고 삶의 행복과 불행을 바로 볼 수가 없다. 화자의 시는 상황을 차분하게 직시하는 시인의 정서가 시에 적절히 이입되어 시적 효과가 극대화되고 있다. 모녀간에 눈빛으로 대화를 하듯이 하나의 관념, 하나의 정서로 시상이 잘 융합되어 그녀의 시는 생명 있는 언어로 말하고 감명을 주고 있다. 비록 빗나간 사랑이라고 하지만, 시 작품을 통해 모녀간의 사랑을 더욱더 공고히 하고 있다.

얼른 일어나라 잔소리하고
일찍 들어오라 잔소리하고
술 조금만 먹으라고 화내고
공부하라 잔소리하고

보글보글 끓는 된장찌개 간을 보며
식구들 생각에 미소 짓고
양말 세탁기에 넣으라고 소리 지르고
방 어질러 놨다고 화내고

이렇듯 부질없는 일들이
내가 존재하기 때문이 아닐까
자식이 존재하기 때문이 아닐까
남편이 존재하기 때문이 아닐까

늦은 밤
환히 불 밝혀 놓고
하하 호호.

--「행복」全文

화자가 존재하는 곳에는 자신만이 느끼는 만족과 보편적 행복이 있다. 거기엔 사람에 따라 행복의 개념이 다르고 느끼는 감정도 같을 수가 없다. 재영 시인이 느끼는 일상적 행복은 소박하다. 이 땅에 태어나서로 사랑하는 가족이 있어 행복하고 힘들지만, 일상적 생활을 할 수 있어 행복한 미소를 짓는다. 마음을 비운 시인의 여유로움과 인생의 참 의미를 느끼게 하는 화자의 행복은 오늘을 버둥대며 살아가는 이들에게 행복이란 어떤 것인지를 잘 말해주고 있다. '늦은 밤/ 환히 불 밝혀 놓고'에서 시인은 그 행복을 놓치지 않고 잘 포착하고 있다.

보고 싶은 사람 있어 기차를 탄다
그리운 사람 있어 기차를 탄다
그 사랑 흔적을 찾아 기차를 탄다

아!
이 가을을 어떻게 보내라고
훌쩍 가버린 사랑

몰래 한 사랑도 아니었는데
불타는 사랑도 아니었는데
가버린 사랑

함께하고 싶은 것이
무던히도 많았는데

검은 머리 파뿌리 되자
약속해 놓고
사랑한다는 말도 못 했는데
떠나간 사랑

보고 싶은 사람 있어 기차를 탄다
그리운 사람 있어 기차를 탄다
사랑한다는 말을 하려고
기차를 탄다.

--「사랑의 고백」 全文

위 시에서 화자의 사랑에 대한 객관적 인식이 여실히 드러나고 있다. 즉 사랑에 대한 감정은 연령을 초월한다는 것과 사랑의 대상이 변하지 않는다는 것이다. 그리움의 연속에 존재하게 되는 욕망과 허무, 그 고통으로 인해 시의 세계로 접근하는 길은 고독하다. 이에 화자는 끝끝내 운명으로 받아들이는 듯한 삶의 단편을 보인다. 즉 삶의 과정에서 시인은 나름의 절박한 사랑을 그리워하며 그 꿈을 포기하지 않는다.

시인은 아픔을 잊고서도 사랑의 대상을 바꾸지 않고 고독하게 살아왔다는 것을 그리고 있다. 그 사랑은 과거의 추억 속에서 시공을 초월하여 세월이 흘러도 그녀의 가슴속에 그림자처럼 각인되어 있다는 것이다. 시인은 여기에서 슬픈 사랑이라도 사랑은 그 자체가 아름답다는 것을 보여주고 있다.

3. 맺음말

시인 이성희의 시편들을 일별하면, 고독이라는 시어를 구체적으로 나타내어 우리 모두에게 그리움을 향한 목마름을 적셔주고 있다. 세월이 흐르며 화자는 그 고독 속에서 고독이라는 추상적 개념을 일관되게 시의 주제로 파헤치고 있다. 시인이 추구하는 고독은 노후의 삶을 더욱더 깊게 하여 진실한 자아를 만나려고 하는 즐겁고 유익한 고독이며 그녀를 원숙한 삶으로 이끌어주는 청량제가 되기도 한다.

사실 재영의 작품집 어느 곳에 눈이 머문다 해도 다 마음이 가고 감동이 넘친다. 우리가 시를 창작할 때 소중하게 여겨야 할 것은 독자와의 소통이다. 시인은 보편적 생활을 통찰하면서 그 가시적인 현실을 잔잔하게 바라보며 의미 있는 문학 공간을 이루고 있음을 볼 수 있다. 나아가 이 시집은 소외된 삶의 애환을 공들여 시화하고, 지나간 세태를 바라보는 시선의 아름다움을 따뜻하게 갈무리하는 작품도 함께 묶고 있어서 생활에 시달리고 부대끼는 우리의 탁한 마음을 맑게 정화해 그녀의 시적 상상력을 한결 돋보이게 하고 있다.

인간의 사랑은 아름다운 고뇌 앞에서 목말라 걸어갈 수밖에 없을 것이다. 우리 모두의 간절한 바람, 본질적인 사랑이 이성희의 시 곳곳에서 아름답게 나타나고 있다. 발간을 축하하며 다음 시집 또한 기대한다.

꿈과 눈물로 빚어낸 사랑의 메타포

- 민경옥 작품집『고목에 피는 꽃』

1. 글머리에

가느다란 나뭇가지에 타원형 녹색 이파리가 여기저기 맹아(萌芽)로 돋아나, 꽃잎이 받침 되고 받침이 꽃잎 되어 서로 한 몸으로 자주색 꽃을 피워 올리며 그윽한 향기 흩날리는 봄을 그리며, 민경옥 시인의 시 세계를 그려본다. 무릇 시인들은 그동안 삶을 살아오며 좋은 일과 더불어 가슴에 맺힌 한과 외로움이 많아 이것을 극복해 가는 데는 시(詩)만큼 더 좋은 것은 없으리라.

한별 시인은 고희(古稀)를 지나 산수(傘壽) 고개를 넘기면서 보이지 않게 어려운 환경 속에서도 글쓰기를 멈추지 않아 오늘날에도 그 흔적을 드러내고 있다. 고향의 추억, 자연에 대한 관찰, 삶의 고찰 등을 작품으로 담아내는 시인은 작가의 내면세계를 직관적 감성으로 쉽고 겸손하게 풀어내는 모습을 보여주고 있다.

민경옥 수필가는 고희를 지나 꾸준한 습작으로 시 부문 신인상을 수상한지 1년이 지나자 첫 시집 『늦게 뜬 별』을 발간하게 되어 기쁘기 그지없다. 돌아보면 시인은 그사이 수필도 등단하여 시인 수필가로 거듭나게 되었다. 희수(喜壽)를 지나 시집, 『녹슬지 않는 꿈』과 수필집, 『나의 작은 우주』를 발간하였고 문학상 본상과 대상 그리고 작가상과 공로상을 받아 중견작가로 명성을 얻게 되었다.

작가가 나름의 노력으로 여러 작품집을 갖게 된다는 것은 매우 기쁜 일이다. 오늘날 사건이 많은 사회적 상황에서 문인들이 미수(米壽) 성상(星霜)에 이르기까지 숱하게 어려운 고비를 넘겨 왔음을 우리는 기억해야 할 것이다. 산수를 지나며 문학사에 남을 시와 수필을 곁들인 문학 작품집을 남기겠다는 결심으로 또 한 권의 책으로 상재(上梓)하게 된 시집, 『고목에 피는 꽃』에는 한별 수필가의 인생역정이 잘 펼쳐져 있다. 무기력한 삶을 살아가는 사람들에게 밝은 심리를 그려 인간관계에 대한 좋은 인식을 심화시키는 작품이라 하겠다. 또한, 민경옥 시인도 생활의 서정을 통해 인생에 대한 관조적 태도를 견지하고 오늘의 현실을 미화시키려는 노력을 시심(詩心)으로 표출해 나가고 있다 하겠다.

2. 삶의 무게와 고뇌(苦惱)의 즐거움

이른 봄부터 늦가을까지
갖가지 꽃들은 아름다운 자태를 뽐내며
오가는 길손들의 사랑을 받는다

꽃들이 사랑받을 때
억새는 천덕꾸러기 신세

발길에 이리 채이고 저리 채여 슬펐으나
늦가을 제철을 맞아 몸매를 키우며
엷은 황금색 옷을 입혀
눈부시게 아름다운 자태를 뽐낸다

가을바람에 은은한 가락까지 들려주니
꽃들 못지않은 자태로 사랑을 받는다

인간도 스스로 맞는 기회가 있음을
깨닫게 함이 아닌가.

--「억새」 全文

가을바람에 이리저리 흔들리는 억새를 시화하고 있다. 시적 화자의 분신에 해당하는 가냘픈 억새에서 시인은 비수와 오기를 발견한다. 그 연약한 억새가 비수를 품고 오기로 무장하고 있는 것은 방해 세력들로부터 자신을 지키기 위해서이다. 나아가 햇빛과 바람이 연약한 억새를 보호해 주고 있다.

그리하여 억새는 무엇을 지향하고 있는 것일까? '이른 봄부터 늦가을까지/ 갖가지 꽃들은 아름다운 자태를 뽐내며/ 오가는 길손들의 사랑을' 받을 때, 억새는 천덕꾸러기 신세로 슬펐으나 몸매를 키워 황금색 옷을 입고 아름다운 자태로 춤을 춘다. 마치 신들린 춤으로 서걱서걱 은은한 가락으로 하얗게 춤을 춘다. 결국 시인은 억새를 통해 색깔의 오염이 없는 무념무상의 춤으로 무량한 자유를 추구하고 있다.

불러도 불러도

대답 없는 그대여
허공에 이름 석 자 띄우고
말없이 소리 없이
사라진 그대 못 잊어

오늘도 불러본다
그대 이름 석 자.

--「그대 그리며」全文

일상에서 불러보는 그대 이름 '불러도 불러도// 대답 없는 그대여'로 애절함을 뿜어내며 화자는 시적 이미지화를 시도하고 있다. 사랑의 본질적 가치 속에 내포된 평범함을 허공에 띄운 이름 석 자로 외치고 있다. 사랑에 대해 그대를 못 잊어 하며 일관된 이미지를 만들어내는 시적 탐구의 깊이 또한 평범하지 않다. '오늘도 불러본다/ 그대 이름 석 자.' 이 말은 그대와 내가 사랑으로 융합이 된 신뢰를 바탕으로 하나를 이루어야 한다는 아름다운 교훈을 담고 있다.

낯선 곳 낯선 집에
어느새 여러 해 지내다 보니
가슴에 쌓이는 외로움과 정

시간이 흐를수록

우울증이 짙어갈 때
이웃 사람들의 정이
마음을 채워주고 녹여준다

시시때때로
형제와 자식 생각에
그리움이 쌓이는데

즐겁게 보살펴주니
이웃사촌이란 말이 아니
이웃 형제라고 말하고 싶다

그 누가 이웃사촌이라 했든가!
마음 깊이 실감하며
오늘도 그들이 즐겁게 해주었기에
자식들의 그리움을 잊는다.

--「이웃사촌」全文

노후에 이사한다는 것은 쉬운 일이 아니다. 집을 사고팔거나 먼 곳으로 이사한다는 것은 더욱더 그렇다. 오늘날 이기주의로 치닫고 있는 현실에서 자신보다 타인을 위해 산다는 것은 성직자가 아닌 이상 어려운 일이 아닐 수 없다. 이 시를 읽으면서 화자의 고결한 인격에 대해 잠시 생각에 잠기게 된다. 한 편의 시에는 시인의 마음속에 진솔한 언어의 옷을 입은 자아(自我)가 그려져 있기 때문이다.

이 작품에서 언급하고 싶은 말에 '먼 친척보다 가까운 이웃이 낫다'

는 보편적인 의식을 확인한다. 가까운 이웃끼리 주는 기쁨, 받는 기쁨으로 빚진 기분을 서로 상쇄함으로써 다툼이 없는 이웃 배려와 공동체 의식의 중요성을 표현하고 있다.

날이 새면 가족을 위해 일터로
가려는데 철없이 어린 녀석
아빠! 가지 말라며
바지 잡고 울어대네

쓰린 마음 달래며 눈물로 일 마치고
집에 와 보니
옆으로 누워 잠든 녀석의 눈가엔
눈물이 채 마르지 않고
잠결에 흐느끼는 목소리로
아빠! 빨리 와

아이고, 하며 덥석 끌어안으니
따뜻한 체온 속에 심장이 심장을 녹인다
온종일 지루하게 기다렸던 탓일까
목을 꼭 끌어안은 고사리손 놓지를 않으니

아빠의 뜨겁고 뜨거운 사랑
자식을 위해서라면 무엇이 두려울까
험한 산도 깊은 물도 불이라 할지라도
모두 헤쳐나가려니
그저 건강하게만 자라다오.

--「아빠의 사랑」 全文

한별 시인의 시적 경향은 모태 신앙과 자아 성찰에서 표출된 진솔한 고백이 주류를 이루고 있다. 시의 제목은 평이하지만, 보편적 체험을 형상화시킨 함축의 메시지는 그 의미가 깊다. 또한 다양한 소재와 수사법으로 독자의 마음을 사로 잡기도 한다. 화자의 시에는 자기만의 목소리와 성찰이 응축되어 삶과 인격을 대변하면서 효(孝)를 강조하고 있다.

화자는 이 시에서 여성이 지닌 이상형의 남성상을 그리고 있다. 즉 엄마와 아빠는 동일성의 대상이라고 할 수 있다. 어렸을 때 아버지에 대한 그리움이나 존경심이 어머니가 어린 자녀를 사랑하는 마음과 일맥상통(一脈相通)한다고 할 수 있다. 부모가 자식에게 남기고 싶은 뜨거운 사랑 한마디, '그저 건강하게만 자라다오.'

이른 봄 싹트면서 타고난 색깔
봄, 여름, 늦가을까지
오가는 길손들 모두를 즐겁게 해준다

때가 되어 모체를 떠나
땅에 이리저리 뒹굴 때
그래도 색깔만은 변하지 않아

그를 사랑하는 사람들
흙이 묻었을세라
조심조심 주워다가 책갈피에 간직하니

비록 나뭇잎 단풍잎이라 할지라도
사람 팔자보다 더 호강한다고 생각한다

인간은 생을 다하면
재로 변하고 마는데.

--「단풍」全文

한 편의 시 속에는 화자의 의식과 정신적 내면이 상징과 은유의 이미지로 형상화되어 있다. 화자는 시의 공간을 통해 그 의식과 여러 가지 감정을 드러낸다. 식물과 인간의 존재 앞에서 생명의 의미를 추구하고 그 생명의 소중함을 시로 표현하고 있다. 화자의 태도는 생명 의식에 대한 공경하고 두려워하는 마음을 깨닫게 하여 준다.

이른 봄 새싹이 트면서 부드러운 색깔의 이파리가 싱싱한 초록색으로 변해 봄과 여름을 지나 단풍이 되어 늦가을까지 오가는 길손에게 기쁨을 준다. 단풍은 갖가지 색상으로 인간의 사랑을 받다가 흙 속에 파묻혀 인간 못지않게 존재의 존엄성을 표현하고 있다.

어머니 그리다 잠이 들면
어느새 베개는 젖어있고
꿈에서 어머니 만나
달콤하게 취해
한없이 행복했네

잠에서 깨어 살펴보니
어머니 모습은 보이지 않아
그리운 어머니 달래며 불러본다
어머니 어머니 우리 어머니
그리운 어머니

어머니 보고파 눈감으면
인자한 모습이 떠오르네
따뜻한 어머니 품속
한없이 그리워
사방을 더듬어본다

그 옛날 어머니 한 번만 봤으면
애절한 마음 지울 수 없어
그리움 달래며 불러본다
어머니 우리 어머니
그리운 어머니.

--「그리운 어머니」 全文

어려운 환경 속에서 여러 자녀를 훌륭하게 키워낸 어머니에 대한 그리움을 그려내는 시이다. 어머니의 삶의 추구는 오직 어린아이들의 양육이다. 아이들은 어머니에게 소중한 존재이며 어머니의 사랑과 모성으로 성장한다. 어머니와 함께 아이들은 성장하며 두려움에서 벗어나고 의연한 의지로 미래를 꿈꿀 수 있었다.

4연 20행으로 이루어진 이 한 편의 시 속에 시인은 자신을 낳아준 어머니의 인생과 숭고한 사랑을 함축하였다. 누구에게나 받아들여지는 느낌을 글로 써낸 진솔한 언어의 표현이다. 시인은 어렸을 때 어머니를 가장 가까운 가족으로 생각하고 어머니에 대한 효 의식의 이미지를 적나라하게 직설적으로 유추해내고 있다. 이 시를 감상하는 사람들에게 무언의 감동을 주면서, 효도에 각박한 오늘의 자녀들에게 직접적인 교훈 시로 주목받고 있다.

넓고 푸른 하늘 아래
아름다운 경치 보는 것도 즐거운데
너는 이 나무 저 나무 이 꽃 저 꽃
마음대로 즐기며 노래를 곁들여
인간을 즐겁게 해준다

오늘따라 네가 왜 그리
부러울까

사람은 만물의 영장이라고 하지만
너처럼 가고 싶은 곳 마음대로 못 가고
한가로이 노래만 부르며 살 수 없기에
네가 부럽단다

사람은 하고 싶은 것을 다 못한단다
세상 살아가는 이치가
모든 고난을 이겨내야 내일을 살 수 있기에

고생을 극복하는 것이
너무 힘들기 때문에
시시때때로 너를 부러워한단다.

--「새야 새야」全文

누구나 부러워하는 대상이 있을 수 있다. 이파리가 나무와 나무 사이를 날아다니는 새를 부러워하듯…. 마치 아름다운 꽃과 꽃 사이를 왔다 갔다 하는 바람처럼…. 화자의 예리한 눈은 새와 나뭇잎, 꽃과 바람의 유사한 점을 떠올려 시화하는 데 성공하고 있다. 나뭇잎이 바람에 휘날려 땅에 묻혀 새가 될 수 없는 서러움이 곧 거름이 되어 미래에 희망의 꿈을 꾼다. 즉 우리 인간은 비슷한 일이 일어나는 현상이라도 시각에 따라 생각하고 판단하는 능력이 달라진다. 우리는 어려운 처지에 있을지라도 나를 희생하여 또 다른 희망으로 환생할 수도 있을 것이다.

그런데 이게 웬일인가. 그만 큰 돌에 채여 넘어지고 말았다. 물동이가 박살이 났다. 소녀는 앞이 안 보였다.

"아휴! 이를 어떻게 하면 좋아, 옹기점으로 다시 가서 사정하고 하나 얻어 볼까?"

그러나 너무 많이 왔기 때문에 그러지도 못하고 소녀는 울면서 집으로 걸어왔다. 배고픈 것도 잊어버리고 어머니에게 뭐라고 말을 하나 한 번도 어른들을 화나게 해본 일이 없기에 집에 가기가 너무 두려웠다. 어머니의 화난 모습이 그려지고 야단을 맞다 못해 회초리까지 맞을 것만 같아 너무 무서웠다. 어느덧 집 앞에 닿았다. 집에 못 들어가고 대문턱에 앉았는데, 한 아주머니가 내 손을 잡고 어머니에게 가서

"돌에 걸려 넘어지는 바람에 물동이를 깨뜨렸다."
고 말해준다. 어머니는 딸아이의 모습을 보고
"어디 다친 데는 없느냐?"
고 물어보시고 여기저기 살피신다. 그러시곤,

"아이고 이것아, 얼마나 아팠겠니?"
양쪽 무릎이 모두 깨져 피를 얼마나 흘렸는지 발바닥으로 흘러내린 피가 신발 바닥까지 흘러내려서 빨간 고무신이 되어버렸다. 어머니 눈에는 눈물이 고이고 피를 닦아주시면서 물동이 깨진 것은 말이 없으시고, 그저 다치지나 않았나? 걱정이시다.
"가지 말라고 했는데 왜 갔느냐?"
고도 안 하셨다.

--「어머니의 물동이」 중에서

수필은 관조(觀照)와 체험의 문학이다. 또한, 신변을 해석하여 인생의 사유를 유도하고 공감을 얻어내야 한다. 진실의 세계를 다룬다는 측면에서 볼 때, 수필은 어느 문학보다 감동의 전달력이 강한 문학 장르다.
시(詩)나 수필은 한 방울 눈물로 진주를 만드는 작업이다. 나의 피눈물 나는 인생살이, 뜨거운 사랑, 미움, 분노, 고독, 슬픔 등은 인간이 몇천 년, 몇만 년을 겪으며 내려온, 인간이 인간으로 살려는 외침이요, 물음이다. 이것은 드라마도 아니고 허구도 아니다. 현실 앞에 막아서는 자화상(自畵像)이다.

수필 문학의 최대의 관심사는 '자기 자신'이다. 나를 시화(詩化) 하고,

나를 수필화하는 문제다. 우리의 감정을 가슴으로 쓰고, 때로는 머리로도 쓴다. 문학을 대상으로 가장 큰 주제(主題)는 자기 자신이며 자기의 삶이다. 감동을 생명으로 하는 수필이 필자의 멋이나 인품과 융화되어 문학성을 가질 때 한 편의 시(詩)보다 한 편의 소설보다 진한 감동을 독자에게 안겨줄 수 있다.

한별 수필가의 『어머니의 물동이』는 독 사러 갔다가 독을 깨트리고 맨발로 돌아온 어린 딸과 어머니의 이야기다. 지극히 평범한 소재이지만, 크게 과장이 없고 따뜻한 모자의 정(情)이 그림처럼 그려져 있다.

이어령 박사의 『다(茶) 한잔의 사상』에서 "가족이란 잘못이 있어도, 서운한 일이 있어도 한 울타리 안에서 한 핏줄기를 나눈 가족끼리는 모든 것이 애정의 이름으로 용서된다. 즐거운 일이 있으면 같이 즐기고, 슬픈 일이 있으면 같이 슬픔을 나누는 것이 가족의 '모럴'이다."고 했다.

그러나 요즘 가족은 가족관계의 잘못으로 남보다도 못한 형편이 되어가고 있다. 민경옥 시인이 그린 가족은 평화롭고 따뜻하다. 소재를 다루는 솜씨나, 얘기를 만들어가는 서술이 빼어나 한별 작가의 수필이 독자의 시린 가슴을 녹이게 될 것이다.

어느 날 밤 아이들이 잠들고 조용한 틈을 타 나 자신을 돌아봤다. 머릿속에 쌓여있는 많은 꿈, 하나도 이루지 못해 아쉬워서 혼자 흐느꼈다. 흐느끼는 도중에 옆을 바라보니 난데없는 궁전에 내가 있고 사방에 눈부신 물건들이 많고 어디선가 나를 보고 소원 이루어질 테니 다 말하라고 한다. 나는 고맙다고 하며 하나씩 하나씩 말을 하니 말하는 대로 다 이루어졌다.

나는 몇 가지 소원을 이룬 것만으로도 너무 좋아 노래를 부르고 궁전이 너무 아름다워 돌아보는 순간 그만 잠에서 깼다. 울면서 잠이 들어 그런 꿈을 꾼 것 같다. 그런데 지금도 지워지지 않는 이유를 분석해 볼 때 꿈속에서 이루어진 몇 가지 소원 늦게라도 이룬 것이 아닌가 생각한다.

--「꿈이여 다시 한번」 중에서

인간이면 누구라도 꿈을 꿀 것이다. 그런데 수필가는 이 꿈을 만들어서 테이블에다 내놓는 사람이라 해도 좋을 듯하다. 지난밤에 조용한 틈을 타 나 자신을 돌아봤다. 비록 시적 자아로 암시되는 경우라 할지라도, 머릿속에 쌓여있는 많은 꿈 가운데 하나도 이루지 못해 아쉬워서 혼자 흐느꼈다. 꿈을 꾸었다. 간밤에 새빨간 꿈을 꾸었다. 궁전의 공주처럼 모든 것이 갖춰져 너무 행복하여 꿈속에서 울었다. 깨고 보니 꿈이었다. 꿈은 아름답고 시들지 않는다. 꿈에서 이루어진 것이 이승에서도 이루어졌다.

3. 맺음말

가끔 몸이 약간 불편하다 하여 걷기를 피하기만 했던 내게 시(詩)는 산기슭에서 살아가는 녀석들과 친구가 되게 해주었다. 순간을 축제로 받아들이는 고양이, 청설모, 이름 모를 새의 생동감과 정갈함이 보인다. 즉 따뜻한 가슴을 가진 시인에게는 말이다. 시는 정신세계를 언어로 표현하는 예술이다. 그 특성은 아름다움이다. 노래방에서 한별 시인은 언어의 몇 가지 조합으로 작사가가 되어 작곡하고 멋지게 노래를 창출해 부르고 있다.

어느 사이에 작곡가 작사가 가수로 음반 제작까지 두루 섭렵해 주유천하를 거침없이 다니고 있다. 민경옥 시인의 시에 등장하는 모든 시어는 단순하게 표출되지만, 내심(內心)으로는 거의 상징이고 은유이다. 이를 바탕으로 주저함이 없이 가사를 쓴다. 또한, 인간은 사유적(思惟的) 동물로서 끝없는 자연과 삶의 문제에 부딪히면서 사유의 불꽃을 태우며 체험을 통해 자신의 삶을 응시하면서 미적인 삶을 추구한다.

이번 민경옥 시인이 상재(上梓) 한 네 번째 시집 『고목(古木)에 피는 꽃』을 통해 그녀의 삶이 시가 되고 그녀의 수필이 삶이 되는 것을 보여준 명상(瞑想)의 궤적(軌跡)을 그려 보았다. 시인은 연륜이 있음에도 현실 앞에 능동적 삶을 스스로 던지며, 전통적으로 내려오고 있는 선비의 기개와 시상(詩想)을 담은 가슴으로 만학의 열정을 시로 수필로 승화시키면서 끊임없이 정진하는 한별 시인에게 박수를 보낸다. 시인의 삶의 철학과 자신을 보듬고 있는 가족이 있어 오늘도 민경옥 작가의 글이 들려주는 따뜻한 목소리에 독자들은 크고 작은 위로를 받을 것이다.

審美的 省察로 형상화한 抒情的 眞實

- 최홍규 시집 『내 마음의 수채화』

1. 글머리에

에게해에 인접한 정열의 나라, 하얀 담장에 피어 있는 꽃, 봄 여름 가을에 피고 베란다 화분에 심은 꽃 속의 꽃, 겨울에도 피어, 지상 어디에나 없는 곳이 없는 정열의 꽃, 부겐빌레아꽃을 그리며 최홍규 시인의 시 세계를 그려본다. 솔뫼 시인은 학창 시절부터 틈틈이 글쓰기를 좋아하였을 뿐만 아니라 젊은 시절에도 문학이 불모지인 환경 속에서도 시 쓰기를 멈추지 않아 오늘날에도 그 흔적을 드러내고 있다.

최홍규 시인은 동국대학교 연극영화과와 연세대학교 경영대학원을 졸업하였고, 고희(古稀) 고갯길을 넘어 문단에 데뷔했다. 첫 시집의 출간이 늦은 감이 없지 않지만, 시 등단에 이어 수필도 등단하여 시인 수필가로 거듭나게 되었다. 이어 시 문학상과 수필 문학상, 공로상 등을 수상하였다. 고향의 추억, 자연에 대한 관찰, 삶의 고찰 등을 작품으로 담아내는 시인은 작가의 내면세계를 직관적 감성으로 쉽고 겸손하게 풀어내는 모습 또한 아름답다. 금혼식을 앞두고 처녀 시집 『내 마음의 수채화』를 발간하게 되어 기쁘기 그지없다.

작가가 나름의 노력으로 하나의 작품집을 갖게 된다는 것은 매우 기쁜 일이다. 대부분 그러하듯이 솔뫼 시인도 이번 시집의 특징을 한마디로 본다면, “절망과 슬픔 그리고 비극과 같은 내용”은 찾아보기가 어렵다. 시인은 생활의 서정을 통해 인생에 대한 관조적 태도를 견지하고 오늘의 현실을 미화시키려는 노력을 시심(詩心)으로 표출해 나가고 있지만, 화자의 원고를 읽으면서 시인의 의식이나 가치관에 대한 투철한 소명 의식과 자부심을 감지할 수 있었다. 오랜 사업 활동을 통하여 인간 존재의 허무와 한을 극복하려는 그의 작품에는 솔뫼만의 독특한 시 세계가 자리 잡고 있어 기쁨을 확인하는 아름다운 인생 행보를 보인다.

2. 삶의 여정(旅程)에서 얻은 시편들

청명한 가을 하늘
잠자리 떼 날고
계곡 넘어 골짜기에
산 꿩이 우네

문 열고 밖을 보니
가슴은 뛰고

학창 시절
옛 추억이 그립다

회상에 잠겨

오늘도
그리움만 쌓이네.

--「산촌」全文

솔뫼 시인의 이 시는 그리움을 근거로 출발하고 있다. 이는 삶에서 그리움은 누구에게나 필연적으로 찾아옴을 쉽게 말하고 있다. 따라서 삶은 자연과 한 몸이 되어 생각하고 행동하는 것이다. 나아가 시인은 어린 시절에 대한 체험을 시적 감정으로 잘 표출해내고 있으며 자연을 향한 역동적인 표현을 끌어내는 일에 힘을 더해주고 있음을 본다.

시인은 가끔 시공(時空)을 넘나들며 그 의식과 정서를 드러낸다. 호젓한 산길을 걸으며 새와 꽃과 나비 그리고 토끼와 사슴의 존재와 생명의 의미를 추구하고 그 생명의 소중함을 노래하고 있다. '청명한 가을 하늘/ 잠자리 떼 날고/ 계곡 넘어 골짜기에/ 산 꿩이 우네// 문 열고 밖을 보니/ 가슴은 뛰고// 학창 시절/ 옛 추억이 그립다.'에서 시인은 생명 의식에 대한 경외와 삶의 향기를 깨닫게 하여 인간 존재의 존엄성을 그리고 있다.

산마다
울긋불긋
벌써 단풍인가 했더니

한 잎
두 잎
다 떠나버렸네

안타까운
나의 가을

이만큼 돌아서 보니
어느새 세월은 흘러

너와 나의 빈 가슴
그리움만 쌓이네.

--「떠나버린 가을」 全文

나뭇잎이 산마다 울긋불긋 물드는가 하더니 곧 떨어져 아쉬워하는 가을의 풍경에서 이별에 대한 여운을 남기며 가슴이 아리도록 연결하고 있는 시적 흐름이 참으로 아름답다. '어느새 세월은 흘러'에서 나타나는 그리움의 대상은 서로 만남이 불가능한 곳에 있다고 할 수 있다. '너와 나의 빈 가슴'에서 그리움의 치열성이 드러나고 있다. 솔뫼 작가는 어렸을 때 본 고향의 정경들을 그리움의 대상으로 상기하면서 시를 쓰는 이 순간 황혼의 애상에 젖고 있다.

호숫가 넓은 들

아스라이 펼쳐진
갈대밭 금물결

푸른 하늘 뭉게구름
가슴에 안고

바람결에 나부끼며
서로 한 몸 되어
춤추는 갈대

저 무성한 갈대 품에 안기어
나도 한번 신나게 춤추고 싶다

볼수록 다정하고
아름다운 갈대

누가 여자의 마음을
갈대라고 했나!

--「갈대」 全文

예전에는 여인을 갈대의 속성에 비유하여 시를 썼다. 즉 여인의 마음을 갈대에 비유하여 '바람에 날리는 갈대와 같이, 항상 변하는 여자의 마음'으로 표현하였다. 그러나 시인은 보는 대로 느끼는 대로 호숫가 넓은 들에 '아스라이 펼쳐진 갈대밭 금물결'처럼 강인하고 아름다우면서 모진 풍상을 다 견디어 내는 여인상으로 오버랩하고 있다. 다시 말해 이리저리 바람 부는 대로 잘 흔들리는 연약하고 줏대 없는 갈대가 아니다. 이렇듯 갈대숲을 바라보는 시인의 개성적인 시선(視線)은 다정하고 아름다운 갈대로 화자에게 새롭게 다가온다.

하늘가 산 아래

정감 있는 시골집 고향 마을
어릴 적 같이 놀던 반가운 친구들

지금은 다 어딜 갔나!
아무리 찾아보아도 보이는 얼굴은 없고
비행기 소리만 요란하게 하늘을 나는데
안타까운 마음 달랠 길 없네

친구야 놀자
우리 다 함께 손잡고
즐겁게 놀아보자!
정다웠던 어릴 적 그 시절 생각하며
즐겁게 놀아보자
이 밤이 다하도록.

--「고향 마을」全文

누구나 추억을 그리며 고향을 바라보는 시적 안목(眼目)은 작가의 심적 상황에 따라 여러 가지로 나타날 수 있다. 솔뫼 시인은 고향에서의 안식 그리고 인생의 정한을 폭넓게 노래하고 있다. 시인은 반백이 지나서 잊고 살던 고향으로 그리움을 안고 달려갔지만, 같이 뛰어놀던 반가운 친구들은 간데없고, 비행기 소리만 요란하게 들린다고 안타까운 마음을 읊고 있다.

최홍규 시인의 시는 누구라도 공감할 수 있게 유년 시절에 고향의 빛나는 정경에 대한 추억을 아름답게 구사하고 있다. 유년 시절의 아름다움을 되새기는 시인의 시심은 맑고 순수하여 고향의 잔잔한 파도 소리를 삶의 아름다움으로 표출시키고 있다. 이처럼 최홍규의 시가 포용하고 있는 삶에 대한 깊은 인식의 통찰은 시적 아름다움의 원동력이 되고 있다. 그의 시에서 보이는 시어는 지극히 사실적이다. 생활 주변에서 진솔한 일면을 찾아볼 수 있다. 이제 그의 시가 단순한 서정시를 넘어서서 인생의 깊은 중량감을 느끼게 하고 있다.

황금물결 춤추는 들길을 따라
가을 하늘 잠자리 떼 쌍쌍이 날고

보리밭 고랑마다
풍년이 넘치네

탐스럽게 익은 보리 이삭이
보기만 해도 배부른 세월

옛날 그 시절 할머니가 해주시던
정성 담긴 가마솥에 푸짐한 보리밥 한 그릇

생각만 해도 배부르고
할머니 생각나네

당신 배는 곯아도 식구들 배는 만삭
너무 황송하고 고맙고 또 죄송스럽다

지금은 하늘나라 먼 곳이지만
할머니 고맙습니다

주님 나라에서
행복하고 편안하게
배부르고 건강하게 사세요

일만 하시고 고생하신
은혜롭고 고마우신 우리 할머니

눈물이 납니다
너무 사랑합니다.

--「보리밭」一部

이른 봄 논두렁 밭두렁에 신발을 신은 채 싹도 나지 않은 보리밭 이랑을 꾹꾹 밟으며 지나간다. 주린 창자를 쪼르륵거리게 했던 배고픈 시절의 정경이다. 오천 년의 세월이 길지 않은 듯, 모두가 배고파하는 아픈 세월이었다. 그 시절 절망보다도 더 배고픈 시절 화자의 모습이 문득 떠오른다. 지난 세월 나물죽에 나무 속껍질을 벗겨 먹던 것이 고작일 만큼 어쩔 수 없었던 세월에 달빛의 아련함만 유령처럼 아른거렸다. 배고픈 그 시절에도 행복은 있었다. '보리밭 고랑마다/ 풍년이 넘치네// 탐스럽게 익은 보리 이삭이/ 보기만 해도 배부른 세월// 옛날 그 시절 할머니가 해주시던/ 정성 담긴 가마솥에 푸짐한 보리밥 한 그릇// 생각만 해도 배부르고/ 할머니 생각나네!'

세월은 흐르고 흘러 이제 최홍규 시인에게는 행복을 안겨주는 시와 그림이 있고 마음을 평안하게 해주는 종교가 있다. 그뿐만이 아니라 아내가 있고 사랑스러운 자녀와 손자 손녀가 있다. 나아가 이 시집이 누구의 서가에 꽂혀 노래가 되고 기쁨이 되고 보람이 될 것이다. 세월이 흐를수록 그에게는 '칸델라의 불빛'이 필요하기도 할 것이고 '무심코 지나던 바람'도 살며시 불러들여 그의 흔적을 쌓아나갈 것이다.

언제 보아도 변함없는 당신은
이 세상에서 둘도 없는
내 영원한 단짝

하늘이 맺어준 천생연분

자나 깨나 앉으나 서나
당신 생각만 하면
너무 행복하고 즐거워

알뜰살뜰 살림도 잘하고
아이들 교육도 누구 못지않게 잘 시키고
항상 겸손하고 후덕해서 남에게
호감을 사고 대인관계도 좋아서
당신을 아는 사람들은 모두 당신을 따르고
존경하지

아이들 교육도 잘하고 뒷바라지를
잘해주어서 한결같이 당신 말이라면
우리 엄마가 최고라고 하지!

--「꽃보다 아름다운 당신」一部

'하늘이 맺어준 천생연분'은 결혼하여 부부가 된 것. 오륜의 하나인 부부유별(夫婦有別)을 기반으로 일심동체이면서도 가장 멀고 어색한 사이라는 시 귀(詩句)를 읽기도 한다. 열 길 물속은 알아도 한 길 사람 속은 모른다. 평생 살아도 낯선 이가 남편이거나 아내다. 부부란 두 개의 물방울이 모여 한 개가 된다는 의미이다. 부부는 가위다, 두 개의 날이 똑같이 움직여야 가위질이 된다. 부부는 주머니도 하나여야 한다. 부부싸움은 칼로 물 베기다. 부부란 피차의 실수를 한없이 흡수하는 호수다. 부부는 서로 자신에게 잘해주라고 말할 것이 아니라 상대에게 더 잘해주지 못해서 안타까워하는 것이 바로 부부 사랑이다.

나는 고등학교 시절 내가 사는 수원집에서 서울에 있는 학교로 진학해서 마포에 살고 계시는 외삼촌 댁에서 학교에 다니게 되었다. 그래서 토요일이면 학교 수업을 마치고 부랴부랴 서둘러 수원집으로 가기 위해 급히 서울역으로 와서 수원행 기차를 타고 그리웠던 수원집으로 달려가 그동안 보고 싶었던 부모님들을 비롯해 우리 식구들을 만날 수 있었다.

--「오리알의 추억」—部 1

지금 생각해도 잊을 수가 없다. 옛 추억인가 지금도 길을 가다가도 오리알만 보면 그때 생각이 나서 가던 발길을 멈추고 따끈따끈한 삶은 오리알을 만져보면서 먹고 싶은 생각에 침이 꿀떡꿀떡 넘어간다. 그 누가 그때 먹던 오리알의 맛을 알 수 있을까! 먹어도 먹어도 또 먹고 싶은 그때 그 오리알의 맛. 정말 잊을 수가 없는 아름다운 추억이 아닐 수 없다.

--「오리알의 추억」-部 2

이 수필을 감상해보면 화자가 어두운 내면의 모습을 벗어나 마음의 평화를 찾아가는 과정을 표현하고 있다. 이때 마음의 상태를 자연물에 빗대어 표현하여 구체적으로 형상화해 신선하게 표현한 점이 이 수필의 특징이다. 화자의 마음은 배가 고파 허기가 진 상태에서 용돈이 부족했는지 약간 큰 삶은 오리알을 게 눈 감추듯 순식간에 먹어 치운다. 그리하여 어둠에서 하늘을 바라보며 마음의 평화를 찾고 금세 표정이 환해진다.

수필은 관조(觀照)와 체험의 문학이다. 또한, 신변을 해석하여 인생의 사유를 유도하고 공감을 얻어내야 한다. 시(詩)나 수필은 한 방울 눈물로 진주를 만드는 작업이다. 수필 문학 최대의 관심사는 '자기 자신'이다. 문학을 대상으로 가장 큰 주제는 자기 자신이며 자신의 삶이다. 솔뫼 수필가의「오리알의 추억」은 서울 외삼촌 댁에서 학교에 다닌 이야기다. 지극히 평범한 소재이지만, 크게 과장이 없고 학창 시절 많이 먹어도 배가 고픈 시절의 정경이 그림처럼 그려져 있다. 최홍규 시인이 그린 가족은 평화롭고 따뜻하다. 소재를 다루는 솜씨나, 얘기를 만들어가는 서술이 빼어나 독자의 시린 가슴을 녹이게 될 것이다.

3. 맺음말

솔뫼 수필가는 오래전부터 시작(詩作)을 하면서 틈틈이 수필을 써왔다. 9편의 경수필을 여기에 상재한다. 수필 작품에서는 물빛 그리움이 그대로 배어 나온다. 그 그리움의 대상은 주로 초등학교 시절 고향에 대한 추억에서 비롯하고 있다. 작가의 가슴 한복판에는 그림 같은 집들과 논둑길, 과실나무와 꽃들이 있는 마을 정경이 아주 투명하게 심겨 있어 지금도 향긋한 추억이 머문다.

인생을 미래지향적으로 바라보는 최홍규 작가의 작품들은 그 완성도가 상당히 높은 편이다. 이처럼 시인의 시에서는 이미지의 탄탄함과 직관이 아우러진 부분이 많이 발견된다. 이는 시인의 예술적 기질의 발현이라고도 할 수 있으며, 좋은 시를 더욱더 쓰게 할 수 있는 기본이기도 하다. 최홍규 작품에는 보편적으로 읽기 어려운 시어는 별로 없다. 맹자가 말하되 '사람은 부끄러워하는 마음이 없음을 부끄러워할 줄 안다면 부끄러워할 일이 없느니라.'고 했다. 평생 다작(多作)을 하지 못하더라도, 한 편의 시를 창작하더라도 자신의 실력대로 있는 그대로 창작하고 열심히 몰입하면 반드시 좋은 작품이 탄생 되는 것이다.

화자가 존재하는 곳에는 자신만이 느끼는 만족과 보편적 행복이 있다. 거기엔 사람에 따라 행복의 개념이 다르고 느끼는 감정이 같을 수가 없다. 솔뫼 시인이 느끼는 일상적 행복은 소박하다. 이 땅에 태어나 글을 가까이함이 선비인데 전통적으로 내려오고 있는 선비의 기개와 시상(詩想)을 담은 가슴으로 문학을 향한 열정을 작품으로 승화시키면서 행복하다고 말하는 최홍규 작가에게 박수를 보낸다. 앞으로도 좋은 향기와 맑은 시 정신을 지니기 위해 끊임없이 정진하는 시인의 열정과 가슴의 영혼에 행복한 미소가 이어지기를 축원합니다.

삶의 旅程과 성찰의 抒情 詩學
- 김덕신 시집 『메밀꽃이 필 때』

1. 글머리에

바람이 불고 비가 내려 땅이 열린다. 사각거리는 댓잎 소리와 때리는 물방울 소리에 새로운 싹이 깨어나고 고동치는 생명력이 눈으로 틔어 솟아오르는 맹아(萌芽)를 그리며, 김덕신 시인의 시 세계에 젖어 본다. 첫 번째 시집을 상재하는 선영(仙映) 시인의 원고를 탐독하면서 예술의 궁극적 효용 가치는 즐거움을 주는 데 있다는 것을 감지할 수 있었다. 시가 줄 수 있는 쾌감은 다의적(多義的) 의미와 내용을 지닌다. 즉 우리의 어두운 마음을 정화하고 밝게 한다.

선영 시인은 어린 시절부터 글 읽기를 좋아하였을 뿐 아니라 오래전부터 시를 마음의 서재에 꽂아두고 시와 객관적인 거리를 유지하며 내적 성찰에 몰입을 기울이다가, 고희(古稀)를 지나 2018년 겨울에 시로 등단, 2019년 여름에 수필 등단, 2022년 여름에 시 문학상을 수상하였다. 신인상을 받은 후 마음의 서재에 생기를 불어넣은 듯 창작의 열정을 쏟고 있다. 그녀는 이어 희수(喜壽)를 1년 앞두고 첫 시집 『메밀꽃

필 때』를 발간하게 되어 기쁘기 그지없다.

'시는 시인의 얼굴'이라고 말한다. 시로 그 사람을 볼 수 있기 때문이다. 시란 삶의 노래이므로 사람의 일상이 얼핏 같아 보이지만 생각에 따른 삶의 표현 방법은 제각각이다. 선영 시인은 서울에서 태어나 6·25 사변이 일어나자 충청도로 이사를 가 어린 시절을 보내다가 다시 서울로 오게 되었다. 독실한 크리스천으로 김덕신 시인의 시들은 대체로 소박하고 있는 그대로의 사실과 자연의 아름다움을 표현하고 있어 읽기가 쉽다. 오스카 와일드는 '고뇌는 삶을 위해서 있다'고 했다. 끊임없이 사유하고, 번뇌하며 시작(詩作)의 공고화를 도모하려는 시인의 모습이 아름답다.

2. 삶의 아름다움과 고뇌(苦惱)의 즐거움

가을이 지나 겨울이 되니
온갖 꽃도 지고
나뭇잎 다 떨어져
앙상한 가지만 남아

혹한의 추운 겨울
모진 비바람과 눈보라 속에
이젠 다 죽었다고 생각했는데

어떻게 봄인 줄 알고
노란 새싹을 쏙 땅속에서 내민다

겨우내 눈비로 뿌리가 물을 먹고
살았나 보다

파릇파릇 새싹으로 나무가 파랗게
새 옷으로 갈아입고
봄이 되었다고 알려준다

봄은 힘과 희망으로
우리의 마음을
기쁘게 해주는 계절.

--「봄」全文

누구나 그러하겠지만 선영 시인은 대체로 마음씨가 따뜻하고 인간미가 넘치는 사람들을 선호한다. 그리고 사랑이 가장 근원적으로 실현되는 자연을 사랑한다. 김덕신 시인이 추구하는 이상향은 가까운 곳에 있고, 새로 탄생하는 구상력(構想力)으로 이상향의 실체가 펼쳐진다. 세월이 흐르고 꽃이 피고 지는 자연에 시인은 탄성을 올린다. 선영 시인의 시는 누구에게나 공감할 수 있는 시이다. 쉽게 읽히고 느낄 수 있어 독자는 일상에 찌든 심성을 교정하고 위안할 수 있다.

예전엔 뒷동산에 올라가 보면
할미꽃이 많았던 것 같은데
요즘은 보기가 드물다

옛날 전설에 나오는 꽃인가

어쩌다가 허리가 꾸부러졌는지
쓰러질 것만 같아
얼굴이 땅에 닿을 것만 같아
안타깝네

젊어서는 연지 찍고 곤지 찍고
할미꽃도 예뻤을 텐데

우리 인생도 젊어서는 예쁜데
서러운 인생살이
늙으면 볼품이 없네!

--「할미꽃」 全文

할미꽃은 꽃이 진 뒤에 촘촘하게 난 긴 깃털이 할머니의 흰 머리카락과 같이 보인다고 하여 붙여진 이름이다. 할미꽃은 단순한 서정시의 소재가 아니다. 세상살이가 힘들고 고생스러움을 비유적으로 이르는 말이다. 할미꽃의 이미지는 누구에게나 공감되는 객관성을 지닌다. 선영 시인은 할미꽃이 젊어서는 예쁜데 늙어서는 볼품이 없다고 하였다. 그렇지만 고개를 숙여 겸손의 의미를 나타내고 있다. 김덕신 시인은 인간 존재의 관념과 자연을 바탕으로 시적 정서가 중심이 된 서정의 시 세계를 펼치고 있다. 즉 그녀의 서정시 시 세계에서 편안하고 정갈함을 발견할 수 있다.

학교 다닐 때 추운 겨울 손을 호호 불며
보리밭 밟던 때가 생각난다

왜 보리밭을 밟아 주어야 하는지 알지도
못하고 친구들과 신이 나서 추운 줄도 모르고
보리밭 밟았던 기억 이제는 알 것 같다

가을부터 겨울 동안 보리를 발로 밟아주면
뿌리가 땅속 깊은 곳까지 파고들어
더 많은 수분을 흡수하고 겨울철 땅속
수분이 얼면서 땅 위의 표면을 들어 올리는
현상을 서릿발 작용이라고 하는데

올려진 상태에서 식물이 죽을 수 있어
자주 흙을 밟아 주어 뿌리가 얼지 않도록
예방한다는 자연의 이치 속에 사람의
도움으로 보리가 자라듯

우리의 삶 속에서도
아픈 고통을 견디면서 지인의 도움과 인도로
새 희망과 꿈을 펼쳐
나간다면 언젠가는 기쁨의 날이 오리라.

--「보리밭 밟기」 全文

보리밭 하면 리틀엔젤스(Little Angels) 등 여러 가수가 부른 노래로 세월이 지난 후에도 기억이 떠올라 잊을 수가 없다. 우리의 삶 속에 배고픈 시절의 진실이 시인의 작품에 드러나 돌아보면 자신의 눈물과 애환으로 가슴 한구석에 선명하게 서려 있다.

시인에게 일상은 삶의 굽이마다 보리밭 밟기와 시 창작으로 이어져 봄날 초록빛에 불을 켜는 향기로움을 불러일으킨다. 그것은 모두 선영 시인의 언어 속으로 모여 작품 하나를 이룬다. 보리밭 그 이랑마다 배를 쪼그리게 했던 시절이 있었다. 역사 이래로 긴 세월 모두가 배고픔의 아픈 세월이었다. 학창 시절 손을 호호 불며 보리밭 밟던 때가 생각나는 선영 시인에게는 이제 아름다운 시가 있고 금혼식(金婚式)을 치른 행복한 가정이 있다.

장미꽃 향기
그 향기 정말 좋아
향기는 좋은데
가시가 있어서 아프다

사랑은 누구나 다 좋아한다
뜨거운 사랑 애틋한 사랑
아기자기한 사랑
그 사랑이 떠나갈 때
마음이 아프다

가시 없는 장미
눈물 없는 사랑

혹시 저 산 너머엔
향기만 있고
행복만 있다면
그곳에 가고 싶다.

--「행복 찾아」全文

시인이 즐겨 찾아가는 곳에는 자신만이 느끼는 즐거움, 쾌감, 은밀한 행복이 있다. 그곳은 노래 부르며 춤추는 노래방도 아니고 화려한 불빛 아래 정담(情談)을 나누는 술집도 아니다. 가시가 없는 장미꽃 향기, 떠나지 않는 애틋한 사랑 눈물이 없는 행복만 있는 곳임을 짐작할 수 있다. 선영 시인은 고독하거나 울적한 날 행복을 찾아 혼자만의 시간을 보내다가 해가 서산에 넘어갈 때 아쉬운 발걸음을 돌리곤 했던 것을 짐작할 수 있다. 그곳이 어디인가 궁금하여 작품들을 더 살펴보았더니 신앙심이 깊은 기독교인으로 하나님의 세계였다. 여러 편의 시를 다 소개하지 못하지만, '혹시 저 산 너머엔/ 향기만 있고/ 행복만 있다면/ 그곳에 가고 싶다.'에서 그녀의 종착지를 유추(類推)할 수가 있다.

가을 하면
먼저 떠오르는
푸른 하늘과 시원한 바람

한들한들 춤추며 떨어지는
빨간 단풍잎 편지
코스모스 잠자리 들국화

그 잎사귀와 꽃잎들
자기의 향취 풍기며

오곡백과 풍성한 과일
보기만 해도 부자 된 듯
마음마저 든든하고

가을 향기 묻어나는
향수에 젖네.

--「가을」 全文

시는 영혼을 담는 그릇으로 선영 시인은 일상적 삶의 현장에서의 체험을 시적 경험으로 잔잔하고 아름답게 그려내고 있어 독자들이 쉽게 그녀의 시 세계를 음미할 수 있다. 게다가
'한들한들 춤추며 떨어지는/ 빨간 단풍잎 편지/ 코스모스 잠자리 들국화// 그 잎사귀와 꽃잎들/ 자기의 향취 풍기며'에서처럼 지나친 알레고리를 자제하면서 의태어로 적절히 병치하여 가을이 오는 소리가 들리는 듯 묘사했다.

이 시의 성격은 관조적인 태도로 삶을 통찰하고 있으며 애상적 분위기를 자아내고 있다. 시간적 순서에 따라 시상이 전개되며 가을의 자연현상을 통해 인간 삶의 모습을 다루고 있다. 코스모스 잠자리 들국화 오곡백과 과일 등은 가을 분위기를 나타내는 소재들이다. 즉 인간의 보편적 삶의 모습이 자연의 순리에 따르는 삶과 같다는 것이다.

한없이 흐르는 세월 속에
말도 없이 잘도 가는구나
아무도 잡을 자 없으니

사계절은 잘도 바뀌고
시간은 째깍째깍
쳇바퀴 돌 듯 잘 돌고

지나간 모든 것이
그리움으로 남는구나.

--「그리움」全文

우리 시인들에게는 아침부터 저녁까지 아니 잠자는 시간까지 하루 24시간 수많은 사건과 사물이 뇌리를 스쳐지나 간다. 고인 물처럼 순간적으로 정지되기도 하고 바람처럼 이동하기도 한다. 이렇게 일상에 나타난 소재들이 시인의 감성과 교감하여 감동적인 이미지로 그려질 때 한 편의 시가 탄생한다. 세월이 흘러 나타난 흔적은 우리의 삶에서 그리움은 누구에게나 필연적으로 찾아옴을 쉽게 말하고 있다.

그리움의 과정에 있게 되는 절망과 좌절, 욕망과 허무, 그 고통으로 인해 시의 세계로 접근하는 길은 험난하고 고독하다. 시간은 째깍째깍 흐르고 끝끝내 시인은 지나간 모든 것을 그리움으로 남긴다.

김매는 어머니의 손등에
동동 구리무 발라 드려
명주처럼 곱고
예쁜 손

부드럽게 문질러서
학의 날개와 같이
곱게
만들어 드리자.

--「어머니의 손」全文

이처럼 외적 체험의 현장에서 시적 성찰로 시인은 시 세계를 형상화하고 있다. 즉 시인의 의식과 정신적 내면이 상징과 은유의 이미지로 나타나 시인은 시공(時空)을 넘나들며 그 의식과 정서를 드러낸다. 그리 오래되지 않아 우리의 어머니들은 새벽에 일찍 일어나 저녁 늦게 잠잘 때까지 쉬지 않고 움직인다. 아침 식사부터 일 철에는 하루 다섯 끼니를 준비하고, 아이 키우고, 노부모를 봉양하고, 틈이 나는 대로 들에 나가 일을 한다. 아플 시간이 없을 정도다. 시인은 삶의 외진 길을 걸으며 여인의 아름다움을 추구하고, 그 삶의 소중함을 노래하고 있다. 화자는 '동동 구리무 발라'에서 삶의 향기를 깨닫게 하여 인간 존재의 존엄성을 그리고 있다.

3. 맺음말

선영 시인은 자신이 바라보는 사물이나 체험적 사건들에 시인의 정서를 투사하면서 시적 모티프를 표출해내고 있다. 이 시집을 읽는 독자들은 진실한 마음을 바탕으로 상상력으로 기품 있게 써 내려간 시의 참맛 글의 묘미를 맛보게 될 것이다. 물질문명이 만연하고 있는 가운데 우리 인생이 추구해야 할 목적이 무엇인지 보여주고 있다.

시는 내 마음을 밝히는 꺼지지 않는 혼(魂)불이라고 했다. 독특한 표현이고 깨달음이다. 시는 시인의 목소리를 담아낼 때 바람직한 현상이 도출된다. 선영의 시는 고요하다. 열정의 메시지를 함축하기도 하고, 자신만의 목소리를 나타내기도 한다. 시의 본질은 어디까지나 서정성이다. 오래전부터 시인들은 시적 모티프에 부합되는 성찰의 메시지를 담아내려고 노력해왔다. 특히 시인의 개성 한 단면이 시로서 쉽게 표출되어야 한다. 그렇지만 뜻을 이루어 크게 성공하는 시인들은 많지 않았다.

선영의 시에는 삶의 애환을 내포하고 있지만, 모두 포용하는 넓은 품을 가지고 있다. 이것은 선영 시의 가장 큰 장점이다. 선영의 시는 서정의 토대 위에서 작품화되지만, 화자의 시가 쉽게 읽히면서도 감동적인 것은 강렬한 시적 모티프에 의해 농축된 사상에 근원적인 정서가 자연스럽게 녹아 있기 때문이다. 선영 시인은 자아 탐구를 거쳐 사랑과 종교의 세계로 이르기까지 그 고된 시적 역경 속에서 따뜻함을 잃지 않는 시 세계를 가지고 있다. 겨울의 고통을 인내하고 피는 봄의 꽃들이 탄생의 기쁨을 기다리듯, 독자들은 봄에 꽃이 피는 기쁨을 함께 할 것이다.

그리움으로 빚어낸 省察의 메시지

- 손희창 시집 『산에도 들에도 꽃이 피네』

1. 글머리에

봄이면 군락을 이룬 수양버들, 시나브로 하늘하늘 휘늘어지는 이른 봄 오후, 줄기마다 드러나는 이 힘찬 맹아(萌芽)들을 보며 손희창 시인의 시 세계를 그려 본다. 청목(靑木) 시인은 시력은 길지 않지만, 중견 작가가 아닌 중견 작가다. 그는 유년 시절부터 글쓰기를 좋아하였을 뿐 아니라, 근래 짧은 시간에 1,000편의 시를 썼기 때문이다. 나아가 중장년 시절에도 책과 객관적인 거리를 유지하며 내적 성찰과 관조(觀照)에 의한 존재의 탐구에 심혈을 기울여 왔다.

손희창 시인은 한양대학교 공과대학을 졸업하고 한양여자대학교 강사를 역임하였으며 희수(喜壽)의 고갯길에 이르러 문단에 데뷔했다. 첫 시집의 출간이 늦은 감이 없지 않지만, 시 등단에 이어 수필 신인상과 시 문학상을 받고 등단한 지 얼마 되지 않아 처녀 시집, 『산에도 들에도 꽃이 피네』를 출간하게 되었다. 청목 시인의 시에서는 절망과 슬픔에 대한 내용은 찾아보기 어렵다. 시인은 오랜 기간 문학 활동을 잊고 생활해 왔지만, 화자의 원고를 읽으면서 시인의 의식이나 가치관에 대한 투철한 소명의식과 자부심을 감지할 수 있었다.

손희창 시집 『산에도 들에도 꽃이 피네』를 읽어가다가 무언가 마음속에 참삶의 세계를 접하고 스스로 경외감을 느끼게 되었다. 시인의 시에는 진솔한 인간적 체취가 물씬 배어 있다. 이처럼 강렬하고 진실한 메시지에 사랑의 감정이 가득하여 시를 읽을수록 마음이 따뜻해지고 있다. 시에는 그 시인의 인격이 그대로 반영된다고 할 수 있다. 어느 사이 1,000편의 시를 쓰다 보니 주변의 칭찬과 더불어 글 쓰는 재미가 있어 밤을 새우는 즐거움으로 거침없이 시 창작에 몰입하고 있다.

오늘날 사건이 많은 사회적 상황이 어떻게 개인 삶의 방향을 정하는가? 무기력하고 우울한 삶을 살아가는 사람들에게 밝고 맑은 내면 심리를 그려 사회적 환경과 인간관계에 대한 인식을 심화시키는 작품을 써야 하겠다. 바로 시인의 시를 읽는 것은 나를 찾기 위한 모색의 흔적이며 분산된 나를 성찰하는 일이다. 시인의 시에 담긴 대부분 시어의 힘은 청류(淸流) 같은 신선한 메시지로 체험적 진실을 밝히는 수단이 되고 있다.

2. 체험적 진실과 고뇌(苦惱)의 즐거움

화사한 진달래꽃은
나를 반기는 임의 미소

봄 따라오신 임은
온산을 붉게 물들이는
사랑의 화신입니다.

연분홍 입술에
미풍이 속삭이고

사랑의 밀어가
꽃바람에 실려
점점이 아름다운데

두견이 토한
핏빛 한 맺힌 꽃이

둘이 하나 고운 사랑이
함께 피어나
예쁜 꽃 웃음이 만발입니다.

--「수리산 진달래」全文

이 시에 나오는'화사한 진달래꽃은/ 나를 반기는 임의 미소'만큼이나 아름다운 시이다. 굳이 말할 필요 없으리라 생각된다. 손희창 시인의 침착하고 자연스레 호감을 느끼게 하는 감성의 폭을 이 시에서도 느낄 수 있다. 청목(靑木) 작가는 시인으로서만이 아니라 인간적으로도 다정다감하다. 그의 영롱한 감성이 '온산을 붉게 물들이는/ 사랑의 화신'으로 메타포(metaphor) 되어 꿈으로 다가온다. 그의 외유내강 품성은 '둘이 하나 고운 사랑이/ 함께 피어나/ 예쁜 꽃 웃음'으로 고스란히 함축적으로 반영되어 있다.

'화사한 진달래꽃은/ 나를 반기는 임의 미소'와 '연분홍 입술에/ 미풍이 속삭'인다는 표현은 봄 산행길에 나선, 시인 자신을 상징하고 있다. 깊은 산속에 진달래가 핀 것은 그냥 된 것이 아니다. 긴 긴 겨울 찬바람 속에서 뿌리를 지켜내는 인내의 과정을 거쳤기 때문이다. 이 시에서 내포하고 있는 메시지는 무엇인가! 모든 꽃이 그러하겠지만, 진달래꽃도 꽃다운 꽃으로 살다 가고 싶다는 간절한 욕망의 소원(所願)이 감지된다. 화자의 인식은 진달래가 꽃을 피우기 위해 존재하듯, 인간에게도 삶을 영위하는 목적과 사명감이 있다는 것을 자각하고 있는 것 같다.

어둠 속
멀리서 개 짖는 소리

유월의 들녘
와글와글 개구리의 합창

가끔 객쩍은 산새 소리가
밤의 정적을 깨고

질금거리는 비
큰일 벌려놓고
날씨마저 사람 속을 태운다.

하는 일은 거북이걸음

타는 가슴에 마음은 조바심

고향의 밤 적적한 재실에서
수심이 가득하다.

--「고향의 밤」全文

이 작품에서 청목의 고향에 대한 인식이 여실히 드러나고 있다. 또한, 화자의 시편들은 고향 지역을 근거로 출발하고 있다. 그의 향수 짙은 고향의 정서가 감각적 시어로 짜임새 있게 엮어져 미적 감동을 환기하고 있다. 나아가 시인은 고향의 밤에 대한 유년 시절의 체험을 사상 감정으로 잘 표출해내고 있다. 그리하여 청목 시인은 삶의 터전에 대한 인간의 따뜻한 사랑을 높고 깊게 그려내고 있다. 시인은 누구나 고향을 사랑하고 그리워하지만, 청목의 시편들에서 고향 애호에 대한 정서적 감정이 매우 높게 드러나고 있다.

'어둠 속/ 멀리서 개 짖는 소리// 유월의 들녘/ 와글와글 개구리의 합창// 가끔 객쩍은 산새 소리가/ 밤의 정적을 깨고'에서 화자는 고향의 아름다움과 정서에 점점 빠져들고, 고향, 밀양에서의 애틋한 삶과 등산 여행이 가져오는 향토의 이미지가 시집 창작을 이끌어가는 주된 뿌리가 되고 있음을 알 수 있다.

늙은이라고!
언제부터?
아니 벌써 이미 내가

고독은
막연한 내 친구
조용히 내 안에서

뱉어버려도
끝내 다시 또 씹고 있는
씹어도 씹어도
질긴 놈

아침 먼동에
비둘기 우는 소리
"구구구"

잠이 없는 늙은이의
고독하고 쓸쓸한 독백의 소리

--「고독은 내 친구」 全文

이 땅 위에 태어난 어느 생명도 귀중하지 않은 삶은 없다. 누구에게나 각자의 삶은 순간순간 다 소중하다. 그뿐만 아니라 아침부터 저녁까지 아니 잠자는 시간까지 하루 24시간 수많은 사건과 사물이 뇌리를 스쳐 지나간다. 이렇게 시인은 외로운 삶을 들여다보며 기쁨과 슬픔으로 얼룩진 고독의 비애를 애처로운 눈빛으로 형상화해 낸다. 시간은 째깍째깍 세월이 흘러 우리의 삶에서 나타난 고독(孤獨)은 누구에게나 필연적으로 찾아온다는 것을 쉽게 그려내고 있다.

'고독은 내 친구'란 작품에서 들려오는 시인의 목소리는 은연중에 사람들에게 희망을 준다. 그리고 깨달음과 희망을 동시에 불러내고 있다. 절망과 좌절 앞에서 희망을 안겨주는 시적 재능이 감지 된다. 고독에 깊이 내재한 비밀을 탐색하여 동반자적 입지를 구상해내는 시법이 돋보인다.

구속 없는 나태한 게으름
태엽 풀린 시계의 정지된 몸짓
무아의 참 편안한 지경

하늘이 무너져도 마냥 태평
알 수도
더욱 모르니깐
천진무구
자비한 부처님 모습

한낮의 남가일몽
남의 눈치 볼 것 없이
달콤하고
아늑하고
여기가 천국이라
비몽사몽 꿀맛의
낮잠

--「낮잠」全文

청목 시인은 대다수 시인처럼 자기만의 시어와 시 스타일을 지니고 있다. '낮잠'이란 제목으로 시를 썼지만, 시상(詩想)에 사로잡혀 글쓰기를 하는 전문성을 표출하고 있다.

시인은 이제 첫 시집을 상재하고 있지만, '구속 없는 나태한 게으름/ 태엽 풀린 시계의 정지된 몸짓/ 무아의 참 편안한 지경'에서 가슴속에 타오르는 창작의 불꽃을 볼 수 있다.
'하늘이 무너져도 마냥 태평/ 알 수도/ 더욱 모르니깐/ 천진무구/ 자비한 부처님 모습'에서 시적 재능과 노련미까지 감지 되고, '달콤하고/ 아늑하고/ 여기가 천국이라/ 비몽사몽 꿀맛의/ 낮잠'에서는 약간은 익살스럽게 자신의 욕망을 나타내어 보편적인 주제로 그 묘미와 탄력을 극대화하고 있다.

가신 뒤
내 가슴에 남긴
영원히 잊지 못할
그 이름 엄마

생전에는 무덤덤하든 내가
정작 보내시고 나서야
빈 가슴을 치며 서러워하는
그 이름 엄마

쓸쓸한 무덤가에는
아련한 옛 모습
그리움에 눈시울이 젖는
그 이름 엄마

불러도 불러도
대답 없는 공허한 메아리
애달프게 가슴 저미는
그 이름 엄마

--「그 이름 엄마」 全文

4연 4행으로 이루어진 이 한 편의 시 속에 시인은 자신을 낳아준 어머니의 인생과 숭고한 사랑을 함축시켜 '그 이름 엄마'를 부르며 희생적 사랑에 대해 진술하고 있다. 청목 시인은 연마다 나오는 '그 이름 엄마'를 읊어가며 어머니에 대한 효도를 진솔하게 쓰고 있다. 그만큼 모성적 향수(鄕愁)를 화자는 언어에서뿐 아니라 원초적 이미지로 되살려 그려내고 있다. 우리나라에는 미풍양속이 있다. 그러나 근래에 여러 가지 변화로 효도의 관념이 서서히 바뀌고 있다. 이럴 때일수록 서로 어루만지고 일깨워주는 인내의 미학을 수용하는 자세야말로 청목 시인이 추구하는 삶일지도 모른다.

붉게 타고 타다
겨우 남은 단풍 한 잎이
소슬바람에 떨고 있는
계절의 끝자락

옛정을 못 이겨
스산한 억새 바람에
억새는 누웠다 일어났다
외로운 몸짓으로

서걱서걱
애 마른 울음을 운다.

모진 북풍한설에도
가냘픈 억새는 자리를 지키며
온몸을 바람에 맡긴 채
가쁜 숨결에
씨름 씨름을 하네요.

--「스산한 억새 바람」全文

억새는 키가 1~2m로 이파리 가장자리에 잔 톱니가 있어 스치면 쉽게 베인다. 초가을에 황갈색의 작은 꽃이 피어 관상용으로 쓴다. 가을이면 많은 사람이 억새와 함께 사진찍기에 바쁘다. 이런 억새꽃과 억새 바람을 연상하며, 가을날 바람에 흔들리는 '억새'를 시화하고 있는 시인은 연약한 억새에서 '잔 톱니'와 '소슬바람' 그리고 '가쁜 숨결'을 발견한다. 그 연약한 억새가 그와 같은 삶의 도구로 무장해 있는 것은 자신의 삶을 아름답게 지키기 위해서이다. 억새는 무한량의 자유를 얻기 위해 천지(天地)를 향해 춤을 춘다. 그 무한량의 자유를 얻기 위해 추는 춤은 '하늘에 고하는 의식'이라고 할 수 있다.

싸늘한 새벽
창 너머
붉게 물든 동녘
빈 하늘가에
별 하나

새벽 내내
범접하기가 어려운
얼음장같이 찬
쓸쓸한 얼굴 모습에
그리움에 젖은
애타는 눈빛이
깜박깜박

해가 뜨면
영롱한 아침이슬이 되어
언 가슴 추스르다
소리 소문 없이
내 품에서
조용히 사라져가는 임이어라.

--「샛별」 全文

학창 시절에 문학에 대한 열망을 끝내 버릴 수 없다는 듯 시인은 뒤늦게 습작해온 시를 한두 편씩 대화방에 올리다가 주변의 권유와 격려로 시 창작을 시작하게 되었다. '황혼에 불 지폈네!'라는 말이 있듯이 조금씩 시를 쓰다가 보니 어느새 동녘 하늘에 샛별을 보듯 영상 시 천 편에 이르게 되었다. 시인이 되고 시집을 상재하여 오늘에 이르니 설레는 마음 금할 수가 없어라.

늦깎이 시인으로서 '붉게 물든 동녘/ 빈 하늘가에/ 별 하나'를 그리며 그가 시인이 되었을 때 맨 먼저 달려간 곳이 샛별이 아닐까 싶다.

'쓸쓸한 얼굴 모습에/ 그리움에 젖은/ 애타는 눈빛이/ 깜박깜박' 거리는 샛별을 그리며, 누구와의 경쟁이 아닌 다만 자신을 닦으면서 담담히 문학의 길을 가기로 결심한 것 같다.

3. 맺음말

손 청목 시인은 오래전부터 시작(詩作)을 하면서 틈틈이 글을 써 왔다. 산수(傘壽)를 맞는 연륜에도 오히려 소년 시절의 청순함이, 시(詩) 작품에서는 물빛 그리움이 그대로 배어 나온다. 그 그리움의 대상은 주로 초등학교 시절 고향과 지나간 것들에 대한 추억에서 비롯하고 있다. 누구에게나 고향이 있기에 행복하다. 작가의 가슴 한복판에는 그림 같은 집들과 논둑길, 물레방아, 밀양 얼음골, 과실나무와 꽃들이 있는 마을의 정경이 아주 투명하게 심겨 있어 환하게 비치는 고향 마을의 생생한 정경이 과거의 물상을 반추하고 있다. 작가는 이것이 단지 단순한 추억의 추스름이나 위안으로 끝내지 않고 작가가 추구하고자 하는 문학적 지향점으로 나아가게 하는 중요한 계기를 만들고 있다.

인생을 진지하게 바라보는 청목 시인의 작품들은 그 완성도가 상당히 높은 편이다. 이같이 시인의 시에서는 이미지의 탄탄함과 직관이 어우러진 부분이 많이 발견된다. 이는 시인의 예술적 기질의 발현이라고도 할 수 있으며, 시를 더욱 대성하게 할 수 있는 기본이기도 하다. 손희창 시인의 시 세계가 보여주는 미래의 얼굴과 목소리는 어떨까 하는 기대가 크다. 언제나 고귀한 이미지의 청목 작가는 보편적으로 읽기 어려운 시어는 없다.

이번 청목 시인이 상재한 첫 번째 시집 『산에도 들에도 꽃이 피네』를 통해 그의 삶이 시가 되고 그의 시가 삶이 되는 것을 보여준 명상(瞑想)의 궤적(軌跡)을 그려 보았다. 물질적 가치 기준에 의하여 이루어지는 현대적 삶 속에서 청목 시인은 늦게 현실 앞에 능동적 삶을 스스로 던지며, 앞으로 고운 소리를 내기 위해, 좋은 향기와 맑은 시 정신을 지니기 위해, 끊임없이 정진하는 시인의 열정과 가슴의 영혼이 독자의 관심을 더욱 밝게 할 것이다.

관조의 눈으로 자아(自我) 찾기

- 이성희 시집 『엄마의 무지개』

1. 글머리에

나는 꽃이다. 회색 콘크리트 틈새에 자리를 잡고 천사의 눈물 거름 삼아 싹을 틔운다. 온몸으로 뿌리를 뻗고 황금 같은 햇빛을 받아 나를 완성한다. 나는 꽃이로소이다. 이제 꿀벌이 오기만을 기다리며 이성희 시인의 시 세계를 그려본다. 이성희 시인의 아호는 '재영(栽榮)'이다. 간단히 말해 꽃을 심는다는 뜻이다. 문인이 아호를 쓰는 것은 너무 당연하고 자연스러운 현상이며, 예술가라면 대부분 아호를 즐겨 쓰고 있다. 아무튼, 재영 시인을 생각할 때, 먼저 밝은 모습과 매우 긍정적이고 적극적인 면모를 떠올린다. 나아가 불꽃 같은 열정을 지니고 있어 앞으로 그녀의 시 세계가 자못 기대된다.

시작(詩作)이 어렵다는 것을 늘 가슴에 새기며 살아온 이성희 시인은 등단 전부터 문학에 심취하였을 뿐 아니라 등단하고 곧 제1시집 『아무 일도 없다는 듯이』를 출간하고 환갑을 지나자마자 제2시집 『엄마의 무지개』를 출간하여 기쁜 마음 금할 수가 없다. 앞으로도 시가 곧 삶인

듯 살아갈 것이며, 시(詩)가 있기에 시인은 심신(心身)이 행복에 젖는 것이라고 믿는다. 좋은 시 작품은 좋은 생활을 하는 자에 의해 만들어지는 법이다.

인간 활동의 원동력은 사랑이다. 우리는 서로 사랑할 때 행복하고, 사랑하지 않을 때 고독하고 쓸쓸하다. 재영 시인의 원고를 읽을수록 가슴속 깊이 감동의 파장이 느껴진다. 시인은 관조의 눈빛으로 사물이나 사건을 깊이 직시하고 있어 그 통찰력 또한 예사롭지 않다. 이번에 처녀 시집 『아무 일도 없다는 듯이』에 이어 나온 두 번째 시집 『엄마의 무지개』에서 나타난 재영 시인의 작품세계는 기쁨과 아픔에서 비롯된 사랑과 미움의 양가성(兩價性)을 이해하는 데서 출발한다. 즉 삶은 그리움의 미학으로 그려진다.

2. 시대적 현실과 성찰(省察)의 메시지

길가 가로수는
예쁜 단풍 옷을 입고
살랑이는 바람 따라
흩날리는 낙엽

메마른 아스팔트를
장식하는 황금 은행잎

이제는 떠나야 할 시간
가을이 가는 것이 아쉬워
이리 뒹굴 저리 뒹굴

기어이 바람 따라
가을 여행을 떠난다.

--「가을 여행」全文

가을이 되자마자 길가의 낙엽이 여행 준비를 끝내고 바람 따라 어딘가로 떠난다. 메마른 신작로를 황금빛으로 꾸미고 온 산야를 붉고 아름답게 장식한다. 시인은 하나의 절박한 사랑을 그리워하며 삶의 과정에서 아픔과 욕망으로 지상의 어디쯤 사랑의 샘이 있음을 노래하며 가을 여행을 떠난다.

언젠가는 떠남을 준비하던 이여! 그대가 남긴 마지막 붉은 정열을 마음에 담는다. 가을 하늘에 청량한 한기를 느껴, 아낌없이 그대 사랑 불태우던 자리 바람에 날려 이리저리 헤매다가 추적추적 내리는 비에 휑하니 내 가슴에 내린 쓰라린 빗물 쌓일 때쯤 그대를 바라볼 수 있네! 떠나는 것도 아픔이지만, 보내는 것도 더할 수 없는 몸부림이네! 핏빛으로 응고된 낙엽(落葉), 그대를 한 장 두 장 기억하려 소중히 내 마음에 차곡차곡 채우고 있네!

산다는 것이
살아 있다는 것이
살아야 한다는 것이
참으로 힘이 드네

내가 아니면

누군가 대신해 줄 수 없는
나의 일
나의 삶

오늘은
나의 미래를 위한 투자

깊은 밤
잠 못 이루고
여기저기 신음

말 없는 소음
경적
저들의 소음이 귀갓길이기를!

--「산다는 것」全文

시제에서와 같이 기계처럼 돌아가는 화자의 일상적인 삶, 그 공간과 시간의 내용을 총체적으로 생생하게 그려놓고 있다. 어제오늘 내일이 일상적으로 반복되어 마음속에 갇힌 의식의 답답함을 사실적으로 표현하면서 밝은 미래를 암시하고 있다.

화자는 고단한 하루를 이따금 극명하게 나타내고 있고, 행복한 인생이 삶의 끝 라인에서 병치 되어 역설적으로 표현하고 있다. 따라서 위 텍스트는 화자의 일생을 통해 컴퓨터, 독서, 문학 연구, 일기 쓰기 등을 통해 미학적 아름다움을 다분히 담고 있다. 독자로서는 텍스트의 미학을 읽고 난 후 자신의 일상을 돌아보며 이 시대 문화의 가치중립적 무의미성에 자성의 계기를 가지리라 본다.

하늘은 높고 파랗고
바람은 가슴이 뻥 뚫린 듯 맑고
온 천지가 울긋불긋

들에는 벼가 노랗게 익고
길가 감나무 짙푸른 잎 사이로
빨갛게 익어가는 감

한해를 미리 마무리하는
가을은
무슨 색일까!

--「가을은」 全文

재영 시인의 시 '가을은'에는 언제나 '기다림'이란 의미가 곳곳에 있다. 이 기다림은 사랑을 내포하고 있음을 직감할 수 있다. 이 사랑은 영혼의 육성으로 가슴 깊이 새긴 고통과 괴로움을 극복하고 있으며 이는 시인 자신의 의지인 것이다. 우리는 사랑을 통하지 않고는 가을을 가을로 보지 못하고 바람을 바람으로 느끼지 못한다.

시인은 사랑의 갈구를 통해 '들에는 벼가 노랗게 익고/ 길가 감나무 짙푸른 잎 사이로/ 빨갛게 익어가는 감'을 새로운 눈으로 보게 하여 가을은 무슨 색인가를 이미 말하고 있다. 이런 이성희 시인의 시는 사물을 차분하게 직시하는 시인의 정서가 사물에 이입되어 시적 효과가 매우 크며 시의 내용 또한 아름답게 구성되었다. 시의 관념과 시인의 정서가 잘 융합되어 그녀의 시는 생명력 있는 언어로 감동을 주고 있다.

2022년 5월 8일
어버이날
이제 나에게는 어머니 날

진수성찬은 아니어도
엄마가 좋아하시는 음식들
당신은 그림의 떡
모인 자녀들의 잔치
식탁 한가운데
서둘러 식사를 마친 엄마

굳이 자식을 위해
자리를 뜨려는 엄마

자식 입에 음식 들어갈 때
가장 행복하다는 옛말
이제 엄마의 입에
음식 들어가는 모습에 흐뭇한 자식

이런 날이 다시 오기를
또 오기를

엄마!
이제는

내가 당신의 보호자.

--「어머니 날」全文

재영 시인의 '어머니 날'은 체험에서 그려낸 자전적인 글로 누구에게나 받아들여지는 느낌을 글로 써낸 진솔한 언어 표현이다. 시인은 점점 나이가 들어감에 따라 아버지 어머니를 가장 가까운 가족으로 특히 살아계시는 어머니를 가족 바라보기에 맞춰 어머니에 대한 효 의식의 이미지를 적나라하게 직설적으로 유추해내고 있다. 효도에 각박한 오늘의 후손들에게 시인은 '엄마!/ 이제는/ 내가 당신의 보호자.'임을 부르짖는 이런 시가 교훈 시로 주목받고 있다.

온종일
농사일에 지친
아버지

하루 일을 마치고
쇠꼴을
한 바지게

바지게 맨 꼭대기에
빨갛게 익은
산딸기 한 다발

그 새콤달콤한
아버지의 사랑!

--「아버지의 지게」全文

갑자기 무어라 형언할 수 없는 설렘이 물밀듯 밀려왔다. '바지게 맨 꼭대기에/ 빨갛게 익은/ 산딸기 한 다발'을 보자 아버지의 딸 사랑에 감염되어 한동안 그 아픔에 벗어나기 힘들었다. 얼마 동안 떨어져 지내고 서로 사랑하는 방법이 달라도 아버지와 나 사이는 서로를 향한 애틋한 그리움이 쌓여만 가고 있었다. 세월이 흘러도 사랑은 옅어지지 않고 사랑의 절절함을 느껴 아버지와 딸은 '그 새콤달콤한/ 아버지의 사랑!'에 서로 속마음을 그대로 체감할 수 있었다.

동이 틀 무렵
사립문 빙긋이 열고
얼굴만 쏙

아직 아궁이에 불도 지피기 전인데
동네 나그네
사립문에 기대선다

이제나저제나 갈까
훠이훠이
부잣집으로 가라고
손짓도 해보고

엄마는 부엌에서

조막손이라도 도움이 될 텐데

시부모 밥상
지아비 밥상
자식들 밥상
모두 들여 보내고

동그란 쟁반에
또다시 밥상을 차린다
어이 여보게
식기 전에 얼른 먹소

배고픈 나그네
김칫국까지 깨끗이 비운다

공덕이 별거더냐
배고픈 이에게
밥 한술 주는 것이
가장 큰 공덕이더라!

--「공덕」全文

'동이 틀 무렵/ 사립문 빙긋이 열고/ 얼굴만 쏙' 내민 거리의 나그네가 있었다. '아직 아궁이에 불도 지피기 전인데/ 동네 나그네'가 사립문에 기대서서 가지 않고 있다. 아마 거리의 나그네도 단골집이 있는가 보다. '이제나저제나 갈까/ 훠이훠이/ 부잣집으로 가라고' 손짓을 해보아도 처량한 얼굴로 꿈적도 하지 않는다. 가난은 문학의 시작이고 글 생산의 토대이다. 허기의 시대를 살아온 이성희 시인은 이 가난이 얼마나 가혹하고 무서운가를 이 시에서 현실감 있게 보여주고 있다. 예전의 시인은 가난해야 하고 술을 좋아하는 특징이 있다. 절망과 더불어 공허가 저녁 어스름 녘에 어둠이 찾아오듯 그렇게 가난은 오래오래 우리 주변을 맴돌고 있었다. 오늘날 요즘 젊은이들은 그때의 적막한 보릿고개와 겨울밤의 외침을 아니 그 울음소리가 들리는가?

이성희 시인은 그 시대를 경험한 대다수의 독자가 그러하듯 지금까지도 근검절약을 삶의 신조로 삼고 있다. 재영 시인은 이 시에서 가난은 언제 어디에서 누구에게나 다시 찾아올 수 있음을 주지시키고 있다하겠다. 시인은 배고픈 나그네에게 밥 한술 주는 것이 가장 큰 공덕이라고 하였다. 그리고 압축과 생략으로 할 말을 다 하면서도 개인 서정에 머물지 않고 현장성에 주목하고 있다는 점 등을 높이 사지 않을 수 없다.

밤새 잠 못 이루고
하얗게 지새웠는데
온 세상이 눈 천지

설날
첫날 첫눈
아무도
가지 않은 길 위의 발자국

낭만이고
희망이고
도전이어라.

--「첫눈」全文

'첫눈 오는 날 만나자'고 누구나 한 번쯤 이런 약속을 한 적이 있을 것이다. 지키지 못할 때를 생각하며 최소한 전화라도 걸자고 미소지은 적이 있을 것이다. 첫눈이 오면 생각나는 사람과 순백인 거리를 뽀드득뽀드득 걸어본 추억이 있을 것이다. 어렸을 때 '밤새 잠 못 이루고/ 하얗게 지새웠는데/ 온 세상이 눈 천지'임을 아침에 일어나서야 보고 '아무도/ 가지 않은 길 위의 발자국'을 내곤 낭만을 느끼고 희망으로 도전 정신을 기른다.

3. 맺음말

재영 시인의 작품을 읽으면서 제1집 『아무 일도 없다는 듯이』보다는 제2집 『엄마의 무지개』에서 오는 언어를 다루는 솜씨가 일정 수준을 넘어 시인의 연륜이 느껴지는 깊이와 다양한 소재로 시를 쓰고 있다는 점을 느낄 수 있었다.

이성희의 시를 읽으면 마음이 밝아진다. 그녀의 시가 건강하고 아름다운 숲의 향기를 지녔기 때문이다. 『엄마의 무지개』 시편들을 '초가을'에 비유해 본다. 다시 말해 그녀의 초기 시들은 삶의 근본적이고 본질적인 문제를 심도 있게 천착하고 있다. 재영 시인의 나이도 이제 초가을에 접어들고 있다. 아마 그녀의 마음도 초가을 단풍 빛깔일 것이다. 초가을은 시인이 꿈꾸는 이상향으로 '반성'과 '위로'의 시기다.

이성희 시인은 이제 4반세기 몸담았던 직장생활에서 벗어나 그야말로 무위자연(無爲自然)의 세계로 진입하고 있다. 이순에 이를 무렵 시인 수필가 사업가로서 제2의 인생 여정에 첫발을 내딛고 시인으로서 시 세계도 한층 더 성숙해지고, 그간 보여줬던 달관의 시력에 더욱 내공이 깊어지리라 확신한다.

시인은 세상을 더 좋게, 아름답게 만들려고 하는 예민한 배려의 마음이 있다. 자신이 풀꽃이 되어 세상의 거름이 되고자 하는 착한 심성이 시의 곳곳에서 엿보인다. 시를 쓸수록 이성희 시인만의 선명한 색깔이 시 향기가 되어 다가온다. 이성희 시인이 꿈꾸는 밝은 세상을 상상하며, 그녀의 시가 들려주는 따뜻한 목소리에 독자들은 큰 위로를 받을 것이다.

[참고 문헌]

현대문학비평의 이론과 응용(저자 박덕은, 발행인 성진경, 새문사 1989)
문학비평용어사전(이상섭, 민음사 2011)
문학비평용어사전(김윤식, 일지사 2008)
해체론의 시대(지은이 이만식, 펴낸이 정진이, 펴낸 곳 새미 2009)
서정시의 운명(김한식 평론집, 도서출판 역락 2006)
백조(기획 편집 김대현 외, 발행처 홍사용 문학관 2021)
현대 문학·문화 비평 용어사전 (편저자 조셉 칠더즈·게리 헨치, 옮긴이 황종연, 펴낸이 강병선, 펴낸곳 (주)문학동네 2010)
영원 속에 살다(기획 조진형 외, 발행처 조병화문학관 2019)
한국근대문예비평사연구(저자 김윤식, 발행자 김문수, 일지사 1988)
문학이론과 비평의식(한국문학평론가협회, 삼영사 1983)
한국어 파생명사 사전(저자 이양혜, 발행인 정찬용, 발행처 국학자료원 2002)
비평문학(펴낸이 윤영진, 도서출판 심지 2006)
비평문학(펴낸이 윤영진, 도서출판 심지 2004)
한국현대시사연구(저자 김용직 외, 발행자 김문수, 일지사 2008)
한국현대시사연구(김윤식 김재홍, 시학 2007)
한국현대시 정수(지은이 김영철, 펴낸이 박찬익, 도서출판 박이정 2007)
해체비평이란무엇인가
(빈센트B. 라이치 지음, 권영택 옮김, 문예출판사 1998)
현대문학비평론(지은이 장도준, 펴낸이 이승엽, 펴낸 곳 정림사 2011)
프랑스 현대시(지은이 이진성, 펴낸이 김정호, 펴낸 곳 아카넷 2008)

비평이론의 모든 것 (펴낸이 노경인, 지은이 로이스 타이슨,
옮긴이 윤동구, 도서출판 앨피 2014)
해체비평(지은이 Christopher, Norris, 역자 이기우, 발행인 김진수,
발행처 한국문화사 1996)
이상(李箱)의 시 해설(지은이 이화우, 펴낸이 손형국, 펴낸 곳 (주)북랩)
탕아를 위한 비평(지은이 황종연, 펴낸이 강병선, 펴낸 곳 (주)문학동네)
몰락의 에티카(지은이 신형철, 펴낸이 임현숙, 펴낸 곳 (주)문학동네)
문학과 애도(지은이 이경재, 펴낸이 박성모, 펴낸 곳 소명출판)
시론(지은이 권혁웅, 펴낸이 염현숙, 펴낸 곳 ㈜문학동네)
조병화의 문학세계(홍용희 외, 펴낸 곳 편운재)
이항대립체계의 실제(지은이 박찬일, 펴낸이 이대현, 펴낸 곳 도서출판 역락)
문학비평의 이론과 실제(저자 이상우 이기한 김순식, 펴낸 곳 집문당)
문학비평의 방법과 실제(저자 이선영, 펴낸이 고덕환, 펴낸 곳 삼지원)
우리 시대 대표 시 50선 평설
(지은이 이유식, 펴낸이 김영란, 펴낸 곳 한누리미디어)
포석 조명희(발행처 포석기념사업회, 동양일보 출판국)
포석문학(발행처 포석문학회, 발행인 이상범)

관조의 시학

초판인쇄 2023년 8월 15일 **초판발행** 2023년 8월 21일

지은이 **장현경**
펴낸이 **장현경** 펴낸곳 **엘리트출판사**
편집디자인 **마영임**
등록일 **2013년 2월 22일 제2013-10호**

서울특별시 광진구 긴고랑로15길 11 (중곡동)
전화 **010-5338-7925**
E-mail : **wedgus@hanmail.net**

정가 **23,000원**

ISBN **979-11-87573-41-8 03810**